冷酷皇帝の睦言は夜伽令嬢に響かない

死にたくないので媚び媚びで尽くしますが、愛されてるって本当ですか!?

浅岸久

illustration 八美☆わん

Ruhuna

Contents

Character
銀竜
ファリエナ領に住む、銀の鱗と黒曜石のような瞳を持つ竜。エステルを見守っている
ラファーガ・レノ・アスモス・サウスアロード
『黒雷帝』の異名で恐れられるサウスアロード帝国皇帝。苛烈と言われるが、エステルには……？
エステル・アンリ・ロッタ・ファリエナ
古代魔法国家・ファリエナ領主家の令嬢。ラファーガの夜伽係に任命され、誠心誠意尽くそうと意気込む

チャド・ネル・ロエンス
ラファーガの湯殿番。エステルを夜伽係として連れて来た
オーフェリア
マッサエヌ家の令嬢。ラファーガとの結婚を夢見て、エステルを目の敵にする
クリス・アイ・ソミナ
ラファーガの補佐官。ラファーガの良き理解者であり、周囲との潤滑油のような存在
ニナ・ルエィン
エステル付きの侍女兼護衛。すれ違うふたりの恋を静かにサポートする

冷酷皇帝の睦言は
夜伽令嬢に響かない

〜死にたくないので媚び媚びで尽くしますが、
愛されてるって本当ですか!?〜

Reikokukoutei no
Mutsugoto wa
Yotogireijo ni Hibikanai

プロローグ

いつか、誰かの役に立てる人間になりたいと思っていた。

里の兄たちは、のんびり暮らしていたらいいと笑うけれど、それだけでは物足りない。自分だって、あのファリエナ領主家の娘だ。だから、皆に大切に育てられたのは、きっとこの日のためだったのだとエステルは思う。

薄暗い部屋の中、エステルは一歩前へ出た。

目の前には今まで見たこともないような大きなベッドが鎮座している。

ただ眠るだけに使用するのであれば、贅を凝らした寝具に気分も高揚するだろう。

けれども、そんな呑気なことを考えていい状況ではない。生きるか死ぬか。まさに瀬戸際だ。この一夜が、エステルと故郷の皆の命運を左右する。

（駄目、表情を強張らせたら。笑顔、笑顔よ）

ふんわりしたストロベリーブロンドの髪を揺らし、さらに一歩ベッドに近付く。そして萌葱色の瞳で、真っ直ぐ前を見据えた。怖くても逸らしてはならない。そう自分に言い聞かせる。

エステル・アンリ・ロッタ・ファリエナは、この日はじめて皇都にやって来た田舎貴族の娘だ。

まさか辺境令嬢である自分に、こんな役目が与えられる日が来るだなんて思ってもみなかった。

絶対にこの役目を全うする。自分のために、そして里の皆のために、何が何でもやり遂げなければいけない――なんて、一世一代の決意でもって挑んでいるというのに、なんともあられもない姿だと笑いたい気持ちもある。

それでも覚悟を決めないといけない。エステルは口角を上げ、ゆっくりと身に纏っていたガウンを脱いでいった。これでエステルの肌を隠しているのは、たった一枚のナイトドレスだけだ。

繊細なレースがたっぷりと入り、手触りも滑らかで、贅を凝らした見事な一枚だ。しかしながら、薄い紗には透け感があり、丈も短い。きわどい部分がかろうじて隠れている程度で、身に纏っている安心感は皆無だ。

そのうえ、目の前の人物にこうも凝視されてしまうと、緊張で心臓が飛び出しそうだ。

（わたしは皇帝陛下の夜伽係。――だから、これは陛下に喜んでもらうために必要な衣装なのよ）

エステルは緊張でぎゅっと手を握りしめながらも、目の前の男――サウスアロード帝国皇帝ラファーガ・レノ・アスモス・サウスアロードから目を離さなかった。

彫刻のように整った顔立ちだと思う。軍神、あるいは黒雷帝などと呼ばれるほどに圧倒的な武力を身につけた肢体には、無駄のないしっとりとした筋肉がついている。すらりとした手足に濡れ羽色の髪。なんとも色気を感じる、まごうことなき美男子だ。

ただ、その黄金色の瞳に見つめられると、逃げたい気持ちになった。

冴え冴えとした冬の月のような黄金色だ。不機嫌さを隠そうともせず、こちらを睨みつけるその瞳。まるで殺気でも放っているのでは？　と思えるほどの威圧感に、エステルの身体は強張った。

正直、泣きたい。このまま泣いて、逃げ出してしまいたい。

でも、エステルはそれが不可能なことくらい理解している。

（ここで逃げたら殺される……っ！）

その未来を確定させてはいけない。

彼の不興を買ったら、その瞬間に死ぬ。今のエステルに退路などないのだ。

そもそも、今まで彼の相手を務めた夜伽係は、誰ひとりとして朝日を拝めなかったのだという。

だから自分が夜伽係として指名されたとき、これは死刑宣告なのかとも思った。

それに自分だけではない。エステルが不興を買うことで、里の皆の命が危機にさらされてしまう。

だからといって、怯えていても仕方がない。

（里のみんな！　わたしが絶対に護るから……！）

元の平穏な生活に戻るためにも、エステルはこの夜を乗り越えなければいけない。

そしてそれこそが、里にとって役に立てる唯一の手段なのだ。

（生き残るためにも、わたし、媚び媚びで頑張りますっ！）

そう自分に言い聞かせ、エステルは手を伸ばす。奮起して、自らラファーガの身体を押し倒した。

——彼の頬が真っ赤に染まっていることにも気付かずに。

第一章　辺境令嬢ですが、夜伽係に任命されたって本当ですか!?

竜の鳴き声が聞こえた気がした。

エステルは新緑溢(あふ)れる茶畑で新茶を摘む手を止めてから、よく晴れた空を仰ぎ見る。

新茶の若緑よりもさらに明るい萌葱色の瞳がきらきらと輝き、竜たちの飛行を追う。風に流れた長いストロベリーブロンドの髪を掻(か)きあげ、小首を傾(かし)げた。

赤や青、銀の鱗(うろこ)を輝かせながら、竜たちが悠々と空を飛んでいる。ただ、いつもと様子が違うのは、それらの竜たちが随分と低空飛行をしていることだった。

ギュォ、ギュオォォ——と、呻(うめ)くような低い鳴き声は、何かを警戒しているように聞こえる。

「おや、随分と竜たちが騒がしいね」

「何かあったのかしら」

不思議に思ったのはエステルだけではないらしい。一緒に新茶を摘んでいた里の女たちが、次々と疑問の声をあげる。

竜とともに生きるこのファリエナ領では、どんなときだって竜が一番だ。いつもと竜たちの様子が違うことに皆、不思議そうに空を見上げている。もちろん、誰よりも竜と仲のいいエステルが、この状況を放っておくはずがなかった。

エステルは背負っていた籠を畦に下ろした。白いエプロンをばさりと脱ぎ、籠の横に置く。水色のワンピースをぽんぽんと整え、手櫛で髪を梳かしてから、一緒に茶摘みをしていた女たちの方を振り返る。

「ちょっと様子を見てくるね！」

「あ、ちょっと、姫さま！」

皆が制止するも、エステルは気にせず茶畑をあとにする。

今日のエステルは普段よりもちょっとだけ張り切っていた。

エステルももう十九歳。辺境の地ではあるが、歴史だけはしっかりとあるこのファリエナ領で姫さまと呼ばれる彼女は、ファリエナ領主四人の子の末子、唯一の女の子だ。家族だけでなく領民たちにも温かく成長を見守られ、真っ直ぐ育ってきた彼女は、いつにも増してやる気に充ち満ちていた。期間限定ではあるのだが、今のエステルは、この里の代表とも言える立場になったからだ。

段々畑となっている茶畑の畦を渡り、木で固定された階段を軽いステップで下りながら、空に向かって手をあげる。

「みんなー！　どうしたの⁉」

呼びかけると、竜たちは麓の方へ目を向けて、ギャアア！　と鳴いた。

「銀竜！」

一番の仲良しである銀竜もいるようだ。他の竜たちを従え、くるくるとエステルの頭上を旋回し、こちらに近付いてくる。

「銀竜、こっちよ！」

茶畑の下には見事な薬草畑が広がっている。里を緑のグラデーションで彩るそれらは、エステルが丹精込めて育てあげた植物たちだ。そこに竜たちを下ろすわけにはいかなかったので、少し離れた里の広場まで誘導することにした。

竜峰ヤルクアーシュを背に、その麓に里を構えるファリエナ領は、領民わずか三二八名の領地である。

取るに足らない小さな領地だが、サウスアロード帝国の西の端にあるこの辺境の地は、国内有数の竜の生息地としても有名だ。かつて古代魔法国家があったとされ、エステルはまさにその古代魔法国家ファリエナ王家の末裔らしい。

とはいえ、あまりに田舎すぎて他領との交流がほとんどない。当然、その血統が何に活かされることもない。下界——エステルたちはファリエナ領以外のことをこう呼ぶのだが——の人たちよりも魔力が強い、ということは漠然と知っているもの、直接比べたことなどない。だから何が普通で何が普通でないのかすらよくわかっていない状態だ。

さらに、魔力が強いのは人だけでなく、土壌もである。

ここファリエナ領は、魔力に満ちた特殊な土壌が特徴だ。薬効の強い植物の生産に向いており、それをもとに回復薬などの生成を生業にしている。この地で採れるお茶もまた、健康志向の強い下界の人間には人気らしい。

辺鄙な土地のため、皆、慎ましい生活を送っているものの、自然豊かで穏やかなこの里がエステルは大好きだった。

そんなファリエナ領も、今だけはいつもより静かだった。

というのも、今は特別な祭事の季節。領主である父も、頼りになる三人の兄たちも、男たちは皆、竜峰ヤルクアーシュの頂へと向かっている。

七年に一度のこの時期を、祈りの季節という。

竜騎士と呼ばれる男たちは、竜峰ヤルクアーシュに自らの足で登頂し、山頂にある神殿を整え、神と大自然、そして竜に祈りと感謝を捧げるのである。その儀式は里を出てから一ヶ月ほどかかるもので、その間、女たちだけで里を守らなければいけない。

そして、竜騎士たちが竜峰ヤルクアーシュへ向かったのがまさに昨日なのだ。

母は三年前に病で身罷ったため、領主家で里に残っているのはエステルだけ。成人しているものの、普段は父や兄たちに頼りっぱなしだという自覚がある。でも、皆がいないこれから一ヶ月は、エステルがこの里の代表となるわけだ。

（兄さまたちは心配してたけど、わたしだって役に立てるもの）

キリリと表情を引き締めて、エステルは竜の様子を見るために走っていく。里の入口付近の広場に着いたところで、銀竜をはじめとした竜たちを出迎えた。

エステル自身が竜騎士になるつもりはないけれど、竜たちとは幼いころから大の仲良しだ。

特に仲のいい銀竜は、この里にいる竜たちのボスとも言える存在だった。竜の中では比較的若い個体らしいが、その力の強さから、他の竜たちが一目置いている。

艶（あで）やかな銀の鱗が美しく、黒曜石のような瞳は澄んでいて、とても聡明（そうめい）だ。いたずら好きなやんちゃ竜が多い中で、彼だけはどこか落ち着いた雰囲気がある。今も穏やかな目で、エステルのことを見守ってくれていた。

ただ、この祈りの季節は、竜たちもほとんどが峰の上まで飛んでいってしまう。特に竜騎士と契約を結んでいる相棒の竜たちは、山肌の近くを飛行し、登山する竜騎士をじっと見守っている。

銀竜はいまだに相棒を見つけていないからこそ、他の竜たちとは別行動をしているのだろう。ボス竜がこれでいいのかなとも思うが、里の守り手としていてくれるのならばこんなにも心強いことはない。

銀竜と、彼と行動をともにしている仲間の竜たちを順番に撫（な）でながら、どうしたの？　と声をかけてみる。すると銀竜はギュルルと唸（うな）るような声をあげ、麓の方へと目を向けた。

「誰か来たのかしら？」

確かに、遠くの方から馬車が走るような音が聞こえる。

今は隣国との関係にも動きはないし、こんな辺境まで旅人が来ることもない。顔なじみの商人か、たまに変わり者の研究者が訪ねてくるくらいだ。でも、それなら竜たちがこうもざわつくこともないはず。

不思議に思って麓へ続く道を見つめていると、やがて、ガラガラという車輪の音とともに黒塗りの馬車が見えた。こんな辺境には不釣り合いな、随分と高級そうな馬車である。ぴかぴかに磨かれて光沢があるだけでなく、何やら側面には紋章が描かれている。

カーブに差しかかったところで紋章がはっきり見え、エステルは息を呑んだ。

(あの紋章……え？　嘘でしょ？)

見間違いかと思って目を擦る。けれど何度見直しても、やはり見覚えのある紋章そのものだった。

太陽を背に咆哮する獅子と交差する剣、すなわちサウスアロード帝国の国章ではないだろうか。

(えっ、どういうこと？　こんな辺境に、わざわざ国からの使者が来るって何ごとよ……？)

そんな高貴な客人など、いまだかつてなかったはずだ。

(よりにもよって、父さまや兄さまたちのいないこの時期に)

エステルは狼狽えた。だって、相手が相手すぎて、さすがにエステルひとりでは荷が重い。

(父さま、兄さま！　早く帰ってきて！)

どうしたものかとオロオロしていると、竜たちの方が心配してくれる。銀竜がそっと頭を寄せてくれたところで、エステルはどうにか冷静さを取り戻した。

一方で、銀竜以外の竜たちは依然警戒したままだった。ギャアギャアと騒ぎ立て、それが馬を驚かせてしまったらしい。

暴れそうになる馬を、御者が慌てて制止するのが見える。馬車の中からも狼狽えたような声が聞こえ、黒塗りの馬車は丁度エステルたちの手前で止まった。

すっかり混乱した様子で、どたどたと馬車から人々が下りてくる。

「り、りりりりり、竜!? こんな地上に!? なななななチャド様！ いかが致しましょうっ!?」

「おい娘っ、我々を誰と心得るかっ！ りゅ、竜を仕掛けるなどと、とんだ無礼を――」

「ええ……?」

エステルは困惑した。中から出てきた男のなかのひとりが、見たこともないほどにド派手でひょうきんな格好をしていたからだ。おそらく彼が、チャドと呼ばれた代表者なのだろうが。

チャドは、ツンと反り返ったチョビ髭(ひげ)が印象的な、えらく個性的な男だった。

臙脂(えんじ)色と深緑という二色の布をふんだんに使ったフロックコートに、この辺境の地でも時代遅れに感じるカボチャパンツのようなブリーチズ。緑や刺繍(ししゅう)にはたっぷりと金糸を使用した上、フリルたっぷりのジャボが華やかだ。ぴっちりとした白タイツに硬そうな革靴は、このような山里を歩くには向かない。

そんなチャドをはじめとした男たちは、馬車のすぐ近くでひとところに固まってガクブルと震えている。

「あの、あまり大きな声を出すと、余計に竜たちが興奮するので」

「な、なななななんだって!? お前たちっ！ 騒ぐなっ！」

いや、だから、その声が大きいのだとエステルは頬を引きつらせた。

ここファリエナ領は竜の生息地であることは有名なはずだし、外からのお客さまもそれを理解して来ることがほとんどだ。だからこうして、素人丸出しな対応をされることは今まであまりなかった。

（国からの使者のはずなんだけど、随分迂闊じゃない……？）

呆れながらも、興奮した竜たちを放っておくわけにもいかない。

竜たちはすでに「おっ、なんだ、遊ぶか？」とばかりに鼻を鳴らして、男たちに頭を近付けようとしている。そんな彼らを宥めるように、エステルは竜たちの身体を撫でていく。

「大事なお客さまみたいなの。心配しなくてもわたしは大丈夫だから、少し離れて見守っててくれる？」

そう告げると、竜たちは仕方ねえなとエステルの後ろに下がった。ただ、銀竜だけは最後の番人よろしく、チャドたちを警戒するように静かに佇んでいる。その迫力にチャドもごくりと息を呑む。

「銀竜も、ありがとね」

静かに見守ってくれていて、と、彼の頭を撫でた。するとようやく機嫌が直ってきたのか、ぐるると喉を鳴らしている。

竜たちが素直に言うことを聞いているのが壮観なのか、チャドたちは信じられないものを見るかのような目をエステルに向けた。

しかし、それも束の間。チャドはキリッと表情を引き締め直す。のけ反らんばかりの勢いで胸を張り、鼻息荒くエステルに名乗りをあげた。

「私はサウスアロード帝国皇帝ラファーガ・レノ・アスモス・サウスアロード様付きの湯殿係チャド・ネル・ロエンスである！」

ふんぞり返りながら懐から取り出したのは、王家の紋章であった。

（本物だ）

遠い昔——エステルはその紋章をこの目で見たことがある。あの日のことは今日まで忘れたことがなく——だからこそ、チャドの持つ紋章が本物であることはすぐにわかった。

随分と高圧的な態度だと思っていたが、本当に偉い人であるらしい。こんな辺鄙な田舎の、一応形だけの貴族でしかない自分と比べたら雲の上の人なのだろう。

湯殿係とはなんぞや？　という素朴な疑問も湧いてきたけれど、ひとまずそれは脳の隅っこに押しやる。

（これが父さまの代理としての、初仕事なのね）

初っぱなから難易度が高すぎる相手がやって来たが、いやいや自分も領主の娘。きっちり対応してみせよう。そう決意し、エステルはキリッと表情を引き締めた。そしてスカートの裾をつまみ、精一杯綺麗なお辞儀をしてみせる。

「ふむ、どうやら弁えているようだの。——娘、我々は領主家の令嬢に用があるのだ」

「え?」

が、まさかここで自分が指名されるとは思わず、ぽかんと口を開ける。

「ええと……領主の娘は、わたしですけれど」

「は?」

「ファリエナ家の長女エステル・アンリ・ロッタ・ファリエナです。——あの、領主である父でなく、本当にわたしにご用が?」

相当びっくりしたのか、チャドはエステルの頭のてっぺんからつま先まで何度も見直している。

それから従者の男たちと、何やらごそごそと話し込みはじめた。

「ピンクがかった髪にファリエナ家特有の萌葱の瞳——なるほど、確かに」

資料を取り出し、その資料とエステルに視線を行き来しながら、何かを結論づけたらしい。竜たちを警戒しながらも、チャドが周囲の者たちを押しのけて一歩、二歩と前に出る。

丁度そのとき、茶畑の方から、心配した里の女たちが遅れて駆けつけてくれた。黒塗りの馬車が目に入ったのか、「え!? 何!?」と騒ぎはじめる。

その姦(かしま)しさにチャドが顔をしかめた。しかしそこは、やはり国からの使者なのだろう。観衆が増えたとて堂々としたものだ。ビシッと胸を張り、里の女たちの圧に負けぬよう腹から声を出した。

「エステル! こたび、そなたをサウスアロード帝国皇帝ラファーガ・レノ・アスモス・サウスアロード陛下の夜伽係に任命する。今すぐ準備をし、皇都へ同行するように!」

「へ？」

――夜伽係。

その言葉の意味を理解するまでに、たっぷり十秒はかかった。

何度も脳内で反芻し、ようやく頭が動きはじめる。

丁度この場に到着した里の女たちも同様だったらしい。顔を見合わせ、示し合わせたように大きな声をあげた。

「ええ～～～～～～!!」

あまりに大きすぎる叫び声に、竜たちまでが驚き、その場に跳び上がったのだった。

そこからはもう、大騒ぎだった。

サウスアロード帝国皇帝ラファーガの夜伽係。いくら下界の事情に疎いエステルであっても、皇帝の命に逆らえないことくらい承知している。

（湯殿係ってつまり、皇帝陛下の夜のお相手を探すお仕事だったのね……）

どうにかこうにか準備のためにひと晩もらって、翌日にはもうファリエナ領を発つことになった。終始慌ただしくて、挨拶もそこそこに里を出てきてしまった。

正直、心の準備が全然間に合っていない。

なにせ、夜伽係に任命されたのが昨日。さらに、辺境であるファリエナ領を発ったのがついさっきなのだ。

本来ならば皇都まで馬車で一ヶ月ほどかかるはずの旅程が、もののわずか数分。それもこれも、チャドの持ってきた特殊な魔道具、ワープのスクロールのおかげだ。

スクロールというのは、魔法陣を描いた巻物に魔力を込めておくことで、誰でも一回だけその魔法を行使できる特殊な魔道具だ。

古代魔法国家の血を連綿と引き継ぐファリエナの人間と違い、下界には魔力を持った人間自体が少ないのだという。そして、魔法文化に関する認識もかなり絞られているようで、こうした魔法陣を使用しないと、そもそも魔法を発動できないらしい。

「なぜ小娘のために、国宝級のスクロールを……」

馬車の向かいに座っているチャドはずっとブツブツと言っている。

昨日からエステルにも悪態をついてばかりで、まともに会話できそうな雰囲気はない。丁重に扱いたいのかそうでないのか、謎は深まるばかりだが、ここまで来てしまったからには覚悟を決めるしかない。

(チャドさまには好かれていないけれども、大丈夫。大丈夫よエステル。要は皇帝陛下に、気に入られたらいいんだから)

心の中で自分に言い聞かせながらも、すぐに項垂(うなだ)れたくなる。

正直、恐怖しかない。それでも、エステルはやらねばならない。なにせ、今のエステルには領民三二八名の命がかかっているのだ。

(絶対に、里のみんなを殺させない……！)

エステルが夜伽係をふたつ返事で引き受けたのには、大きな理由があった。

これからエステルが夜伽係として仕えるという皇帝ラファーガの異名は黒雷帝。二五歳とまだ若いが、まるで黒い雷のように苛烈で、人を切り捨てることなど、なんとも思わない冷酷な皇帝だと有名なのだ。

彼の命令に反したが最後、確実に斬り殺される。だから指名されて行かない選択肢はない。

そんな皇帝陛下の夜伽係だ。噂では夜伽係に任命された人は皆、皇帝陛下を満足させられなかったら殺されるのだという。

夜伽係という役職に応じなければ死。

役目を果たしても、ラファーガに満足してもらえなければ死。

生き残る方法は、しっかり役目を果たしてラファーガを満足させるしかない。

(どうすればいいのよ……！)

悶えたくなるのを必死で押しとどめる。

今まで誰かと男女の関係になることなどなかった。そんなエステルが、いきなり夜伽係ときた。

(つまり皇帝陛下のお相手をするってことなのよね？　しかも、夜伽係ってことは、あんなことやこんなことまでしなきゃいけないわけで)

恐怖と同時に羞恥が押し寄せる。油断すると、チャドの前で悶えてしまいそうだ。

でも、恥ずかしがっていられないことも承知している。

（相手はあの苛烈な黒雷帝なのよ？　――もし、わたしがもじもじして不興を買ったりしたら）

ファリエナ領民もろとも皆殺しになってもおかしくない。

（それだけは、駄目）

恥ずかしがってなどいられない。夜伽係としてしっかり役目を果たさなければ。それでラファーガを喜ばせて信頼を得て、きちんとお願いして里へ帰る。行き当たりばったりのふんわりした計画だが、元の生活に戻るにはこの選択肢しかない。

（うまくいくかなんて、わからないけど）

こうなってくると、兄たちが不在で運がよかったまである。

なにせあの兄たち、多少――いや、かなり妹愛が強すぎるのだ。エステルが夜伽係に任命されたなどと知ったら、憤慨して竜に乗って攻めかねない。

兄たちのことは、肝の据わった里の女たちに任せてきた。エステルはあくまで侍女として召し抱えられたと嘘をついてもらう算段になっている。したたかな彼女たちに任せておけば、問題ないだろう。

（わたしは、夜伽に集中しなきゃ。――大丈夫、姉さま方に色々教えてもらったもの！）

エステルはぎゅっと拳を握りしめる。

実は、昨夜からひと晩かけて、里の女たちにできうるかぎりの性技を叩(たた)き込(こ)まれた。

閉ざされた里だ。娯楽も限られている。そんな環境だから、どうも奔放な男女が多いのだ。

エステルだけは過保護な兄たちにガッチリと護られ、男性に言い寄られることすらなかったが、里の女たちの話はよく聞いていた。そして昨夜は、彼女たちの性技を具体的に伝授してもらったというわけだ。

中にはそんなことをするの!? という内容まであった。本当に自分が行えるかどうかは怪しいが、やらねばならない。

教えてもらった性技を駆使すれば、きっとラファーガも満足してくれるはず。生き残るためなら何だってやってやる。そんな心持ちで、エステルはキッと前を向く。

(姉さま方! わたし、媚びて! 媚びて! 媚びまくってやるわ!!)

それがエステルの決意だ。

(絶対、皇帝陛下をきゅんってさせて、生き残ってやるんだから……!!)

しかし、そんなエステルの意気込みも、皇城に着くまでだった。

サウスアロード帝国皇都アスランデュのほぼ中央にある皇城に足を踏み入れた瞬間、逃げ出したい気持ちになった。

豪華絢爛(ごうかけんらん)という言葉は、まさにこのことを言うのだろう。一気に色彩が溢れ、言葉を失った。

ファリエナ領主家の屋敷を縦に横にといくつも積み上げたような大きさで、白を基調とした美しい壁に、隅々まで職人の手による彫刻がたっぷりと施されている。まるで盾のような形をしたカルトゥーシュ。周囲を葉型装飾で縁取られ、威厳に満ちた柱が連なる。

赤い絨毯に、壁に掛けられた絵画や美術品の数々。天井には一面、額縁のような草花の模様に囲まれ、植物や天使、動物など様々な姿が描かれている。

とんでもないところへ来てしまった。

その事実が、ようやく現実としてエステルにのしかかってきた。

（こんなにすごいお城の主を手のひらの上で転がせと？　姉さま方、無理よ……）

どれだけ自分が世間知らずの田舎者か、早々に思い知らされた。こんな付け焼き刃の性技で、一体どうしろというのだろう。

（でも、ここまで来てしまったし……）

覚悟を決めないといけない。

そうしてエステルは、チャドから皇帝付きの侍女らしい人物へと引き渡された。そこからあとは、あまりに目まぐるしくて意識を保つのが精一杯だったように思う。

侍女総出で身体の隅から隅まで磨きあげられた。普段誰かに身体を磨かれることなどなかったため、心の中は大騒ぎである。自分の身体のはずなのに、まるで別人のような仕上がりになっており、これが皇城の侍女たちの技かと慄くことになった。

そうこうしている間に、すっかり夜が更けていたらしい。

つまり、はじめてのお役目の時間だ。エステルは喉から心臓が飛び出そうなほどに緊張しながら、侍女の案内に従い城の奥へと歩いていく。

足元が少し心許(こころもと)ない。今はガウンを羽織っているが、その下は、これまた着たことがないような頼りない寝間着一枚なのだ。

これを身につけろと言われたとき、侍女たちに向かって正気かと二度見をした。

レースがたっぷりと入った白のナイトドレスは、さすがの仕上がりで、非常に繊細な一枚であった。しかし少々——いや、かなり繊細すぎるのだ。

ひっらひらのすっけすけで、大事な部分はかろうじて隠れているものの、それだけだ。薄い生地越しに肌はばっちり透けて見えているし、紐(ひも)を解(ほど)けばあっという間に脱げてしまう代物。役割が役割なだけに当然の仕様ではあるが、改めて、本当に自分が夜伽係になったのだと実感する。

でも、領地の皆を護るためだ。王家と変に拗(こじ)らせずに、全てを丸く収めなければいけない。

(あとは——正直、ちょっと)

そう、ほんのちょっとだけ、興味みたいなものもあったのかもしれない。

(はじめての相手が皇帝陛下だなんて、畏れ多すぎるけれど)

ついでに言うと、噂が本当ならばここで皇帝を満足させられなければ、明日の朝日は拝めないかもしれないけれど。デッドオアアライブ。こんな閨(ねや)があってたまるか。

緊張しすぎてどんどんと呼吸が浅くなっていく。そんなエステルをよそに、前を行く侍女は淀(よど)みなく足を進め、いよいよ突き当たりの部屋へと辿り着いた。

重たそうな扉の向こうが、この国の皇帝の寝室になるらしい。コンコンコンとノックをしてから、名乗りをあげている。

「ニナです。――陛下、今宵の夜伽係をお連れしました」

そう告げた侍女の言葉に対して、返ってきたのは沈黙。たっぷり十秒以上経ってようやく「入れ」という低い声が届いた。

侍女は、扉を開けてエステルに目配せをする。あとはひとりで行けということなのだろう。

大きく息を吐く。本当は覚悟を決めるために頰を叩きたいくらいだが、そこは我慢だ。

(頑張らなきゃ。ファリエナ領、三二八名の命のために！)

キリッと表情を引き締め、扉の向こうへと目を向ける。

(陛下！　絶対にわたし、あなたに媚び媚びで尽くして！　必ず生き残ってみせます！)

そう決意して、とうとう薄暗い部屋に一歩足を踏み入れたのだった。


部屋に入って早々、まず感じたのは、とてもいい香りがするということだった。たっぷりと香を焚いているのか、悩ましげな夜の香りがする。

ランプの明かりに照らされた薄暗い部屋の向こう――天蓋付きの大きなベッドが見えた。

そしてそこに横たわる男性がひとり。肘を立てるような形で上半身を起こし、寛いでいる。視線

は窓の向こう。煌々と輝く満月を見つめている。まるでエステルに興味がない様子で、一瞥すらしなかった。

想像とは違い、とても美しい男性だった。

凜としていると言うべきか。噂ではまさに戦神といった苛烈な皇帝と聞いていたため、もっと厳つい雰囲気の大男を想像していたが、異なるようだ。

確かに、軍人らしい厳しい表情に、引き締まった体躯をしている。ただ、その身についた筋肉は無駄のないしなやかなものだった。まるで抜き身の刃のように、研ぎ澄まされている。

切れ長の瞳は夜空に浮かぶ月と同じ、どこか温度のない冷たい印象の黄金色。その冴え冴えとした目は、長い睫毛で縁取られている。

濡れ羽色の髪は艶やかで美しく、まさに美丈夫といった風情の男性だ。

（彼が、この国の皇帝陛下——）

ラファーガだろう。まるで彫刻のように完成された見目にすっかり見とれてしまう。

無意識のうちに一歩、二歩と前に進んだところで、ラファーガが深々とため息をつく。

「まったく。夜伽係など必要ないというのに、チャドめ」

吐き出すように言い捨て、ラファーガはこちらをキッと睨みつけた。

「女、悪いことは言わない。今すぐ——……ッ!?」

瞬間。

ギンッ！　と、ラファーガの眼光が鋭くなった。

彼はガバリと身体を起こし、目を見開く。瞬間、発せられた殺気に、エステルは縮み上がりそうになった。

「――――っ!?」

思わず叫び出しそうになったところを必死で押しとどめる。

（顔が！　怖いっ!!）

視線を合わせなければ美しい顔だと思っていたけれど、そんな生やさしいものではなかった。肌にビリビリくるほどの殺気。こんなの、澄ましていろという方が難しい。

（何この殺気!?　無理無理無理！　無理よ！）

もう帰りたい。今すぐ帰りたい。

（媚びて大丈夫？　鬱陶しい女だっていきなり斬られないよね!?）

冷酷無比な皇帝陛下とは聞き及んでいたけれど、それもちゃんと理解できていなかった。これは殺される。死亡確定。斬首待ったなし。明日の朝日は拝めない。

（父さま、兄さま！　先に逝くことを許して！）

頼むから、それで怒って皇都に総攻撃することだけはやめてくれと祈る。エステルの死を無駄にせず、こんな恐ろしい皇帝の目からは隠れ、里でひっそりと大人しく暮らしていってほしい。――などと、ここまでコンマ一秒で考え、エステルはぎゅっと胸の前で手を握りしめた。

怖くても、ここから逃げることはもうできないのだ。

――しかし。

「っ、エステル……？」

ふと、名前を呼ばれて瞬いた。

どうしてこちらの名前を知っているのだろう。そもそも、この部屋に入ってきたときの反応を見るに、彼は夜伽係には一切の興味がなさそうだった。なのに、この反応は何だ？　などと困惑しつつも、皇帝に質問されたのだ。答えないのは不敬にあたる。

「はい。に、西のファリエナ領から陛下にお仕えするために参りました。エステル・アンリ・ロッタ・ファリエナと申します」

声は震えなかっただろうか。

エステルは夜伽係なのだ。怖がっていることを悟られるのは、きっとよくない。せめて堂々とお仕えしようと、丁寧に一礼する。

「…………な、ぜ」

絞り出すような声が聞こえた。不思議に思って顔を上げる。

ラファーガは寝台の上でずっと動けずにいるようだった。まるで信じられないものでも見るかのように、こちらを凝視している。

その間もずっと、殺気に似た何かがこちらにビシビシ飛んでくるような感覚がある。それに負けぬよう、腹に力を入れてしっかりと立った。

「こたび、陛下の夜伽係を拝命致しました。陛下、夜ごと精一杯お仕えいたしま――」

「夜伽係⁉」

声を被(かぶ)せるようにして驚かれ、エステルは息を呑んだ。

なぜそこに驚くのだろう。そもそも、最初から夜伽係だとわかっていてこの部屋に通したのではないのだろうか。

「ど、どういうことだ。どうして、君が――」

なぜか狼狽(ろうばい)しながら問われるも、なんと答えたらよいのだろうか。そもそも、国から要請されて夜伽係になった経緯がある。ラファーガもわかっているだろうに。

しかしエステルは気付いてしまった。

(――もしかして、ここなのでは?)

何がと言うと、つまり、媚びどころは。

昨夜、里の女たちにこれでもかと言うほどアドバイスをもらった。エステルのような娘は、誠意を尽くして一生懸命に仕えるのがいいと教えてもらったはずだ。今こそ、彼女たちの言葉を活かすときだ。

「どうしても、陛下にお仕えしたくて」

「っ⁉」

自ら望んでここに来た。そんな真っ直ぐな姿勢を示す。そして、しずしずとベッドの近くまで歩いていった。

「君が、私に、仕えたい……？」

「ええ、陛下」

ラファーガの眼光が再び鋭くなる。ビシビシ殺気を浴びながらも、エステルは頑張って笑顔を作った。

ずっと殺気を浴びていると、少しずつ慣れてくる。こればかりは、故郷で竜たちに囲まれて生きてきた経験が活きている気がする。竜たちは感情を魔力に乗せて発することが多く、彼らの苛立ちや怒りも、エステルは側で浴びることが多かったのだ。

ラファーガの殺気もそれに近いものだと考えると、うまく受け流せそうだ。

（いける。いけるんじゃない、わたし！）

少しだけ調子づいてきて、エステルは口角を上げる。それから彼の前で、ゆっくりとガウンを脱いでいく。

その間も、ラファーガの視線は一切逸らされることがなかった。エステルが凶器を持っていないか確認でもしているのだろうか。ナイトドレスを身につけた、まさにあられもない姿を凝視されている。恥ずかしいというよりも、身体検査を受けるかのような緊張感を覚えた。

「お側に行っても？」

「っ、あ、ああ――」

少し歯切れが悪い。ラファーガは相変わらず目を見開いたまま、ベッドの上で身体を後ろに引く。そんな彼の手前に腰かけ、エステルは再びしっかりと微笑(ほほえ)んだ。

（えぇーっと？　こ、ここからどうすればいいの……!?）

男女の初夜は殿方に任せるのがよし、みたいなイメージはあるものの、当然ながらエステルは妃(きさき)でもなんでもない夜伽係なのだ。皇帝陛下に誠心誠意お仕えし、彼を満足させるのが仕事。つまり、エステルから能動的に仕掛けなければいけない。

「陛下、わたし、陛下によくなっていただくために誠心誠意努めます」

「誠心誠意……っ!?」

彼の声がわずかに上擦った気がした。

ラファーガが疑(うたぐ)り深(ぶか)い男であることは聞き及んでいる。だから、誠心誠意だなんて言葉を軽々しく使うべきではなかったのだろうか。

もう十年も前のことだ。西の隣国ジャクローと戦争になった際、まだ皇太子だった彼は仲間の裏切りにあい、九死に一生を得たらしい。それから、誰に対しても懐疑的で厳しい性格に拍車がかかったのだとか。

「ええ。陛下に害をなすようなことは致しません。――ご心配でしたら、この身体の隅々までお調べいただいて構いません」

「隅々まで……！」

本当に疑り深いのだろう。彼はエステルの言葉を繰り返す。そのたびにビシビシと殺気が飛んでくるのだ。

「ええ、隅々まで」

そう言いながらエステルは手を伸ばした。

（姉さまたち、必ず先制攻撃を仕掛けること、って言ってたわよね。ううう、先制攻撃って何よ）

脳内は大騒ぎ、心臓はばくばくであるが、エステルは明日も朝日を拝みたい。なけなしの勇気を全部振り絞って、里の女たち直伝の男を翻弄する性技というものを見せてやろうと思う。

（姉さまたちを信じるのよ……！）

男は案外、性に積極的な女に心をくすぐられるものらしい。それがエステルのような純朴そうな娘であればなおさら。曰く、ギャップ萌えと言うのだとか。

だからまずは、エステルから相手を押し倒す。

トン、とラファーガの胸に手を突き、彼の身体をベッドに沈める。

一切の抵抗はなかった。ラファーガはぽかんと口を開けたまま、じっとエステルのことを凝視している。

（っ、睨まれてる！　姉さまたち、本当にこれでいいのよね!?）

泣きたい気持ちになりながらも、あとには退けなかった。閨の主導権を握る。それが姉さまたちのアドバイスだ。

『拙くてもいいの。あなたのために一生懸命なの、っていうのが伝われば、男はイチコロよ』

と、里一番の恋多き姉さまが言っていたのだから間違いない。

（恋人でないから、唇は、避けて――）

お前何様だと思われないように、最初は少し位置を外して、頬あたりの口づけがオススメだと言っていた。

（で、でも……こ、怖いっ！）

唇ではないとはいえ、彼の顔にキスをするのは。

あの冴え冴えとした瞳に凝視されるのが恐ろしくて、エステルはさらに少し場所を外し、彼の首元に口づける。

「……んっ」

ラファーガの声が漏れ聞こえる。少しだけ甘さを含んでいたような気がするが、多分それは思い違いだ。うぬぼれてはいけない。

でも首元に口づけることによって、丁度彼の視線から外れた。だから自然と、恐ろしさが和らぐ。

これならいけると、二度、三度と口づけを繰り返す。

「くっ、ん！　あ……ま、待て……っ！」

ラファーガの息が荒くなっている。これは悪くない反応なのだろうか。

いや、深く考えている余裕などない。ここまで来たら、前に突き進むだけだ。ちゅ、ちゅと、首元から下へ――彼のナイトガウンをはだけさせて、胸元へ唇を移動させていく。

「っ、エステル……！」

どこか咎めるような色を含む低い声が耳朶に響く。

ハッとして顔を上げると、眉根をぎゅぎゅっと寄せているラファーガと目が合った。

相変わらずこちらを睨みつける眼光は鋭い。というよりも、その表情には険しさが増していて、途端に現実に引き戻される。

あ、終わった、と思った。

口づけするのに必死で他には頭が回らなかったが、早速ラファーガの機嫌を損ねてしまったらしい。ザアッと血の気が引く思いがして、硬直する。

「君は、私が怖くはないのか……っ」

が、思っていたのとは異なる言葉を投げかけられ、エステルは目を丸くした。

（いいえ、怖いですけどっ！）

心の中で即答しつつも、笑顔は崩さない。というか、怖すぎて笑顔のまま表情が固まってしまい、崩せなくなっているのが本音だ。

でも、怯えてなどいられない。

「わたしは、この国をおひとりで支えてくださっている陛下に、心からお仕えしたいのです」

「……っ！」

ふるると、黄金色の瞳が揺れた。

エステルの背中に冷たい汗が流れる。呼吸が浅くなるも、彼から目を逸らさない。

ラファーガはそれ以上咎めるようなことはしなかった。どうやらエステルは、このまま夜伽を続けることを許されたようだ。

安堵（あんど）するも、ぼうっとしている暇はない。エステルは本格的に彼のナイトガウンを引き剥（ひは）がしにかかった。

たちまち彼の逞（たくま）しい筋肉があらわになる。

それは見事のひと言だった。腹筋がバキバキに割れている。美しい肢体ではあるが、やはり軍人ということか。男性的な身体つきに、自分との違いをまざまざと見せつけられた心地だ。

（ええと、まずは男性の大事なところを硬くするため――……って）

下着まではまだ脱がしていないが、布越しにはっきりと主張をしているナニカがある。そのナニカは、彼の苛立ちがわかりそうなほどにギンギンに存在感を放っていた。

（………あれ？）

聞いていた話と違う。

最初は直接手で触れたり、口で舐（な）めたり吸ったりして、勃起を促すことを目指すと聞いていたが――。

（触るまでも、ない、のでは……？）

つい、すっかり怒張しているそれを凝視してしまった。

「エステル」

「っひゃ!?　す、すみませんっ!!」

突然声をかけられ、素が出てしまう。跳び上がりそうな勢いで上半身を起こし、ぶんぶんと首を横に振った。

「失礼しました。は、はじめてなもので、その——少し、緊張してしまって」

「はじめてだと!?」

「お、お恥ずかしながら」

しまった。言わない方がよかっただろうか。

夜伽係としては、ある程度経験豊富な方が安心できそうなものだ。わざわざ暴露しなくてよかったのではと後悔するも、言ってしまったものは仕方がない。

「夜伽係としては頼りないかもしれませんが、わたしは、この身を陛下に捧げられること、とても光栄に思っております」

「喜ばしく、思ってくれているのか」

「当たり前です！」

本音は恐ろしいのひと言なのだが、それは頑張って覆い隠す。

にっこりと微笑みながら、エステルは改めてしっかり存在を主張をした皇帝陛下のナニと向き合うことにした。

（ってか……お、大きくない？）

下着から「キツイヨ！」と主張しまくっているそれがあまりにも苦しそうで、エステルは彼の下着の紐を解く。腰回りが緩むなり、ビョンと勢いよく飛び出したそれを目にして、心臓が止まりそうになった。

皇帝陛下の皇帝陛下は、あまりに皇帝陛下たる皇帝陛下であった。

つまりあれだ。凶器とかそういった生やさしいものではない。

黒雷帝の二つ名に相応しい、もはや兵器である。というか、どうやってあの下着の中に収まっていたのか不思議でならないご立派さだ。

ボコボコと血管が浮き上がったそれは、軽く反り返っており、まさに鋭利な武器といった印象だ。長さだけでなく太さもあり、先端からはてらてらと先走りが溢れている。

（こ、これ、もう完全に勃起してるよね？　ど、どうすれば？）

男をその気にして勃たせるという行程が真っ先にあるはずだが、そこはすっ飛ばしていいのだろうか。

（ううん。でも、悦んでもらう過程は大事よね……？）

里の女たちが示してくれた流れ通りに、まずは一度触れてみるのがいいのかもしれない。正直、エステルの心の準備も必要だから、そのためにも触れておきたい。

覚悟を決めて、エステルはラファーガの股間に手を伸ばした。手のひらで包み込むように触れると、思いのほか弾力がある。

熱い。そして、なんだか肌に吸いつくような感触だ。

「くっ……！」

ラファーガの眉間に深い皺が刻まれた。苦しそうに息を吐きながらも、エステルを止めるような真似はしない。どうやらエステルのやりたいように、任せてくれるらしい。

(機嫌は損ねていない。大丈夫)

彼の表情を確認しながら、エステルはきゅっと彼の熱棒を上下に扱きはじめる。

強く握っても大丈夫らしい。むしろ、弱い方がくすぐったいのだと聞いているから、エステルなりに容赦なく握り込んでみた。親指で裏筋を伸ばすように擦ると、ラファーガの息がますます荒くなっていく。

「くっ、ま、待て……っ！」

待て、は続けろの意だったはず。里の女たちの言葉を信じ、エステルはさらっと聞き流す。

「く——、まさかこんな、く、ぁ……！」

ラファーガは己の顔を片手で覆い隠しながらも、指の隙間からこちらに視線を向けてくる。そこに鋭さだけではなく、彼本来が纏う色気のようなものがあった。

その視線に射貫（いぬ）かれた心地がして、エステルはひゅっと息を呑む。

まずい。行為に集中するために色々考えないようにしていたけれど、急に身体が火照（ほて）ってきた。

すっかり怒張している彼の熱棒。まるでその熱さがエステルに伝染したみたいだ。

エステル自身も呼吸が浅くなり、お腹（なか）の奥が切なくなってくる。

そういえばずっとラファーガに跨（また）がったままだ。彼の太腿（ふともも）のあたりにエステルの大事な部分が触れていて、その奥からとろりとしたものがこぼれ落ちるような、妙な感覚があった。

「っ……！」

つい身を捩（よじ）ると、その大事な部分が彼の腿に擦れて、布越しに刺激が伝わった。それだけできゅんと切なくなり、エステルは息を呑む。

萌葱色の瞳が潤み、きゅっと唇を噛（か）みしめる。心臓がとことこと暴れはじめ、どことなく落ち着かない。

（わ、わたしも……なんか、切なく……）

もしかしてこれが、欲情するということなのだろうか。

夜伽係として、事前に避妊薬は飲まされている。だからラファーガが所望すれば、ここで最後まで致すことも許される。――というか、本来、それこそが夜伽係の役割なのである。

でも、なぜだろう。一度意識しはじめると、その熱が一気に身体を駆け巡るような心地がする。

本当にこのまま続けていいのだろうか。何もかもがわからなくて、苦しくて、切ない。

「陛下、わたし……っ」

迷うような言葉が溢れ出たけれど、すぐに口を閉じた。

エステルは夜伽係だ。悦ばせるべき対象であるラファーガに、このような迷いを見せるのはよくない。だから、ぎゅっと唇を噛む。

どうにか彼への愛撫を続けるものの、彼も彼で苦しそうだ。そろそろ先へ進むべきなのかもしれない。

（姉さまたちには色々教えてもらったけれど……）

最初は正攻法がいいだろう。そう言っていた。

つまり、変な小技を使うことなく、純粋に身体を繋げる。処女のエステルにとって、最も難易度の低い方法を示してくれた。

でもこのまま簡単に身体を繋げることはできないとも聞いている。エステル側の準備が整っていないからだ。

『せっかくだから姫さま。その準備をね、しっかり相手に見せてあげるといいわ』

なんて、里の女は楽しげに教えてくれていた。

初心なエステルには信じがたい行為だけれども、今は先達の言葉を信じる以外に指標はない。

（つまり、今から陛下に、自慰を見てもらうってこと……？）

エステルは自慰自体まともにしたことがない。でも、これをちゃんとしないと大層痛いし、受け入れることが難しいのだとか。

だからエステルは決意した。ラファーガを見下ろす形で、ゆっくり、ゆっくりと片手を己の身体に滑らせていく。

ナイトドレスが揺れた。かろうじてエステルの大事な部分を隠してくれていた薄い紗の裾が、少しだけ持ち上げられる。

ラファーガは相変わらずエステルを凝視したままだ。薄暗い中、彼の頬が赤く染まっている気がするが、深く考える余裕はない。緊張でどうにかなってしまいそうだ。

「っ、ん……!」

腿を滑らせ、指先を大事な部分に到達させる。そうして下着越しに触れると、感じたことのないピリピリした感触がエステルの芯を駆け抜けた。

瞬間、ラファーガがハッと息を呑んだ。

これまでエステルのやりたいようにやらせてくれていた彼が、弾かれたようにして上半身を起こす。そして、勢いのままにエステルの肩を揺らした。

「私は、君に何を……っ」

はじめてラファーガの方から触れられ、エステルもビクリと身体を震わせる。

彼の表情がますます強張った。何かを責めているようだが、どうもその怒りはエステルに向けられているわけではなさそうだ。

悔しそうに唇を噛むラファーガを、エステルは何度も瞬きながら見つめ返す。

「君はもう覚悟をしているのか」

「え？」

「私が相手で、本当にいいんだな？」

今さらながらの質問に、エステルはぱちぱちと瞬いた。どう考えても、夜伽係にする質問だとは思えない。

もしかして、嫌々仕えているようにでも見えたのだろうか。それはよくなかったと、軽く目を伏せる。

「っ、申し訳ございません。その、はじめてで、緊張しているだけなのです」

「君が謝ることなどない。不甲斐ないのは――」

後悔の滲むような声で、ラファーガは呟いた。

その意図を理解できずにエステルは小首を傾げる。

「エステル」

次の瞬間、世界が反転した。ぐいっと肩を押され、先ほどとは一転、今度はエステルの方がベッドに押し倒される。

「え？　――え？」

エステルの柔らかな髪がベッドに流れる。

ギシ、と音を立ててベッドが軋んだ。エステルの視界はラファーガの顔で占められ、すぐ触れられる位置に彼がいることだけが理解できた。

ずしりと重みがある。彼がエステルの上にのしかかっているからだと理解するも、硬直したまま動けない。

「陛、——」

呼びかけようとするも、できなかった。すでにエステルの唇が、彼のそれで塞がれていたからだ。

（え、え？　え————？）

エステルは目を大きく見開いた。

奉仕する側だったはずの自分が、なぜか押し倒され、キスをされている。しかも、唇に。

柔らかい。そんな印象がよぎるも、余裕などどこにもない。

息継ぎのためにわずかに離されるも、それは一瞬だけ。すぐに二度、三度と口づけは繰り返される。そのたびに貪るように深くなっていき、呼吸が苦しくなる。

酸素がほしくて、わずかに唇が開いた瞬間を彼は逃さなかった。その隙間をこじ開けるように舌がねじ込まれる。

（熱、い……）

舌と舌が強く触れ合った。彼の舌は力強く、エステルの舌をとらえて逃がさない。ぐちゅりと音を立てながら唾液が絡まっていく。

「ん、ふぁ……ぁ……！」

「っ、は、ぁ……！」

激しすぎる口づけにいっぱいいっぱいで、無意識に身体が逃げようとするも、身動きが取れない。縫いとめるように上からのしかかられ、たっぷりキスを教え込まれた。

「エステル……！」

息継ぎをするわずかな間。唇が触れるか触れないかの位置で囁きかけられる。

「エステル、ああ、エステル……！」

その深い声に、先ほどのまでの殺気は感じられない。どこか熱がこもっていて、心臓がばくばくと高鳴っていく。

「よく、私のもとへ来てくれた」

まるで待ち望まれていたかのような言葉だ。でもエステルには、その意味を深く考える余裕などなかった。

彼の大きな手が容赦なくエステルの身体に触れる。ナイトドレス越しに、胸を包み込むようにして揉み込まれた。それだけで心臓が大きく跳ね、エステルの身体はビクンと震えた。

「君には、こんなにも積極的なところがあったのだな」

それは、先ほどまでの行為についてだろうか。確かに自分から迫ったが、あれはあくまで、夜伽係としての役割を果たそうとしたからだ。

でも彼の言葉を否定することもできず、ただただ身を捩らせる。

「だが、今宵は私から。それくらいの気概は見せさせてくれ」

「ん、陛下ぁ……！」

「ラファーガだ」

もう一度深く口づけられる。

「——結局、名乗らずじまいだったからな。ラファーガだ。そう呼べ」

「そん、な……っ、陛下」

いやいや、いくらなんでも名前を呼ぶのは畏れ多すぎる。できれば遠慮したいとふるふる首を横に振るも、それすらできないようにと今度は首元へ口づけが落とされる。

「ラファーガだ」

「ラファーガ、さまぁ！」

「ああ。それでいい」

ふと、ラファーガが笑ったような気配がした。しかし今のエステルからは、彼の表情がはっきりとは見えない。

ちゅ、ちゅぅ、と強く吸われ、エステルの白い肌に赤い印が刻まれていく。ナイトドレスを捲(まく)られ、直接胸元まで強く吸われた。

さらに彼は片手で胸を揉み拉(しだ)きながら、もう片方の胸の先端を咥(くわ)え込む。そのままころころと舌先で転がされると、強すぎる刺激にエステルの身体は跳ねた。

「っ、お待ちください……っ」

エステルは皇帝陛下の夜伽係だ。奉仕するのは自分であり、けっして皇帝ではない。

いや、こうして彼の好きにしてもらうのも夜伽係としての役割のひとつかもしれないけれど、どうしても心が追いつかない。だって、こんなに貪るように愛撫されるだなんて、ちっとも予想していなかった。

「はっ、はあ……っ、エステル」

ラファーガの手は大きくて力強い。

今まで何名もの夜伽係が彼の相手をしてきたはず。だからまさに、閨でも百戦錬磨なのだろう。そのはずなのに、どことなく彼は余裕がなさそうに見える。

ラファーガの手つきは性急だ。息も荒いし、表情だって強張っている。

「っ、エステル！　エステル！」

何度も呼びかけるその声にも必死さが滲み出ている気がする。一体全体これはどういうことなのだろう。

「ひゃ、あ……ああ……っ」

心臓が暴れて、どうしようもない。

今日はずっと、朝から緊張しっぱなしで、すでにエステルの精神は限界だ。

新しい環境で、しかも皇帝陛下の閨の相手をするだなんて、エステルの心にのしかかった負担はとんでもないものだった。

「私は、君を――！」

ラファーガの手がするりと下に移動していく。そうしていよいよ、エステルの一番敏感な場所に到達した。下着の合間から指が忍び込み、割れ目に添うように擦りあげられ、心臓が大きく跳ねる。

そうしていよいよ彼の指がエステルのナカへつぷりと入っていった瞬間――。

「――エステル？」

返事など、できるはずがなかった。

「エステル？　おい、エステル……!!」

ぷすんと、エステルの意識は途切れてしまっていたのだ。

◇　◇　◇

ふっと意識を失ったエステルを抱き寄せ、呼びかける。

「エステル！　エステル！」

全く余裕がなくて彼女の反応を全然見られていなかったが、どうやら限界に達していたらしい。

無理をさせてしまったかと、ラファーガは慌てて彼女の顔色を覗き込んだ。が、思いの外穏やかな彼女の表情を見て瞬く。

「……眠って、いる……？」

すぅー、すぅー、と、エステルは穏やかな寝息を立てている。

慣れない場所にやって来て早々だったから、疲れていたのだろう。むしろ、気付いてやれなくて悪いことをした。これ以上無理をさせてはいけない。

ラファーガは寝苦しくないように彼女の体勢を整え、その横に寝そべった。そうしてじっと彼女の顔を覗き込む。

先ほどまでの乱れた様子から一転、彼女はどこか穏やかな表情をしていた。そのままラファーガに向かって顔をすり寄せてくるから困ったものだ。

（エステル、私の側で安心しきって……！）

この腕の中に彼女がいる。夢にまで見たあの彼女が！

（エステルがここまで私に会いたいと望んでくれていただなんて！）

それだけではない。ラファーガのために精一杯仕えたいという、あの健気な態度。エステルの真っ直ぐな想いに心打たれないはずがなかった。

ラファーガは心の中で歓喜の声をあげる。

（私もだ！　エステル！　愛しているッ!!）

サウスアロード帝国皇帝ラファーガ・レノ・アスモス・サウスアロード。彼は十年来の想いを盛大に爆発させていた。

表情筋は死亡しているが、そんなものはどうでもいい。心の内に滾るエステルの想いは誰にも負けないと自負している。

――ラファーガは、エステルが彼のことをちっともわかっていないことなど露知らず、彼女への想いを胸の奥に眠らせようと苦心してきた十年を思う。

まさかこんな形で、彼女と再会できるだなんて。エステルが夜伽係になった経緯はさっぱりわからないが、きっと自分に会うために奮闘してきてくれたのだろうと都合のいい解釈をするに至る。

（しかし――エステル、なんという格好だ）

久々に会った彼女は、十年前の面影を残したまま、とても美しく成長していた。

すべすべの肌に、サクランボのような唇。こちらを見つめるあの萌葱色の瞳は、きらきらと宝石のように輝いていた。

毎日野山で過ごしてきたのだろう。健康的な肢体は女性的な丸みを帯び、ラファーガを蠱惑的に誘う。そんな彼女が繊細なレースたっぷりのナイトドレスを纏っているものだから、その色香にくらくらするばかりだ。

正直、己の股間は、熱く硬いままだ。すっかりその気になってしまったところで、こんな形で「待て」をさせられるなど、なんという仕打ちなのだろう。ギンギンに反り返った股間は痛いくらいだが――いやいや、冷静になるべきだ。

（お預けを食らってよかった——と言っていい、のだよな？）

ラファーガはぎゅっと唇を引き結び、考え込む。

（そうだ。きっとこれでよかったのだ。いくら彼女と想いを交わせて有頂天になってしまったとはいえ、なし崩しに彼女を奪っていいはずがない）

くうくうと眠るエステルの頬に触れ、ラファーガは表情を緩ませる。

（だが——君の気持ちは嬉しいよ、エステル。私の女神）

この気持ちはずっと閉じ込めておかなければいけないと思っていた。叶うはずのない恋だと。だからこそ、いまだに信じられない気持ちもある。

（まさか、彼女とこんな形で再会できるだなんて）

なんという僥倖だろう。この国の皇帝ラファーガが唯一、心を許した娘がここにいる。

十年前、もう二度と会わないと覚悟し、自ら彼女に連絡を取ることも禁じてきたラファーガの宝物。

何がどうなってこんな幸せな出来事が舞い込んできたのかはちっともわからない。ただ、王家とファリエナ家の関係からしても、きっと簡単にはいかなかったはず。それでも、彼女は来てくれた。

（私のことを覚えてくれていて——しかも、皇帝だと気付き、こうして夜伽係に立候補してくれたのか）

ラファーガは、この世界に生まれ落ちてから最大級の奇跡に感謝を捧げた。

記憶の中の彼女を思い出す。

それは、ラファーガにとっては唯一、温かくて幸せな記憶だった。

ファリエナ領主の末娘エステル。かつて、隣国との激しい戦争のおり、味方に裏切られたラファーガを救ってくれた純朴な彼女。

当時、まだ子供だったにもかかわらず、ボロボロだったラファーガを見つけて治療してくれた。さらに追っ手の目から隠してくれた。剣を持った大人の男たちがゾロゾロとやって来て怖かったろうに、彼女は全身全霊でラファーガを護ろうとしてくれたのだ。

あの日のことは、一度たりとも忘れてはいない。

王家の紋章を持っていたため、国の中枢に所属する人間であることくらいはバレていただろう。

不義理をした自分のことを責めるわけでもなく、十年。あのときの男が、今は皇帝となったのだと知って、彼女自ら追いかけてきてくれたというわけか。

チャドとどういう流れで繋がりを得たのかまではわからないが、とにかくラファーガは、彼女が会いに来てくれた事実に感謝したかった。

（そうだ、この十年！　ファリエナ領をこの国のいざこざに巻き込まないよう手を回してきたが！

――だからこそ、彼女を娶ることは不可能だと諦めていたのに！）

夜伽係だなんて、受け入れがたい役目だったろう。それでも、彼女はラファーガに会う機会を掴み取ってくれた。

はじめて出会ったときは自分もまだ若く半人前で、彼女も幼かった。

だから当時は彼女への感謝の思いを抱いただけであったが、彼女と過ごしたあの特別な時間はラファーガの胸の奥に残り続けた。

その温もりを、何度も何度も大切に、宝箱から取り出して眺め続け——そこから何年も、彼女が元気に暮らしているか調査報告を受けているうちに、いつしか恋へと変わっていた。

彼女もきっと、そうなのだろう。やはりあれは、運命の出会いだったに違いない。

（——ああ、エステル。なんといじらしい）

この小さな唇を見つめるだけで、吸いつきたくなるから困る。今日、彼女と深く繋がれなかったことは非常に残念だが、こうも深く眠っているのだ。起こしてしまうのは忍びない。

それに、はじめての行為をするのであれば、もっと相応しい形があるだろう。

あとは——そう、彼女の実家との関係もある。

（筋を通さなければ）

夜伽係としてではなく、正式に彼女を妃として迎え入れ、そのときに改めていただこう。それがラファーガの誠意だ。

（……なんて、我慢できる気はしないが）

腕の中のエステルの温もりに、くらくらしてしまう。

最後まですることはなかったにせよ、こうして、誰かを抱いて眠れる日が来るなどと、思わなかった。

彼女もはじめてだと言っていたが、実はラファーガもなのだ。次から次へと夜伽係の令嬢が送り込まれてきたが、最後まで致したことなどただの一度もない。

一応ラファーガだってこの国の皇帝だ。エステルと一緒になることを諦めたときから、彼女以外の誰かを娶らねばならないことだってわかっていた。

ただ、どうしても、女性を抱くことはできなかった。

というのも、ラファーガの特殊な体質のせいである。

黒雷帝と名高いラファーガは、その名に相応しい魔力をこの身に宿して生きてきた。その魔力は常人の数倍どころではない。数十倍——いや、もっとだろうか。国内で有数の魔力を宿すファリエナの者たちに勝るとも劣らない魔力を有しているのである。

ただファリエナの者たちとは異なり、突然変異のように強い魔力を持って生まれてしまったラファーガには、その魔力を留（とど）めるすべがなかった。

結果として、その魔力がラファーガの感情に乗って、体外にだだ漏れになってしまうのである。

魔力の形は人それぞれ。そして効果もそれぞれだ。ワープのスクロールのように魔法陣などを利用して効果を指定することは可能だが、基本的には万能ではない。

魔力には個性がある。例えばエステルの魔力は、まるで陽だまりのような優しさや温かさを感じるものだ。確か、そのまま使用することで植物の成長を促す効果があったはず。

だが、ラファーガの魔力はまるで対極。鋭さや険しさを気配として宿す。人によってはそれを殺気にすら感じ、恐怖を覚えてしまうのである。

黒雷帝と呼ばれるのも、その魔力を放出すると、自然と黒い雷となるからだ。

エステルのように強い魔力を有する者であれば、ラファーガの殺気に似た気配も、十分耐えうるものだろうが、そうでない相手にとっては平常心を保つことすら難しい。夜伽係のようなまさにゼロ距離でこの魔力を浴びた日には、正気を保てなくなる。

だから前向きに閨に挑んできた令嬢たちも、いざラファーガを目の前にした瞬間、恐怖で逃げ出し続けたのだ。中には泡を吹いて失神してしまう者すらいた。

さすがにラファーガも、そんな令嬢たちを憐れに思う気持ちはあるので、夜伽係を拝命したことを絶対に口外しないように約束させ、そっと自宅に帰してやっていたのである。

結果として、夜伽係を務めた者が誰も現れないという奇妙な状況となる。それがラファーガの機嫌を損ねて殺されただの、追放されただのという憶測を生んだわけだ。

その悪評を正す気にもなれず、放置していたせいで、すっかり噂が広まってしまった。とはいえ、いっそ独身皇帝のままでもいいかと、結婚どころか童貞卒業すらも諦めていたところを――。

（このような形で、私の初恋が実るとはな）

神というのは本当にいるのかもしれない、と思えた。

無防備に眠るエステルに胸の奥がくすぐられる。ストロベリーブロンドの彼女の髪を指先に絡めた。そうして、毛先にそっと口づける。

（エステル――君はファリエナ領で、どうやって過ごしてきたのだ？）

本当に綺麗になった。

年齢よりも少しあどけない顔つきは、とても愛らしい。おっとりしているようで、実は意志が強いところも相変わらずだった。

この腕の中にすっぽりと収まる華奢な身体。女性らしい柔らかな肢体は滑らかで、なんだか甘い匂いまで漂ってきそうだ。

（――このまま、抱いてしまいたい）

どうしても、そんな欲望が首をもたげる。ナイトドレスが悩ましげにはだけ、白いお腹が見えるのもいただけない。

（初夜を楽しみにしていてくれ、エステル）

そのときは、彼女を隅々まで、余すことなく愛したい。

胸に宿る温かな気持ち。しかし同時に、こうしてはいられないと思い直す。

（このままでは彼女の身分はあくまで夜伽係か。いくら彼女自らが望んで拝命したといえど、彼女には相応しくない）

ラファーガにとって自分の命よりも大切な存在だ。こうなったら、彼女には然るべき地位についてもらわねばならぬと、自らに言い聞かせた。

(こうしてはいられない)

エステルを起こさぬようにそっとベッドから抜け出し、ガウンを羽織る。そうしてラファーガは、ひとり部屋をあとにした。

今すぐ動かねばならない。彼女の隣に眠るのは、諸々の手配が終わってからだ。

ラファーガは自分と会うために、わざわざ夜伽係としてやって来てくれた彼女の気持ちに応えなければいけないのだ。

(エステルはファリエナ家の娘。これはけっして、簡単なことではないだろう。それでも――!)

大股で廊下を闊歩しながら、ラファーガは臣下たちを招集する。

(彼女が目を覚ましたとき、一番に喜ばせてやりたい! 私は堂々と、彼女と夜を過ごしたい!)

なんだなんだと慌てて集まってくる忠実な臣下たちを前に、ラファーガは開口一番宣言した。

「――結婚だ!!!」

第二章　夜伽係から婚約者にジョブチェンジしました……？

念願の朝日を拝めた。

つまりエステルは生き延びた――のだが。

（………うん？）

目を覚ました瞬間、全力で頭を抱えたくなった。

昨夜の記憶が途中でふっつりと途切れている。エステルの方から頑張って迫って、彼のモノを手で奉仕し、さらに自分の準備をしようとしたところで、なぜか形勢逆転されてしまったところまでは覚えている――が、問題はそのあとだ。

ラファーガに組み敷かれ、愛撫され、大事な場所に触れられたあとから記憶がない。

刺激が強すぎて気を失った――もとい、眠りに落ちた。気絶したにしては、ふっかふかのベッドでぐっすり眠って、身体は快調。どう考えても快眠をしたあとの状態である。

あろうことか、エステルは夜伽係としての仕事の最中に寝落ちしてしまったらしい。

（なんてことをしているのよ、わたしっ!?）

いや、わかる。夜伽係に任命された瞬間から翌日の夜まで、眠ることもなく気が張りっぱなしだったし、状況的に仕方なかった。しかし、夜伽の途中で眠ってしまう夜伽係がどこにいるというのか。

（終わった……。父さま、兄さまたち、ファリエナ領民三二八名のみんな。先に逝く不幸をどうか許して）

心の中でさめざめと泣きながら、身体を起こす。

朝――というよりも、すっかり太陽は昇りきっているようで、すでに昼前くらいの時間かもしれない。

ふかふかのベッド。シーツもあまり乱れた様子はなく、とても綺麗に整えられている。と、ここでようやくエステルは気がついた。

（って、ここ――どこ？）

何かが、違う。

昨夜、ラファーガの私室に入ったものの、部屋の中は薄暗かったし、じっくり周囲の様子を見る余裕はなかった。だから、広い部屋だなあ、くらいしかわからなかったが、なんとなく部屋の雰囲気は覚えている。

まさに苛烈な皇帝陛下の私室と言わんばかりの、重厚で、伝統的な装飾がたっぷりと施された歴史を感じる部屋だった。焦げ茶や深い臙脂など、重たい色の家具が多かったように思う。

しかし、この部屋はどうだろう。

透け感のある真っ白なレースのカーテン。優美な曲線を描く女性的な飾り棚やソファー。たっぷりと草花が描かれた壁紙の色は白に近いピンクで、可愛らしくも上品な印象のある美しい部屋だ。

どう見ても、昨夜寝落ちしたあの部屋とは思えない。

「お目覚めになったのですね、エステル様」

ふと、そう呼びかけられて瞬いた。

「随分お疲れのようでしたから、お起こししなかったのですが。おはようございます。お加減はいかがでしょうか」

「あなたは——ええと、ニナさま」

見知った顔だった。

昨日エステルの準備を手伝ってくれた侍女のひとりだ。皆に指示を出す立場だったから、きっと偉い人なのだと思う。

名前はニナ。エステルよりも少し年上で、二十代半ばくらいだろうか。くせのない焦げ茶色のストレートヘアーは首元で綺麗に切り揃えられており、煙水晶のような瞳が真っ直ぐこちらを見据えている。

紺色のお仕着せは皺ひとつなく、姿勢よく立っているその姿にも一切の無駄がない。表情は変化が少なく、どことなく冷たい印象で、昨日は少し接するだけで緊張した。

「私にさま、は不要でございます。エステル様」

「え、でも——」

「今後は私、ニナ・ルエィンがエステル様付きとしてお仕えすることになりました。侍女として、そして護衛として、誠心誠意お仕え致しますので、どうぞよろしくお願い致します」

「え？　——は？」

侍女？　護衛？　一体何のことだろうと、ぱちぱちと瞬く。

とりあえず、この待遇はラファーガの夜伽係をクビになっていないということでよいのだろうか。とはいえ、もし夜伽係を続投するとしても、わざわざ侍女をつけるとはこれいかに。侍女と夜伽係は職務こそ違えど、どちらも皇帝陛下にお仕えする立場だ。同僚のようなものだと思っていたが、違うのだろうか。

（陛下の側妃とか、そういう立場とも違うわよね？　単純に、性欲を鎮めるために存在する人間くらいのつもりでいたけれど、違ったりするの？）

一応、名目上は貴族の令嬢という身分ではあるし、里でも「姫さま」と呼ばれている。けれども、こうして誰かに傅かれる立場になったことなど、ただの一度もなかったのだ。だから、ただただ困惑してしまう。

「あ、あの。陛下は、お怒り、でしょうか……？」

てっきりクビになるものだと思っていました！　とは言えず、少し遠回りに訊ねてみる。するとニナはようやく表情を緩め、ほんのりとした微笑みを浮かべてくれた。

「いいえ。とてもお喜びでした。——大変おめでたいことです」

「え!?　そうだったの、ですね……!?」

なんとなく、ニナはお世辞など言わなそうな印象がある。だから彼女の言葉に、エステルはわかりやすく喜んだ。何が起こったのかエステル自身もよくわかっていないが、エステルの夜伽は成功したらしい。

（姉さま方！　わたし、閨の才能あったかもしれない！）

全然たいしたことはしていなかったはずだが、すぐにその気になる前向きなところはエステルの長所である。

（姉さま方の言う通り、やっぱり先手必勝だったのね！　陛下に馬乗りになった甲斐があったわ！）

エステルは、ぱあああと表情を明るくした。

肩の荷が下りた心地だ。両手を握りしめ、萌葱色の瞳をきらきらと輝かせながら、エステルはニナを仰ぎ見る。

「私に敬語も必要ありません、エステル様」

「え、でも」

「エステル様は陛下の婚約者となられるお方。私のことは、あくまで侍女として接してくださいませ」

「そっかあ。婚約者――婚約者、こんやく、しゃ」

さらりと飛び出てきた言葉を反芻し、あれ、何かおかしいな？　と考える。たっぷり十秒ほど間を置いて、ようやくその意味が頭に入り込んできた。

「婚約者⁉」

婚約者というのは、あの、婚約者だろうか！

「ど、どういうこと⁉」

「どういうことも何も、陛下がエステル様のことを大層気に入られて、昨夜のうちに通達がありました。陛下が、エステル様を婚約者としてお迎えになると」

「何がどうなって⁉　嘘でしょ？」

「エステル様。少々、お言葉づかいが」

「あっ！　はい、すみません！」

やんわり指摘され、エステルは背筋をピシッと伸ばす。

（でもでもでも、婚約者？　婚約者って何）

声に出して大騒ぎできない分、脳内会議が忙しい。

（姉さま方！　ファリエナ式の性技、ちょっと効果ありすぎよ！）

――実際はエステルには技術など皆無であるし、誘惑の効果でもなかったのだが、エステルは見事に思い違いをした。

（とにかく、わたし、上手にできたってことよね？　胸を張っていいのよね？　婚約者っていう

のは――ええと、つまり）

ぎゅっと目を閉じて、さらにたっぷり十秒考える。

（夜伽係として同じ娘を相手にし続けるのは、皇帝陛下としては外聞が悪かったりするとか、そんなところかしら？　とっかえひっかえ、殺し続けてきたっていう噂だもの）

荒唐無稽ではあるが、混乱を極めたエステルの頭で導き出された結論はこれしかなかった。皇帝ともなれば、そういった恐怖を伴う逸話を持ち合わせていた方が威厳があったりするのだろう。おそらく。

（だから名目上、婚約者としたわけね。飽きたときに殺せば婚約破棄！　なるほど、とっても簡単な恐怖政治を伴うお仕事――って）

次の瞬間、全力で頭を抱えた。

（陛下のお怒りを買ったらそこでデッドエンドは変わらないじゃないの！）

せめて、実家に送り返すくらいで済ませてほしい。

エステルの頭には、自分が婚約者となったからにはいつかそのまま彼の妃として成婚するという未来など、これっぽっちも存在しなかった。

デッドオアアライブ。昨夜はうまくいったものの、綱渡りの状態に変わりはない。

（やっぱり、今夜からも媚び媚びで尽くさなければっ）

ついつい百面相をしてしまう。

ニナは冷静にこちらの様子を見ながら、エステルが落ち着いたところで声をかけてくれる。

「婚約者として、覚えていただかなければいけないことは数多ございます。お疲れのところ恐れ入りますが、本日から妃教育を――」

「あ、はいっ。もちろん！」

生き延びるための勉強ならいくらでもする。だからエステルは、ぶんぶんと首を縦に振る。

そうしてエステルは、自分とファリエナ領民三二八名の命のため、奮闘することを改めて胸に誓ったのだった。

◇　◇　◇

「陛下！　一体どういうことですか、これは！」

エステルと共寝をした翌日。

朝の会議早々に訴えかけられ、ラファーガは黄金色の瞳を大臣たちへと向けた。

夜のうちに腹心たちを全員招集し、ラファーガが結婚を決めた旨を広めるだけ広めさせた。おそらく、彼女との結婚に反対する者はあとを絶たないだろう。この結婚が容易でないことを理解しているからこそ、全てを無視して強引に広める方向で動いた。

ラファーガは苛烈な冷酷皇帝だ。これまでも、ここぞというときにこの権力を駆使して、強引に政策を推し進めたことはあった。

為政者として、それが常習化してはならないことも理解しているが、エステルに関してだけは話が別だ。何が何でも、絶対に彼女を妃にする。もう決めた。

特殊な体質ゆえ、会議の場でもラファーガと大臣たちの席には距離がある。壇上から皆を見下ろしつつ、ラファーガは冷静に皆の表情を確認していた。

（やはり、噛みついてくるのはマッサエヌか）

この国の最高権力者であるラファーガを支える臣下たちは、大きくふたつの勢力に分かれている。ハインリフ・イゼル・リュアウィーンを中心とした革新派と、ダグラス・ノレ・マッサエヌを中心とした保守派である。

マッサエヌ家はずっとこのサウスアロード帝国を支えてきた古くからの血筋だ。とはいえ、十年前までは保守派の中でも、あくまで縁の下の力持ちといった存在であった。堅実な家で、皇家とも適切な距離感を保ち、良好な関係を築いてきた。

しかし、家の方針が変わったのがまさに十年前。隣国であるジャクローとの戦の最中――ラファーガの初陣で、当時、保守派のトップであった大貴族ミザーヌ家が裏切った。ラファーガはなんとか戦場から逃げ出し、辿り着いた先がファリエナ領だったのだ。

結果、ミザーヌ家は一家取り潰し。保守派の勢力図が一気に塗り変わった。その際にぐんぐんと力をつけ、勢力を伸ばしたのがマッサエヌ家。当時、当主として立ったばかりのダグラスの手腕だった。

元々は質実剛健、まさに堅実な家系といった印象だったマッサエヌ家が頭角を現した。ダグラスが当主になってからというもの、かの家は確かに方針が変わったのだ。

――ラファーガはじっと、自分に意見をしたダグラスの顔を見やった。

彼の表情には厳格な意志の強さが滲み出ている。ラファーガに堂々と反対意見を言ってのける胆力があるだけはある。

クリーム色の髪を後ろに撫でつけ、全てを見透かす青い瞳は静かな湖のようだった。口を閉ざしていてもその聡明さが滲み出るような、まさにマッサエヌ家当主の貫禄といったところか。

実際ラファーガは、幼いときからこのダグラスに多くのことを教わってきた。大きな家門を束ねる当主として尊敬できる男ではあるのだ。

ただ、昔からある程度の交流があるからこそ、ダグラスは自分の娘をラファーガの妃に据えたいという思いがあるようだ。何度も婚約の打診があったし、臣下たちにも勧められている。

だが、ダグラスの娘は過去に一度ラファーガを前にして失神したことがある。この魔力に耐えられない娘を娶ることなどありえない。それでもダグラスは諦めきれないのだろう。

だからこそ、エステルとの婚姻が反対されることも予測できていたわけだが。

「よりにもよって！　ファリエナ家のご令嬢などと！」

いくら保守派が様変わりしてきたとはいえ、やはり、この国の伝統を守ろうと貫く姿勢は変わらない。

ファリエナ家はこの国の辺境地を守る、いわば弱小貴族である。表向きにはは。

実際は、古代魔法国家の血が連綿と引き継がれているのだ。血統に格というものが存在するかと問われれば、馬鹿らしいと一蹴するラファーガではあるが、ファリエナ家だけは別だ。エステル本人にはあまり自覚がないようだが、あの血には、特別な魔力を宿す才能が備わっている。

そして竜たちに愛され、ともに生きるあの一族は、領民こそ少ないもののまさに一騎当千。ファリエナ家が国境で他国に睨みを利かせてくれているからこそ、この国の平和は保たれているのである。

同時に、あの一族はこのサウスアロード帝国内でも脅威と言える存在でもあるのだ。

ファリエナ家がその気になれば、この国の勢力がひっくり返るほどの力の持ち主。それほど大きな力を持った連中だからこそ、田舎に引っ込んでくれているのは都合がいい。

――なんて、実際はかの家の実力を正確に理解している貴族は少ないのだが。少なくとも、目の前のダグラスはよくわかっている。だからこそ、皇都に出てこられると困るのだろう。

つまりエステルを娶るということは、ダグラスにとって、大変好ましくない事態なのである。

「チャド・ネル・ロエンス！　貴様、どういった選定基準で、あの血を持つ娘を陛下のもとへお連れしたのだ!?」

「へ!?　あひ!?　そ、それはですね!!」

会議の場に呼び出されていたチャドが問い詰められている。

まさか自分が槍玉（やりだま）に挙げられるとは、と、後ろに控えていたチャドはぴょん！　と跳び上がった。

しかし、いい質問だとも思う。正直、ラファーガも気になっていたのだ。何がどうなって、チャドがエステルの存在を知り、彼女を連れてこられたのか。

チャドに目を向けると、彼はその場に立ち上がり、ビシィと姿勢を正す。

「わ、私の役目は！　陛下に尽くすことができる女性をお連れすること！　同時に、陛下自身にもご興味を持っていただけそうな選（よ）りすぐりの相手を選ぶことでして——」

「だからこそ、人選には慎重になる必要がある！　どうしてファリエナなのだ！　あれは血統がよいと言われているが、元を辿ればこのサウスアロード帝国の者たちとは別の人種——」

「ダグラス」

余計な話で中断させようとするダグラスを制止する。ラファーガの視線が鋭くなり、同時に自然と魔力が漏れた。

いくら大臣たちとは距離が離れているとはいえ、直接魔力を当てられ恐怖しない者はいない。

「——失礼致しました」

ダグラスはぎゅっと眉間に皺を寄せ、頭を下げる。身体に負担がかかったのか、表情こそ取り繕っているが、顔色が悪い。しかし、今はそんなダグラスの様子を気にするつもりはなかった。

「っ、そ！　それです！　陛下の、あまりに素晴らしい圧倒的な魔力！　それを直接浴びても、体調に支障をきたさない娘として、かの令嬢を選出致しました！　これは、陛下の補佐官であるクリス様ともよくよく話し合った上でのこと！」

「クリスと？」

ここで、意外な名前が出てきてラファーガは片眉を上げた。いや、確かにスクロール使用の件でこそこそしていたとは思ったが、本当にクリスが関わっていたとは。

ラファーガは自分のすぐ隣に控えている男に目を向ける。

クリス・アイ・ソミナ。長い銀色の髪を束ねた男は、紫がかった深い瞳をいたずらっ子のように輝かせ、こちらに視線を向けてくる。いつも飄々（ひょうひょう）としており、こんなときだって笑顔を崩さない。

彼もなかなかに強い魔力を持って生まれた寵児（ちょうじ）だ。ラファーガよりも四つ年上ということもあり、人生の先輩としても常にラファーガを側で導き、支えてくれる優秀な男であった。

いつも重苦しい空気を纏い、鋭い視線をビシビシ飛ばしてしまうラファーガの側に彼がいてくれることで、雰囲気を和らげてくれている。同時に、どうも考えが読みづらいところがあった。

先ほど発したラファーガの威嚇魔力に怯えることもなく、パチンとウインクしてくる。

「フフ。どうですか？　俺のプレゼント、気に入ってくださいました？」

「…………仕掛け人はお前だったのか」

深々とため息をつく。

なるほど。確かにクリスならばラファーガが密（ひそ）かにエステルを想っていたことに気付いていても不思議ではない。

立場上、あの領地のことは常に気にかけていた。だから報告書を上げさせるときも、領主一家の動向について必ず調べさせた。その際、エステルについての情報も含むように通達していた。

エステルが美しく、優しく育っているのだと耳にするたび、また彼女と話したい。あのきらきらと輝く萌葱色の瞳に自分を映してほしいと夢を見るようになった。

ラファーガはその性質ゆえ、喜びや友愛、恋慕といった感情がなかなか表情に出にくい。いや、誰も傷つけぬようにと、あえて感情を抑え込むようにしていた。

そんな長年の努力の結果、表情筋はすっかり凝り固まってしまった。ゆえに冷たい印象しか相手に与えない。だから、エステルへの想いが外に漏れることもないと思っていたのだけれど。

「――わかっていますよ、陛下のお気持ちくらい。祈りの季節まで待っていただく必要があったため、お時間を要しましたが」

「祈りの？　――ああ、そうか。ファリエナ領は今、七年に一度の」

「そういうことです」

ファリエナ領には古代魔法国家時代から伝わる伝統的な儀式がいくつもある。そのなかでも特に重要視される七年に一度の祝祭が、丁度始まったばかりだったのか。

里の竜騎士たちが竜峰ヤルクアーシュへ登る季節。領主家は、エステル以外の人間が家を空けているはずだ。

（もしかして、エステルは家族に黙って、皇都に出てきたのか？）

彼女の事情もわからないことだらけだ。

（……そうだろうな。でなければ、彼女の父や兄たちが許すはずがない）

エステルがこの腕の中にこぼれ落ちてきたと喜ぶのは、まだまだ早かったらしい。

（となると、本格的にファリエナ家をなんとかせねばならないのか）

前途多難だ。

一ヶ月後、彼女の家族が下山するころには、大事件になるだろうなと思いつつ、ラファーガは天井を仰ぎ見る。

これまで、どんなに彼女のことを想っても、その本心を必死で押しとどめてきたのは理由がある。

不干渉の密約。

十年前、隣国との戦において仲間の裏切りにあったラファーガを助けてくれたのはエステル――そして、彼女の家族だった。

一騎当千の竜騎士たちを率いるファリエナ家。その力が強すぎるゆえ、彼らは力の行使に慎重だった。しかし、エステルの強い訴えかけで、重い腰を上げた。

彼らはさっと領地を出立し、あっという間に戦を収めてくれたのだ。

あの圧倒的な力。サウスアロード帝国の他の貴族たちが脅威に思わないはずがない。

だが、ファリエナ家の面々は驚くほどに野心がなかった。だから戦のあと、ひとつの提案をしてきたのだ。

それが、皇家とファリエナ家、相互不干渉の密約である。

これから先、皇家はファリエナ家を戦争の道具として利用しない。また、政治の表舞台に出さない。彼らは辺境の地で、竜たちとともに自然の中で暮らしていきたい。その方が、皇都の貴族たちを刺激せずにすむだろうと主張したのである。

ファリエナ家の力は本当に凄まじいものだった。彼らがその気になれば、国家転覆もありえるだろう。だから皇家も、その力を無理に引き出すことよりも、眠れる竜をそのままにしておくことを選んだ。

どうもエステルは知らないようだったが、その密約は皇家に近しい限られた者とファリエナ領の一部の人間だけで共有されている。

不干渉の密約は絶対だ。これまで、他の貴族が都合よくファリエナ家の存在を利用しようとしたときも、ラファーガはその要請を却下してきた。それほど、ラファーガはファリエナ家に対する恩義を感じている。

しかし、不干渉の密約を守るということは、ラファーガがどれだけ願おうとも、エステルを娶ることは許されないということだ。

世間では冷酷な皇帝であると言われているが、ラファーガは根が真面目で義理深いところがある。だからこれまでは、じっとその密約を守ってきたけれど——クリスにこのような形で風穴を開けられるとは。

（エステルが自ら望んで、道を作ってくれたわけではなかったのか）

ほんの少しだけ落胆するような気持ちもある。

でも、昨夜の彼女が素晴らしかったことは確かだ。積極的に愛情を示してくれて、ラファーガ自身が己にかけていた枷(かせ)から解放されたような気持ちだった。

そしてラファーガは、あの真っ直ぐな愛情に応えられる自分でありたい。

不干渉の密約を破るということは、あのファリエナ家の者たちと真っ向からぶつかり合うということ。それがどれほど困難なことか、ラファーガが一番よくわかっている。

（――だが、腹は括(くく)った）

もう、我慢などしない。

ファリエナ家と話し合いをしよう。彼女を娶りたいと、誠心誠意頭を下げよう。

エステルがファリエナ家でどれほど愛されているか、よく知っている。だからこそ、エステル自身が何も憂うことなく、両家が納得する形で婚姻を結ぶために奔走しよう。

そのためには、目の前の貴族たちの反対など、全てねじ伏せなければいけない。

「私とエステルの婚姻は、この国の未来のためになくてはならないものと知れ。また、彼女のことを侮辱する輩(やから)がいようものなら、どうなるか――わかるな？」

ピリッと魔力の放出が鋭くなった。

会議に出席していた大臣たちはこぞって顔色を変え、こくこくと頷(うなず)いたのである。

◇　◇　◇

皇城に来て二日目。

すでに目が回りそうな忙しさだった。

実際はただの夜伽係のはずが、名目上は婚約者。そういうわけで、急遽(きゅうきょ)エステルの身の回りを整えるために、一日中侍女と皇家御用達(ごようたし)の商人やデザイナーたちに囲まれていたのである。

一から採寸して、数え切れないほどのドレスを発注したり、エステルに宛(あて)がわれたこの部屋の内装をエステル好みにするために整えたり、大忙しだ。

エステルとしては、一ヶ月――できれば家族が下山するまでに帰宅したいところだが、どう考えても難しそうだ。そもそも、ワープのスクロールの使用許可が下りなければ、移動だけで一ヶ月はかかるのだ。

連絡のための早馬だともっと早く移動できるらしいが、エステルが同じように動けるはずがない。どうあっても、単純計算で間に合わない。

なので、実家のことは里の女たちに任せることにする。エステルとしては変に拗れないように祈るだけだ。

それに、エステルはエステルで、どうしても成し遂げなければいけないことがあるわけで。

「あの――エステル様、本気ですか？」

エステルの侍女になってくれたニナは、表情変化の少ない女性だ。そんな彼女があきらかに、何かを心配するような視線を向けてくる。

「もちろん。わたし、ちゃんと自分の責務を全うするつもりよ」

「もう、そのような心配は不要かと存じますが――」

「……もしかして、陛下に面倒だって思われるかな？」

「いえ。お喜びにはなるでしょうが」

「だったら」

エステルは表情をキリリと引き締め、意気込みを見せた。

身につけているのは、昨夜と同じような透け感のあるナイトドレスだ。昨日は途中で寝落ちをしてしまったけれど、今日こそは自分の役目を成し遂げたい。

（っていうか、稼げるときに、点数を稼いでおかないと！）

ラファーガの信頼を勝ち得て、いつか話をつけて里へ帰るのだ。

そのためにも、今日からが夜伽係の本番である。エステルは覚悟を決めて、奥の部屋へ続く扉に目を向けた。

夜伽係というのは本当に特別待遇が許されるものらしく、エステルの部屋はラファーガの自室と続きの部屋になっていた。扉一枚隔てた向こうに、ラファーガがいるのだとか。

はじめてそれを聞いたとき、なるほど侍女の控室のようなものかと納得した。『控室にしては随分と豪奢で、大きな部屋なのね』と言うと、ニナがとても微妙そうな顔をしていたけれど。

今宵も夜伽係として頑張るつもりだと、ニナを通じて伝えてもらう。ラファーガからも返事をもらい、いよいよ約束のときだ。

奥の扉を通じてラファーガの寝室へ足を踏み入れると、昨夜同様、奥のベッドで寛いでいるラファーガの姿が見えた。

しかし昨日と異なるのは、彼が最初からエステルのことを見つめていたことである。相変わらずの刺さるような視線にたじろぐが、怯んでいる場合ではない。

（ううう、やれるものならやってみろ、って感じかな……！）

ニナは「お喜びでした」なんて言っていたけれど、絶対それはなさそうだ。これは昨日の寝落ちを受けて、不機嫌になっている顔である。

今日こそは楽しませてみせろよ、と、まるで念を押されているようだ。先ほどまではやる気に充ち満ちていたが、こうなると話は別だ。急に自信が萎んでいく。

（でも、自分を信じてやらなきゃ。先手必勝！　そうでしょう、姉さま方！）

心の中で皆に呼びかけつつ、エステルは恭しく一礼する。

「今宵も、お相手を務めさせていただきます」

そのように挨拶をすると、ラファーガは訝しむような目を向けてきた。

「――なぜ？　今の君は、わざわざそのような役目に縛られる必要はないはずだ」

彼の声は強張っていた。

やはり、昨夜の寝落ちで呆れられてしまったのだろうか。冷たく突き放すような言葉に、もしかして自分は夜伽係として、崖っぷちに立っているのかもしれないと思い知る。

（っ、こういうときこそ笑顔。笑顔よ、エステル！）

心の中で涙目になりながらも、殊勝な態度で挑むしかない。

「どうか奉仕させてくださいませ。陛下に喜んでいただくことが、わたしの喜びですから」

「！」

にっこりと微笑んで言い切ると、ラファーガの目がカッと見開かれた。

（ヒイィィイ！）

突き刺さるような殺気にビビり散らかしつつ、表情には出さないように必死で堪える。

――実はこの殺気に似た魔力。この近距離で浴びて、卒倒しないこと自体とんでもないことなのだが、魔力量が豊富なエステルはその事実に全く気がつかない。あくまで「とんでもない殺気だなあ」と実感する程度だ。

「私は、急がないと言っているのだぞ？　君のために、手順を踏もうと――」

「せっかく隣のお部屋をいただいたのです。わたしに、陛下の側にお仕えする意義をくださいませ」

「君は、そうまで私のことを……！」

ラファーガの瞳が大きく揺れた。

「私の理性を試しているのか？」とかなんとかぼそぼそ聞こえてくる。

彼はそうして、しばらく考え込んだあと、ベッドから下りて大股でこちらに歩いてきた。目の前で立ち止まり、唐突にエステルの腰を抱き寄せる。

「私だって腹は括っている。君は、それを証明せよと求めるのか？」

次の瞬間には、視界が高くなっている。ラファーガがエステルを抱きあげたからだ。

（ええっ⁉）

向こうに先手を取られて混乱する。いきなり想定外の展開となり、目を白黒させるエステルに、ラファーガは囁きかける。

「君の一生は、私のものだ」

低い声で断言され、エステルはますます混乱した。

（お前の命は私が握っている、ってこと——⁉）

満足させられなければ死。そう言い切られた心地がして、エステルはますますパニックになった。

どさりとベッドに下ろされ、見下ろされる。冷めた月のような黄金色の瞳に射貫かれ、恐怖で打ち震えた。

しかし、今は生きるか死ぬかの瀬戸際。オロオロしてばかりではいられない。

（ええい、こうなったら――――！）

意を決して、エステルから口づけをした。瞬間、ラファーガの目が見開かれる。

彼の胸をトンと突いた。ちゃんと不意を突けたのか、簡単に身体をひっくり返せる。

ごろんと視界が反転する。たちまち、昨夜と同じようにラファーガに馬乗りになる形になり、エステルの口元がわずかに緩んだ。

一度経験した体位になると、多少は余裕が出てくるらしい。笑みを濃くすると、ラファーガの頬がさっと染まるのがわかった。

なるほど、やはり大事なのは先手を取ることだ。相変わらず緊張するけれど、このまま攻めて攻めて攻めまくるしかない。そう理解し、エステルは彼のガウンの紐を解く。

はらりとはだけたガウンの合間から、見事な彼の肢体が見えた。相変わらず無駄のない筋肉がついた肉体美。そこにツツと手を這わせ、下半身へと伝っていく。

「待て！　違う！　だから、このような行為をせずとも――」

なぜか彼は慌てているようだが、予想外の動きをできたようだ。調子が上がってきて、エステルは行為を進めていく。

「っ、君はこうも、私を望んでくれていたのか」

噛みしめるようにラファーガが呟いた。

積極的だと言いたいのだろう。が、彼もどうやら好きな趣向らしいと理解し、エステルは彼の身体に手を這わせる。

（昨日は手で奉仕したけれど、今日は――）

すでに下着の中から主張している彼のモノに目を向けつつ、エステルは考える。

立て続けに同じやり方では飽きられるかもしれない。

一夜漬けで里の女たちに教わった『男根の喜ばせかた』一覧を思い出しつつ、エステルはその中のひとつの手法を選び取った。

（恥ずかしいけど……とっても恥ずかしいけど……っ！）

しゅるんとナイトドレスの紐を解いた。元々脱がせやすくなっているそれは、ごく簡単に解け、はだけていく。たちまち、白く形のいい胸があらわになった。

本当は手で隠したくなるのをどうにか我慢し、きゅっと唇を引き結ぶ。恥ずかしげな表情でラファーガを見ると、彼はぽかんと口を開けたまま、こちらを凝視していた。

エステルの小さな手が彼の下着を剥ぎ取った。

勢いよく飛び出した立派な男根。すでに先走りがてらてらと輝き、黒光りをしている。

（これを……胸で……っ！）

挟んで揉め！　と里の女たちには教わった。身体を押しつけて上目遣いで見るとなおよいらしい。

だからエステルは、その言葉だけを信じ、すっかり勃ちあがった彼の熱杭(ねっくい)を胸の谷間に挟み込む。

「……くっ！」

ラファーガが甘い息を漏らしたのがわかった。

大丈夫、いける！　と、エステルは自らの胸を外側からぎゅっと押してみる。

ラファーガの男根はあまりに立派で、多少大きめ程度のエステルの胸では満足してもらえないかもしれない。だがここは、懸命に奉仕をする姿勢が大切なのだ。だからエステルは、胸だけでなく自らの身体を押しつけるように上下に揺らす。

（ここで上目遣いよっ！）

さらに教えを実行すると、ラファーガの黄金の瞳と目が合った。彼は耳まで真っ赤にして、こちらをじっと見つめている。

「待て、エステル！　待ってくれ……！」

『待て』は『待つな』だ。そのことを、すでにエステルは学んでいる。さらに奉仕をしなければと、ちゅ、と彼の男根の鋒(きっさき)に唇を落とす。

——瞬間。

びゅるるる、と、熱いモノが頬にかかった。

胸で挟んでいた男根が、どくどくと脈打っている。あまりに突然で、エステルは目を丸くした。

熱い、というのが第一印象。追って、はじめて嗅ぐ独特の匂いを覚える。

ふたりして完全に硬直し、動けなくなってしまった。そのまま沈黙してしばらく、ようやくこれが彼の精液で、彼が射精したということを理解する。

（性的興奮が高まった、ってこと……？）

ゆるゆるゆると、その事実を理解していく。

これは、無事にラファーガを満足させられたと判断していいのだろう。

（わたし、ちゃんと夜伽係をやり遂げられたのね!?）

心の中は大騒ぎ、まさに拍手喝采である！

両手を上げて喜びたい気持ちになりながらも、それも我慢する。にっこり笑顔を貼り付けつつラファーガを見た瞬間、エステルはビクッと大きく震えた。

先ほどまでの喜びなど、一瞬でどこかへ行ってしまった。ラファーガの表情が抜け落ちている。彼は唇をぎゅっと引き結び、ぶるぶるぶると震えていた。

先ほどまで頬を赤らめて感じてくれていたのではなかったのだろうか。これはよもや大失敗だったかと、エステルは顔面蒼白になった。——が、そうでもなかったらしい。

「私は、なんということを……！」

ものすごい勢いでラファーガは身体を起こした。きょろきょろ視線を彷徨わせたかと思うと、自分のガウンを剥ぎ取ってエステルに押しつける。

白濁はエステルの頬だけでなくて、髪や胸元にもかかっていたようだ。彼は自分のガウンが汚れることも厭わず、丁寧に拭っていった。

ごつごつとした大きな手だった。けれど、まるで宝物にでも触れるかのごとく、とても優しく拭ってくれる。

（手つき、優しい……）

真剣な眼差しを向けられて、エステルは戸惑う。だって、この距離で彼を見つめていると、その瞳の奥に熱のようなものを感じるからだ。

冷酷で、いつも何かに苛立っていて、鋭い視線を向けてくる苛烈な人。少しでも不興を買ったら、明日の朝日は拝めない。そう思っていたのに――。

胸の奥が疼いた。彼に対してはずっと恐怖を感じていたけれど、こうして触れ合っていると、どうしても違った印象を感じてしまう。

昨夜は激情と情熱だった。息つく間もないほどに激しいキスをされ、触れられた。そして、はっきりと身体を求められていることを思い知らされた。――あれは思い違いではなかったのか。

さらに今日は、慈しみだ。冷酷な皇帝とは思えないほどに優しい手つき。綺麗に精液を拭って、今度はその手のひらで頬を包み込むように触れてくれる。

「すまない、君に、こんな――」

ラファーガが唇を噛みしめた。まるで悔いるかのように、眉根をぎゅっと寄せている。

彼がどうして心を痛めているのかわからなくて、エステルはぱちぱちと瞬いた。

「駄目だな。私はまた、欲に負けてしまって。――もっと早く止めるべきだったのに」

ラファーガは真剣な表情で訴えかけてくる。

「こんなこと、君はしなくていいんだ。もう、君の立場は昨日とは違うのだから」
「でも」
「ん――」

ラファーガからキスが落ちてくる。触れるだけの優しいキスだった。

じっと見つめてくる黄金色の瞳。やっぱりそこに熱が籠もっている気がする。なんと返せばいいのかわからなくなって、エステルはただただ狼狽えた。

どうしてだろう。頬がすごく熱い。じっと見つめられるのが恥ずかしくて落ち着かなくなる。

俯いたところで、ラファーガの手が伸びてきた。エステルが自ら解いた前側の紐をつまみ、結び直してくれる。きちんと左右対称にリボン結びをされ、皺を伸ばす。案外几帳面なところがあるのだと、不思議な気持ちだった。

「あ、夜伽は……」
「だから伽などと。君は私の妃になるのだろう？　君と身体を重ねるなら、もっと違った形がいい」

妃、と言い切られ、エステルは困惑する。いくら体裁を保つためとはいえ、気軽に妃などと呼びかけるべきではないと思う。

「私だって早く君がほしいが――そう慌てなくていい。私たちには時間がある」

いや、悠長にしていると実家の方が面倒なことになる。できれば短期集中型夜伽とかどうですか、などと思うけれど、情緒がなさすぎて提案しづらい。

オロオロしていると、ふと、ラファーガの頬が緩んだ気がした。

「――なんて、君に奉仕されて情けない姿を見せた私が言えることでもないがな」

「情けないだなんて、そんな」

「気を使わなくていい。大胆な君に翻弄されてばかりだが――無理をしなくていいんだ」

そう言いながら、ラファーガがエステルを抱きしめたまま横になる。

「本来なら、君と共寝ができれば満足だと。そう伝えたかったのだが」

ガウンを脱ぎ捨てた彼は、もう何も身に纏っていない。全裸の彼に抱き込まれる形になり、すっかり固まってしまった。

（え？　あれ？　これは、どうすれば……？）

男性が果てたあとは、お口で綺麗にしたり、二度目を誘惑したりと色々教わりはした。けれど、こんなに優しい空気になるだなんて予想だにしていなかったのだ。

ピロートークなど何も思い浮かばない。ラファーガとは、まともに会話すらしたことがないのだ。というか、甘い会話なんて難易度が高すぎる。何が彼の不興を買うのかわかったものではないから、できれば避けたかったのに。

「エステル――不思議だな」

恐ろしい事態になどならなかった。

彼はエステルを寝かしつけるようにぽんぽんと背中を叩きながら語りかけてくる。

「君は、本当に温かい」

「？」

ラファーガは眦を下げて、しみじみと呟く。

「君を汚した私だが、こうしてともに眠ることを許してくれるか？」

穏やかな声だった。

目が合ったときに感じるあの鋭さなど、今はちっとも感じない。というか、単純に彼は表情が硬いだけで、その言葉や仕草には優しさが滲んでいるような気がしてくる。

「君の体温を感じられるだけで満たされる気持ちだ」

――それは本当だろうか。

「あの………陛下」

なんだか一度爆発したはずの場所が、再び硬さを取り戻しているような気がするのだが。

「――君をこの腕の中に抱いているからな。許せ」

「でも、続きは」

「私のことなど捨て置け」

「ええ……？」

いやいや、この国で最も尊い人を放置するなど許されるはずがない。おずおずと手を伸ばそうとするも、それをぱしりと掴まれる。

「だから、無理をする必要などないのだ」

無理をしているわけではない。ただただ先手を取ることが重要だと学んだから、実行しようとしているだけ。これを防がれてしまうと、エステルなど何もできない小娘に成り下がる。

ますます狼狽えたところで、ラファーガがエステルの小さな手を引き寄せる。彼はそのまま指先にそっとキスをした。

まるで、恋人に贈るみたいなキスだと思った。ぼんっと頬が上気し、口元が緩む。

だって、これはエステルがほのかに夢見ていたような行為に近い。

里で穏やかに暮らすのは楽しかった。妹思いな兄たちに囲まれ、奔放な里の皆の話を話の外から聞いていた。

『お前は真似をしなくていいからな』と口酸っぱく言われ、真綿でくるむようにして大切に育てられた。

エステルだって、自分に奔放な行為は向いていないと思う。

けれど、皆のように恋を楽しんでみたいという気持ちはゼロではなかった。恋に恋して——いつか、できればエステルは、自分だけを見てくれる素敵な人と結ばれたい。そう思うようになった。

そうだ。ぼんやりとその相手となる人のイメージも心の奥にある。

十年ほど前、里の外からやってきた青年だ。傷ついた騎士か騎士見習いのような青年を助けたことがあった。

エステルには、彼がとても垢抜けて見えた。それまで里が世界の全てだったけれど、彼がエステルの世界に風穴を開けてくれたのだ。

憧れに近い気持ちをその青年に抱き——しかも、傷ついていた彼は、エステルを頼りにしてくれた。いつだって皆の妹として過保護に育てられたエステルにとって、それはとても誇らしいことだったのだ。

ぼんやりと、あのときの青年がラファーガに重なる。あんなにもボロボロだった青年とこの国の皇帝を一緒にしたら怒られるかもしれないけれど、胸の奥でふわりと温かい何かが膨らんだ。

エステルの表情が自然と緩んだ。

これまでは頑張って作ってきた笑顔だったけれど、全然違う。

「あったかい……」

自然と言葉が漏れる。

家族や友達とハグをすることはあった。

でも、こうして誰かと肌を触れ合わせることなど今までなかった。

こんなにも温もりを感じるだなんて知らなかった。昨日は、こうして実感する余裕もなかったけれど——。

「そうだな。私も、はじめて知った」

噛みしめるようにラファーガが呟く。

今まで何人も夜伽係がいたはずなのに、はじめてだなんて言葉を使うのだなと思った。
なんとなくそこに寂しさを感じて、エステルは彼の胸元に顔を埋める。
それを咎められるようなことはなかった。
くっついたまま、目を閉じる。
彼の体温が心地よくて、そのままエステルは眠ってしまった。

第三章　怖くて、優しくて。本当はどちらなのですか？

はじめて誰かの役に立てたのだと実感できたのは、十年前のことだ。

隣国であるジャクローとの戦い。あとで知ったことだけれど、当時の皇帝による独裁に異を唱える貴族が、敵国を引き入れようとしたらしい。

この国の中枢にいた大貴族の裏切り。ジャクローとの国境にごく近いファリエナ領にとっても他人事ではなかった。幼いながら、エステルはとても不安に思い、毎日西の空を見つめていた。

ただ、ファリエナ家はサウスアロードの貴族たちの中でも特別な位置にいたらしい。

いくら領地の近くで戦になったとしても、簡単には腰を上げることはない。古代魔法国家王家の血を継ぐファリエナ家は、下界の者たちの戦いに介入しない方がいい。エステルの父はよく、そのようなことを言っていた。

幼いエステルはその言葉の意味をよく理解できなかった。今だからこそ、ファリエナ家の者たちの魔力量が多く、それなりに強いからだろうと思えるようになったけれども。

それでも、エステルは自分自身にもその強い魔力が流れている自覚は薄かったし、蝶よ花よと過保護に育てられたせいか、潜在的に護られる者としての意識が強かった。兄たちと比べて、自分は弱く、劣る存在である。そんな思いは今もエステルの中に根強く残っている。

十年前はもっとだ。

『お前はか弱いから無理はするな』

『大変なことは兄たちに頼れ』

『もっと甘えていいんだぞ』

なんて、毎日のように言われていた。彼らもきっと、エステル可愛さにそう言ってくれていたのだと思う。

『エステルは竜たちの姫君だからな』

なんて大げさに言われ、そういうものなのかと受け入れていた。

それでも、根が真面目だったために、努力は怠らなかった。持って生まれた知的好奇心の強さを存分に発揮し、里の植物を育てることに毎日一生懸命だったのだ。

ファリエナ家の者たちがあまり下界の者たちと交流を深めないのは、その魔力の豊富さによるものだという。そして、その祝福とも言える豊富な魔力は、個人個人で性質が異なっている。

兄たちには絶対的に劣るエステルだけれど、そんなエステルにも神さまは祝福を与えてくれた。

植物が大好きなエステルは、その手で育てた植物を、早く、そして丈夫に成長させることができるのだ。

薬草作りで生計を立てているファリエナ領の者たちにとって、エステルの能力は大いに役に立つ可能性があった。——とはいえ、当時まだ子供だったエステルには、その自覚もなかったのだけれども。

そんなある日のことだ。

全身ボロボロの青年が、里の麓に倒れていた。

麓の近くにはエステルが個人的な栽培を許されていたちょっとした薬草園がある。その様子を見に行ったときに見つけたのだ。

竜たちがギャアギャアと騒ぎ立て、彼らを宥めながら青年の様子を見た。

全身傷だらけ。一応意識はあるらしく、心配したエステルが顔を覗き込むと、しきりにファリエナ領主に目通りを、と繰り返す。戦場から伝令として逃げてきたのかもしれない。

不思議な雰囲気の青年だった。いや、まだ少年と言ってもいい年なのだろうか。正確な年齢はわからなかったが、自分の兄たちと同じくらいだ。

黒髪は乱れてくしゃくしゃだけれど、意志の強そうな黄金色の瞳が妙に印象的だった。

顔立ちは若いが、どこか垢抜けているというか、大人びている。そもそも、その年で戦に出ているあたり、特別な事情があるのかもしれない。

よく見ると、かなり仕立てのいい服や鎧（よろい）を身につけていて、貴族の子息かもしれない。

幼いながらに非常事態であることを理解したエステルは、この危機を父に知らせるよう銀竜にお願いした。銀竜はエステルの言葉を理解してくれて、他の竜たちを連れて里の奥へと飛んでいく。

それを確認してから、まずは彼に水を飲ませなければと切り替えた。

しかし、悠長にしている暇などなかった。彼には追っ手がかかっていたらしい。姿を隠してくれ――そう掠れた声で告げる彼を前に、どうしたものかと考えた。

まもなく、麓の方からがやがやと声が聞こえ、何名かの男たちが里へとやって来た。

咄嗟に姿勢を低くし、身を隠す。しかし、遠目に男たちの姿を見て驚愕した。だって、どう見てもサウスアロード帝国兵だったからだ。

味方なのでは、と思い前に出ようとするが、青年に腕を取られて制止する。ただ、青年は意識が朦朧としているのか、エステルの腕の中に崩れ落ちてきた。

『――はこちらへやってきたはずだ！』

『ファリエナ家を味方につけられたらまずい！　早く見つけて殺せ！』

物騒な声が次々と聞こえてきて、エステルはこの腕の中の青年が本当に絶体絶命の状態なのだと悟った。

男たちから、青年を隠さなければいけないと思った。

しかし、育てている薬草たちはさほど背が高いわけでもない。エステルはともかく、青年を隠すのは難しい。

（見つかったらこの人が殺されてしまう。――それは、絶対、駄目！）

幼いエステルにどちらが敵でどちらが味方かなんてわかるはずもなかった。

でも、この綺麗な瞳をした青年を助けたいと思った。小さな自分を頼り、縋ってくれる相手を放っておけるはずがない。だからエステルは、彼を覆い隠すようにぎゅうぎゅうと抱きしめる。

するとどうだろう。エステルの気持ちに呼応するように、薬草たちがガサリと音を立て、動き出す。蔓（つる）は伸び、葉が大きく開く。地面にうつ伏せになるエステルたちを隠すように、緑はぐんぐんと成長し、ふたりの身体をすっぽりと覆い隠した。

姿が隠されても、幼いエステルはずっと震えていた。

恐怖で歯が噛み合わない。それでも慌てず、怯えて逃げ出すこともなく、エステルはじっと息を潜めていた。すぐそこに迫る死を感じ、どうか見つかりませんようにと必死で祈る。

まもなく、竜の大騒ぎに気付いた父や兄たちが駆けつけてきた。彼らはサウスアロード帝国兵たちと何か口論をし、追い払った。どうやら里から完全に追い出すつもりで、皆で麓の方へ連行したようだった。

周囲が静かになるまで、ずっと、ずーっと、エステルはじっとしていた。青年を抱きしめたまま微動だにしなかった。

そしてもう大丈夫かと思ったとき、ようやく、薬草がエステルたちを隠してくれていたことに気がついた。

「だいじょうぶ？」

ぐったりしている青年にそう声をかけると、青年は倒れ込んだまま、視線だけを動かした。

「この植物は、君が？」

「そうみたい。わたし、ちょっとだけ薬草たちとなかよしで」

「仲良し……」

青年は噛みしめるように呟き、次の瞬間、ハッとしたように息を呑む。

「私を抱きしめていて、平気だったのか？」

「……？」

変な質問だと思った。確かに怖かったけれど、その恐怖は青年に対するものではない。

質問の意図がわからずにきょとんとしていると、青年は困ったように眉を下げ、言葉を続ける。

「気持ち悪かったり、苦しかったり、しないのか……？」

「どうして？　お兄さんの方が痛くて、苦しそうなのに」

なぜ彼はエステルの心配をするのか。

むしろ逆だろう。彼の姿があまりに痛々しくて、エステルは泣きそうな顔になってしまう。傷だらけの頬に触れると、なぜか彼の方が苦しそうな顔を見せた。

「わたし、傷によく効くお薬作れるよ。ここは危ないかもしれないから、里の奥まで――歩ける？」

「っ、ああ」

小さいながら肩を貸そうとすると、彼は素直に頼ってくれた。

多分、エステルの力ではほとんど支えになれなかったと思う。けれども、彼はしっかりとエステルに寄りかかって、ゆっくり、ゆっくりと歩いていった。

丁度そこに銀竜がやって来て、彼を背中に乗せてくれる。今まで誰ひとり——エステルでさえ背中に乗せてくれたことのない銀竜が手伝ってくれたことに驚きつつも、そのときは青年を助けることで頭がいっぱいだった。

「君、名前は……？」

銀竜に身体を預けたまま、青年は静かに問いかけてくる。

「エステル。あなたは？」

「……私の名前は、知らない方がいい。君の安全のためにも」

それだけはどうしてもと、彼は首を横に振った。しかし、次の瞬間には、精一杯頬を緩めて、この言葉をくれたのだ。

「この恩義は一生忘れない。——エステル、君の勇気と優しさに報いることを誓うよ」

あのあと、無事に領主家まで連れていった。戻ってきた父や兄たちが青年の顔を見るなり、顔色を変えていたのはよく覚えている。

その後領地はにわかに騒がしくなり、竜騎士たちが次々と戦場へ飛び立っていった。今度は父や兄たちを心配する羽目になったけれど、それからまもなく、戦争は終わって平和な日々が訪れたのだった。

青年の体調が回復するまで、エステルがずっと看護をしていた。

結局名前は聞けずじまいだったし、事情を知っていそうな父や兄たちも何か隠しごとをしていたことには気がついていた。けれども、深い事情など知らなくていい。エステルにとっては、青年が元気になることだけが大事だった。

ほんの数日間一緒に過ごしただけ。彼は口下手（くちべた）で、どこかぶっきらぼうなところもあったけれど、エステルを頼ってくれたし、最大限の敬意を示してくれた。

なんだか垢抜けした貴族の青年に、まるでお姫さまのように扱われて、毎日ふわふわした気持ちで過ごしていた。

あの日々を、エステルは一生忘れない。

（あのときの青年の強張った笑み――まるで、陛下と同じじね）

今ならわかる気がする。あれは、貴族に感情を読み取らせないために、感情を表に出すことをやめた人間の微笑みだった。

「――様」

う、とエステルは声を漏らす。

「――様、――様！」

ああ、身体が重いと思った。ゆっくりと瞼（まぶた）を持ち上げると、視界が随分と暗い。

そこでようやく、エステルは自分が机にうつ伏せになったまま眠りこけていたことに気がついた。

随分と長い夢を見ていた気がする。

昔の夢だ。誰かのために役に立つことをエステルに教えてくれた、大切な夢。

「エステル様、お風邪を召されます。お休みになるのでしたら、どうかベッドに」

昼間の授業の復習をするために、本を開いたまま眠りこけていたらしい。実際身体は冷えていて、ニナがかけてくれた薄手のストールをぎゅっと握りしめる。

(――最近、あのころの夢を見ることが増えてきた)

皇都に来たからだろうか。あの青年は、おそらく皇都の人間だと思っていた。騎士か騎士見習いのようだったし、もしかしたら今もエステルの近くにいるかもしれない。そんな期待があるから、余計に思い出してしまうのだろう。

(わたしは、この皇都で頑張るって決めた)

夜伽係のつもりが、なぜか婚約者なんて大げさな肩書きまでもらってしまったせいで、やらなければいけないことが山積みになってしまった。

けれど、里の皆のため、そして自分のため、これは乗り越えないといけないのだろう。

エステルはほぅ、と息を吐き、もう一度本に向きなおる。

昼間授業で教えられた、貴族たちの領地と、地理や特産、流通に関するまとめである。貴族同士の繋がりが頭に入りきっていないために、授業だけでは理解しきれなかった。そして、理解しきれないというのは、今のエステルにとってはとても恐ろしいことだった。

（ちゃんとやらないと殺される。ちゃんと、覚えないと――！）

ラファーガの夜伽係として不足だと判断された日にはデッドエンドだ。それは半ば強迫観念のようになって、エステルを襲っていた。

結果として、時間のあるときにはこうして必死になって、勉学に勤（いそ）しんでいるわけである。

「ごめんなさい。もうちょっとだけ」

「しかし、顔色が――」

エステルは苦笑いを浮かべる。

ニナは厳しいところもあるけれど、こうして心配してくれる。彼女の優しさを感じて頬を緩めつつも、エステルは再び本に目を落とした。

「――わかりました。温かい飲み物でも、ご用意します」

「ありがと」

そう言うとニナは、少しだけ安心したように笑った。

――エステルが皇都へ来てから約半月。ここまで、本当にあっという間だった。

なんと、エステルはこうして、毎日必死に机に齧（かじ）りついているだけだったのだ。夜伽係としての役割などどこへやら。ラファーガに会うこともない。

というのも、ラファーガの方があまりに忙しすぎて、夜伽どころではないらしい。そもそも、自室へ戻る時間があるのかすら怪しい。

クリスというラファーガの代理人がたまに様子を見に来てくれるけれど、何をどこまで報告されているのか。エステルに会えなくてラファーガが寂しそうだと聞いているが、全く現実味がない。とにかく、エステルはすっかりお役御免というわけだ。余った時間は学習に充てるのみ。なので夜もこうして真面目に向き合っているわけだが、このところ、どうも調子が悪い。

ぐきゅる、とお腹が変な鳴り方をする。

こんな時間にお腹がすいてしまった。――いや、具体的には、空腹感はあるのだが食欲が湧かない状態ともいえる。

皇都にやって来てからというもの、食べたことのない味の料理ばかり出てきて、少しだけ胃が拒否反応を示しているのである。

こちらの料理は、とても複雑な味のソースがかかっていたり、もったりとした濃いめの味だったりして、ひとくち食べるごとに舌がびっくりする。

エステルのためにと、わざわざ凝った料理を出してくれているのもわかるから、残さないように一生懸命食べていた。もちろん美味しいと感じる料理だって多いのだが、いかんせん舌と胃がついていかない。

（まさかここで、ファリエナが恋しくなるとは思わなかったよ……）

ここまで長期にわたって下界に降りる機会などなかったため、完全に甘く見ていた。日々、新しい知識を大量に身につけるだけで精一杯なのに、慣れないドレスを着て、食も合わない。色んなところで身体に不具合が出ているのだ。

（――夜伽係としても、何もできていないし）

色んなことが、不甲斐なく感じる。

（せめて薬草園があったらな。――植物をいじっていたら、色々気も紛れるのに）

エステルが唯一、自分が役に立てるのではないかと思えることは植物の世話だ。

元々、様々な薬草を育てることに楽しみを見出していた人間だ。さらに、自身の魔力も植物と相性がいいこともあって、昔から何かあったときには薬草園に行っていた。

植物と触れ、一生懸命世話をしていると、悩みが軽くなるのだ。

――でも、今はそのほんの少しの息抜きもできない。

エステルは自分の無力さにため息をついた。それでも、気持ちを切り替えて本に向きなおる。

いずれにせよ、目の前のことをひとつひとつやっていくしかない。

そう自分に言い聞かせながら。

◇　◇　◇

その夜、ラファーガはまさに鬼気迫る表情で机に齧りついていた。

ただひたすらに目の前の書類と向き合い、ペンを動かし続ける。

(これを乗り切ればエステルに会える！　これを乗り切れば！　エステルに!!)

突然、目の前に舞い降りたエステルという女神のような存在を、ただただ享受しているだけの自分であってはならない。彼女を妃にすると決めた今、やらねばならないことは山積している。

結婚に反対している保守派を納得させるための材料作り。革新派を取り込むための根回しに、何よりもファリエナ領を説得させるだけの準備だ。

今、かの地は祈りの季節で、領主家の面々は家を不在にしているだろう。しかし、ここから早馬で手紙を届けさせるのには一週間はかかる。彼らが里に戻る前に、お伺いの手紙を出しておきたい。

それに、感情論だけで彼らを説得できるとも思わない。だからラファーガは、彼らが納得するに足る環境整備状況や、貴族たちの同意書などもかき集めていた。

ことファリエナ領相手には、初動が最も大事であることをラファーガはよく知っている。だから、今が頑張りどきだ。エステルに会いたい気持ちも募っているが、彼女との未来のためにも踏ん張らなければいけない。

そのときだ。深夜の執務室にノックが響きわたる。

ああ、来たかと思い、ラファーガは顔を上げた。

毎日この時間、エステルに付けていたニナが報告に来るのだ。彼女はとても優秀で、この報告をラファーガは心待ちにしていた。

ニナは元々ラファーガ付きであったが、今はエステル付きにした優秀な侍女だ。それなりに魔力を持っている貴重な人材で、クリスと同じく、ラファーガの覇気を浴びてもある程度は耐えられる。

元々暗部に所属していた関係で表情は硬いが、忠誠心は厚く、目端も利く。護衛としても十二分に力を発揮できる彼女に、エステルの全てを任せていた。

「陛下、本日のご報告に上がりました」

「ああ、エステルはどうだ？　元気にしているか？」

「いいえ。元気かどうかと仰る(おっしゃる)と、依然、少し塞ぎ気味のご様子ですが」

「――そうか」

毎日の報告の中で、エステルの変化に関しては特に注意して見ておくようにと伝えている。

いきなり降って湧いた妃教育に、エステルが苦戦している話は聞いていた。

元々知識欲もあり、呑み込みの早い彼女であるが、生まれ育った環境の影響というのは大きい。皇都で貴族令嬢として身につけておくべき当たり前の感性が育っていないために、理解できない内容も多々あるようだ。

自分の常識と皇都の常識をすり合わせながらひとつひとつ身につけている最中。しかも、妃教育ともなると、覚えるべき知識が大量にある。元々勉学は得意なはずだが、だからこそ、自分の能力がなかなか追いつけないことにもどかしさを感じているようだ。

「あまり無理はさせすぎないように。夜は早めに寝るよう伝えろ」

どうもエステルは真面目すぎるきらいがある。

ラファーガが自室にいては、彼女がまた夜伽係としての責務を果たそうとするかもしれない。

(もう夜伽係などではないのだがな)

彼女はラファーガの前では積極的で、すでに二度も彼女に翻弄されている。あれはあれで素晴らしい時間ではあったが、今、目の前の勉学に頑張りすぎている彼女に、これ以上無理をさせてはいけない。

だからラファーガは、彼女が寝付く時間まで、こうして執務室に籠もるようになったのだ。

「はい。——それも、なかなか言うことを聞いてくださらないのですが」

ニナは心配そうに顔をしかめている。

エステルの頑固さを実感し、ラファーガも同じように心配になった。——同時に、胸の奥に宿る熱い想いも自覚する。

(そうまでして、私の妃に相応しくあろうとしてくれているのか)

一方的に、自分ばかりが想っているわけではない。その事実を噛みしめる。

彼女はいつも、ラファーガへの想いを行動で示してくれる。無理をするのはけっして褒められることではないが、それでも、どうしても喜びを感じてしまうのだ。

(ああ、エステル！　なんといじらしいのだ……！)

胸の奥に溢れる想いが爆発してしまう。

「っ、あの——陛下」

ぐらりと、ニナが膝から崩れ落ちたところでハッとする。

どうも喜びが爆発しすぎてしまったらしい。無意識に魔力が放出され、ニナがそれを浴びてしまったようだ。

「――失礼した」

こほんと咳払いをする。

脳内から一時的にエステルの姿を退避させ、代わりにいつも面白みのない話ばかりしてくる大臣どもの姿を並べてみる。すぐに冷や水をかけられたような感覚を覚え、ラファーガは息を吐いた。

「大丈夫か？」

「はい、お見苦しいところをお見せ致しました」

「いや」

このところ、執務中にも感情がだだ漏れになってしまって駄目だ。冷静さを保たなければいけないのはわかっているのだが、どうしても浮かれてしまう。

（これは早く彼女と過ごす時間を作って、発散しなければな）

でないと、方々に支障が出すぎる。

日中も、ついエステルのことを思い出しては魔力を垂れ流し、失神者を続出させてしまった。おかげで、最近ラファーガの機嫌が悪いともっぱらの噂だ。本当は真逆であるのに、ちっとも信じてもらえない。

「それで？　他はどうだ？　エステルは何か不自由していないか？」

「――陛下、実はひとつ気になることがございまして」

ニナはよろよろと立ち上がり、難しい顔をする。

あまりよくない話なのだろう。エステルが問題を抱えているのなら、当然、放っておけるはずがない。

「どうした？」

やや前のめりになりながら、問いかける。ニナはどう報告したものか逡巡したように視線を彷徨わせ、やがて、はっきりと告げた。

「エステル様の食事量が、このところめっきり減っておいでです」

「何？」

「熱心すぎるくらい勉学に取り組んでいらっしゃいますから、心労によるものかとも思ったのですが、おそらくそれとも異なるようで」

「まさか、何かの病気か！」

ガタッ！　と慌てて立ち上がる。その可能性があるならば、すぐに医師を手配して――と考えたが、ニナは首を横に振る。

「おそらく、食事がお口に合わないのかと」

「すぐに料理人を――」

解雇しろ！　と言いかけ、口を噤む。

（っ、いかんいかん）

エステルのことになるとすぐに短絡的な結論を出してしまいそうになる。ラファーガは世間ではすっかり冷酷だと通っているが、当の本人は皇帝たるものそうであってはいけないと理解しているのだ。

（――私は絶対に、父のようにはならない）

独善的で猜疑心が強く、命を命とも思わない残忍な先代皇帝。

自分の地位を確かなものとするために、ラファーガの存在を大いに利用した。魔力のせいで他者を寄せつけない性質を利用し、本来父皇に向けられる憎しみを、全てラファーガへ向けるように仕向けたのだ。

父皇が気分で処刑したはずの者が、なぜかラファーガが殺したことになっている。父皇よりも恐ろしい者として、ラファーガを誰をも寄せつけぬ危険人物だと印象づけたのだった。

十年前、隣国ジャクローとの戦のときもそうだった。

父皇はまだ若く未熟だったラファーガを、平気で戦場に送り込んだ。そこで立てられるだけの手柄は立てたが、その圧倒的な力が余計に自軍の不安をも誘ったのだろう。

――結果として、当時の保守派による裏切りを受けた。

その後、父皇はあっさり病で亡くなったが、ラファーガが皇帝になってからも、臣下たちの信用を得られたかどうかはいまだにわからない。

ニナやクリスのように、ラファーガを理解し、忠誠を誓ってくれる者はいるが、かつての噂が払拭されたわけでもない。

相変わらずラファーガは、人々にとっては恐怖の対象――残忍で冷酷な皇帝のままなのだ。

「陛下？」

「っ、――いや」

すっかり思考に耽ってしまっていたらしい。声をかけられてハッとする。

「口に合わない、か」

どさりと椅子に座り直し、十年前の記憶を引っ張り出す。エステルに助けられ、数日間、看病してもらったときのことを。

あれは幸せな時間だった。

『お兄さん。はい、あーん』

なんてにこにこ笑う彼女に、手ずから食べさせてもらった。あのとき出された料理の数々は、今も鮮明に思い出せる。

（傷に差し障るからと、ほとんど粥だったな。彼女が育てたという薬草を一緒に煮込んで――）

そもそも、あの地域は米食が中心のようだった。皇都では米を食することがあまりなく、とても新鮮に感じたものだ。

そうだ。確か領主邸だというのに、とてもこぢんまりとした家で、ラファーガが借りていた客室と調理場は近かったはずだ。料理をする際、その香りが客室にまで届いてきていた。

（少し、独特な香りがしたな。薬膳料理、とでもいうのか。様々な香草で味付けされていて――不思議な風味があった）

あれはあれで新鮮で、ラファーガの口にも合った。さらに、必ずファリエナ特産の緑茶が一緒に出され、それがまた料理と合うのだ。まろやかな味わいで、舌によく馴染んだ。

しかし、そんなファリエナ料理を食べてきた彼女が、皇都の料理ばかり食べるのはつらかろう。

（私は本当に至らない）

少し考えれば、予測できたはずだ。

彼女が故郷の味が恋しくなって当然だ。それを言い出せず我慢できてしまうところはエステルの長所かもしれないが、いずれ夫婦になるのだ。何でも言い合える仲になりたい。

「ニナ、手配してほしいものがある」

そうしてラファーガは、思いつくかぎりの食材と人材を言い連ねていった。

◇　◇　◇

その日は唐突に訪れた。

午前中は歴史と算学の授業。午後からはマナー講習にダンスレッスン。座学はともかく、午後の授業で心も身体もいっぱいいっぱいで、エステルは自室に戻るなりぐったりとしていた。

（もう無理。ご飯とか、喉、通らない――）

正直、弱音は吐きたくない。生き延びるためなのだから、これくらい乗り越えて然るべきだと理解していても、肝心の身体の方が動かない。

すぐそこにニナがいるのに、だらしなくソファーで寝っ転がりたくなる。

（でも、このあともすぐ着替えなのよね。――ご飯を食べるためだけに着替えるって、本当に何よ）

ファリエナ領での暮らしがいかに自由だったのかと思い知る。

（陛下も、もう夜伽係としてのわたしが必要ないなら、早くお役御免してくださいよ……！）

たった二晩仕えただけだけれど、待つだけの身がいい加減つらい。

つまり、ホームシックだった。あんなにも里の外に憧れていた自分が、わずか半月ちょっとで音を上げることになるだなんて、自分でも思わなかった。

（ううん、音は、上げてない。頑張る。頑張れる。きっと、もう少し粘ったら慣れるはず――）

と言い聞かせるけれど、元は突然皇都に連れてこられたのだ。覚悟もできないままに変化した環境に、身体がついていかないのは当然のことかもしれない。

そのときだった。

部屋の外からノックの音が聞こえ、ニナが様子を確認しに出ていく。

相変わらず表情変化の少ない彼女だが、戻ってくるときはいつもより足早で、彼女の焦りが滲んでいた。

「エステル様、陛下がお越しです。お通ししてもよろしいでしょうか？」

「へ⁉」

素っ頓狂な声が出た。

だるだるとしている場合ではなく、自然と背筋が伸びる。

（陛下が⁉　どうしてこんな時間に……？）

夜伽には随分早い。まだ夕食前なのに、一体何の用だろう。

「お、お通しして」

「かしこまりまして」

ここで通さない選択肢などない。エステルはソファーから立ち上がり、ドレスに皺がないか確認する。大丈夫そうなので、口角を上げて表情を作り、ラファーガを出迎えた。

「ようこそお越しくださいました、陛下」

「ああ――」

マナー講習で叩き込まれたカーテシーを再現してみせる。我ながら見映えよくできたのではと思ったが、ラファーガの表情はぴくりとも動かない。

素っ気ない様子でつかつかと歩み寄ってきて、早速その迫力に逃げたくなった。

（一体なに⁉　なんなのよ⁉）

頬が引きつらないように力を入れ、ぐっと踏みとどまる。

（って、近い！　近い近い近いっ‼）

想定以上に至近距離まで歩いてくるものだから、エステルはいよいよ腰が引けそうになった。けれど、ラファーガにぐっと抱き寄せられ、逃げることなど不可能だ。

しかも、そのまま顔を近付けられたものだから余計に混乱した。

真顔である。ぴくりとも表情に変化がないまま、エステルの顔を凝視してくる。

「……陛下？」

一体何なのだろうか。全く目的が見えない。

すぐにでもキスができるような距離ではあるが、そのような気配もない。というより、夜伽の時間でもないわけで、甘い雰囲気になるはずもないのだが。

「――――い」

「え？」

彼が何か呟いた。しかし、あまりにも微かな声で、きちんと聞き取れない。

「今、なんと……？」

おずおずと聞き返すと、彼はぎゅっと眉根を寄せて、眼光を強くする。

「随分と顔色が悪い」

「それは――」

ニナにしっかりと化粧をしてもらっているから、誤魔化せていると思っていた。あろうことからラファーガに筒抜けだったらしく、エステルは狼狽える。

（この軟弱者め、って罰を受けたりする？　それとも、不健康なわたしじゃ夜伽係は務まらないって追い出されたり――あ、それはそれで、うまくいけば好都合かもだけど）

どう反応していいのかわからずにオロオロしていると、急に視界が高くなった。

「へあ!?」

声が裏返る。なぜか突然ラファーガに横抱きにされたらしい。

目を白黒させているうちに、彼はエステルの部屋にあるテーブルの方へと歩いていく。朝食などを食べる際は食堂ではなくて部屋で摂ることが多く、その際に使っているものだ。

そして彼は躊躇なく、椅子にどかりと腰かけた。自身の膝の上にエステルを乗せたまま。

「陛下？」

「――持ってこい」

エステルの混乱を黙殺し、ラファーガは自身が連れてきた侍女に向かって命令する。わけがわからずにオロオロしていると、ふと、懐かしい香りが鼻腔をくすぐった。

（あれ……？）

とても、覚えのある香りだった。

香りは一気にエステルの記憶を引き戻す。

（これ、もしかして）

侍女たちが何かをワゴンに載せて運んでくる。

料理だ。

正直、皇都では食傷気味だった凝った味付けのものではない。見た目が素朴で、少しだけくせのある香りがする料理の数々。

緑と茶色。彩りが少ない煮込み料理。華やかな絵が描かれた皿には少しだけ不釣り合いなそれらが、エステルたちの前に並べられていく。

川魚の山椒（さんしょう）煮込みにほうれん草のスープ、白菜の香辛料漬けに揚げた豆腐、そして、ほかほかの白米。

さらにラファーガ付きの侍女が、ポットから茶を注いでくれる。ファリエナ産特有の黄色みがかった薄緑色があまりに懐かしくて、息を呑んだ。

「これ、ファリエナの――」

「急ごしらえだからな。慣れ親しんだ食材は、もう少し待て」

「え……？」

それはつまり、わざわざファリエナ領から手配してくれるつもりなのだろうか。テーブルに並んだ料理の数々を見てみると、確かに、皇都でも購入できそうな食材を中心に集められ、その分調理に工夫がされているようだった。

呆けるエステルを抱きかかえながら、ラファーガはテーブルに手を伸ばす。淀みない様子でスプーンを手に取り、スープを掬った。

「ほら、エステル」

「え？」

あろうことか、彼はそのスプーンをエステルの口元に運んだのだ。

「あーん、しろ」

エステルは笑顔のまま硬直した。

……今、冷酷な皇帝陛下からは絶対に出てこないようなセリフが飛び出してきた気がする。全ての思考が吹っ飛ぶほどの衝撃である。

「ほら、エステル。あーんをしてくれないと、食べさせられない」

「っ、え、へ、陛下!?　あの、そんな、わた――」

もぐ！　と、口を開いたタイミングで強引にスプーンを突っ込まれた。

瞬間じゅわっと広がる鶏がらの出汁と、ほうれん草のうま味。さらに、ちゃんと香草の味わいが追ってくる。

「――――おいしい」

ほろりと、言葉がこぼれた。

懐かしい味に、胸の奥がぐずぐずになるような感覚を覚え、ぎゅっと手を握りしめる。

「そうか。口に合ったか」

エステルの反応に安堵したのか、ラファーガもわずかに頬を緩めた。

「ならば――次はこれはどうだ？」

少し上機嫌な様子で、箸で魚の身を解しながら口元に運んでくる。少しだけ、箸の持ち方が危うい。魚の身もなんとか掴めているが、早く食べなければ落ちてしまいそうだ。

「いただきますっ」

そう宣言して、ぱくっと口にする。それを見た彼は気をよくしたのか、目を細めて笑っている。

（笑った……）

つい、その表情に見とれてしまう。

（――きれい）

黄金色の瞳がきらきらと輝いている。いつもは冷たい印象のそれが華やぎ、血が通っているような心地がした。

もっと見ていたいと思ったけれど、彼の方から視線を逸らしてしまう。

「恥ずかしいところを見られたな。箸は、久しぶりで。――なかなか慣れない」

なんて言いながら、魚の身と格闘している。上手に骨が取れないようで、悪戦苦闘している姿が少しだけ可愛く思えた。

「――皇都の料理は口に合わなかったか？」

視線を合わせないまま、彼はぼそりと訊ねた。もしかしたら少し聞きにくい話題だったのかもしれない。その声が少し弱々しく感じる。

「いえ。――ただ、お気付きの通り、少しだけ。ほんの少しだけ、故郷の味が恋しくなってしまったのです」

「そうか」

「お城のお料理はとても美味しいです。でも、はじめての味ばかりで、少し、舌がびっくりして」

「――そうだったのか」

彼はじっと、エステルの話に耳を傾けてくれていた。気まずそうに、魚の身と格闘したまま。そんな彼は、少しだけ落ち込んでいるようにも見えた。

（わたし、この人のことを少し誤解していたのかもしれない）

強張った表情の中に、確かに慈しみや優しさが滲んでいる。

エステルを前にして、そういった温かかったり穏やかだったりする感情が、こうしてたまに見え隠れする。少しだけ不格好な自分を恥じたり、言いにくいことを言い淀んだり、人間としての当たり前の感情を抱えて。

「もっと食べろ」

少しだけ気まずそうに、彼が手を動かしはじめる。魚に、お豆腐、それから白米まで。淀みない手つきでずっと世話を焼いてくれた。

なぜか、自分で食べられますとは言えなかった。

ラファーガがとても一生懸命で、使命感に燃えているように感じたからだ。ここで止めたら、彼の厚意に水を差すような気がして、エステルは彼に甘えることにした。

「――すまなかった」

「え？」

突然謝られて目を丸くする。

「仕事にかまけて、君との時間をないがしろにしていた」

「そんな！」

エステルはぶんぶんと首を横に振る。エステルと仕事、そんなもの、仕事の方が大事に決まっているではないか！

「君とのためだと躍起になって、君自身を見てやれなかった」

「へ？」

話が見えない。

何に対して躍起になったのだろうか。

仕事？ ――だとしたら、その仕事がエステルのためになるもの――なのだろうか。

困惑して彼のことをじっと見る。ラファーガは難しい顔をしたまま、そっと目を閉じる。

「もっと君と過ごす時間を作っていたら、体調が悪いことにも早く気付けていたかもしれなかったのに」

「体調が、悪いわけでは――」

――いや、実際はかなり悪い。

考えがまとまらないし、なんだか頬が熱い。心臓がばくばく煩くなってきたし、視界もちょっとだけ潤んでいる気がする。

(わたし、どうしちゃったんだろう)

両手で頬をぎゅっと押さえた。

どうしても落ち着かない。いつか自分を殺すかもしれない相手の腕の中なのだから、平常心でいられるはずがない。そうなのだろう、きっと。――と、自分に言い聞かせてみる。でも。

(この人は、わたしを殺したりしない)

そう思うと、胸の奥ですとんと何かが落ちた。

彼は世間で言われているような冷酷な人物ではない気がする。

殺されたくないと思って、今まで一生懸命尽くそうとしてきたけれど、安易に人を殺すような人ではない。そんな想いが胸の奥に小さく、しかし、しっかりと根付いたのだった。

――そうして、夜が更ける。

ずっと落ち着かなかった夕食を終えて、寝支度をして。今宵、エステルは今までとは全く異なる心持ちで、奥の扉の前に立っていた。

この扉の向こうにはラファーガの部屋が続いている。つまり、今宵、彼と同衾することが決まっていた。

(これが本来の責務だってわかってるけど、き、緊張する……！)

久しぶりにお腹いっぱいご飯を食べて、今までの不調が嘘のようにぴんぴんしている。だから、彼の夜伽係を務めるにも万全だ。

(陛下はわたしを殺したりしない。それは大丈夫だからっ)

しかし今度は、どういった心持ちで夜伽係を務めたらいいのかわからなくなってしまったのだ。

(死にたくなくて媚び媚びしてただけだもの。——でも、陛下の不興を買っちゃ駄目なのは、今までと同じ。だから同じように挑むのよ、エステル！)

そう自分に言い聞かせるも、緊張はピークだ。

はじめて皇都にやって来た夜とは、全然種類の違う緊張だった。ずっと心臓は煩いし、頬はカッカと火照ったまま。なんでこんなに手汗をかいているのかすらわからない。

(行くしかないのよ。陛下だって、きっと待っていらっしゃるわ)

そう心に決め、エステルはラファーガの部屋へ続く扉を開けたのだった。

「——ああ、エステル。待っていた」

彼の低い声が聞こえてきて心臓が跳ねた。

薄暗い部屋の中、ベッドに腰かけ、ゆったりと寛ぐラファーガの姿が見える。

「支度は済んだのか？　――なら、こちらに」

そう言って彼は、手を差し出す。

（支度って――う、うう。済んでいますけど、もちろん）

ニナにもよくお願いして、万全の仕上がりだ。マッサージをして、香油もたっぷり塗り込んでもらって、お肌も髪も艶々。体調を鑑みてナイトドレスだけは少し厚手のものを、とニナは言ったけれど、それも十分愛らしいものだ。

（どうせ脱ぐことになるんだから、いつもの色気たっぷりのものの方がよかったかな）

どちらがラファーガの好みなのだろう、と考え、首をぶんぶんと横に振る。

「エステル？」

「あっ、いえ！　行きます！」

焦って可愛げのない返事になってしまった。しまったと思いラファーガの顔色を窺うも、彼が気を悪くした様子はない。いつもの無表情――いや、もしかしたら少し微笑んでいるのかもしれない。

「陛下、あの――っ!?」

ベッドの近くまで歩いていき、彼の手を取った途端、驚愕する。

視界がぐるんと反転した。手を引かれ、抱き込まれ、そのまま押し倒された――と思ったけれど、少し違うらしい。

「陛下……？」

ラファーガの横に並ぶ形で、仰向(あおむ)けに寝かされる。そのまま彼に抱き込まれ、ぽんぽんと優しく肩を叩かれた。

「あ、あの、陛下？」

「ん？」

声が、甘い気がする。

すぐそこにラファーガの顔がある。いつもの鋭い眼光は今だけは少し緩んでいて、眩(まぶ)しそうな目でこちらを見ていた。

「夜伽は……？」

「君は夜伽係ではなくなった。何度も伝えたはずだが」

「そ、それは、そうなんですけれど」

ついでに婚約者という過分な肩書きまでいただいてしまった。けれど、それはあくまで表向きのものではなかったのだろうか。

「あ……う。えと……」

どうにもそわそわしてしまう。同じベッドで共寝するのに、こうしてぎゅっと抱きしめたままでいる意味はなんだろうか。心がずっとくすぐったくて、落ち着かない。

（このまま寝ろってこと？　え？　横に並んで、一緒に寝るだけ？　嘘でしょ？）

でも、この体勢から変化する兆しは見えない。彼の上に乗っかったり、逆に乗っかられたりする展開は本当になさそうだ。

「陛下――」

彼が何を考えているのか知りたくて、ころんと横を向く。彼の方へと身体を向けると、思った以上に近い位置に彼の顔があった。

「――っ」

すぐにキスができそうなほど近く。しまったと思うも、一度目が合ってしまえば反対を向くことも難しい。

「っ、エステル」

ゆっくりと――でも、ちゃんと強く抱き込まれる。彼の胸に顔を埋める形になり、エステルは暴れる心臓をどうにもできなくなってしまった。

このままでは心臓の音まで聞かれてしまいそうだ。

彼にはもっと過激な姿も見られているし、直接肌にも触れられたことがあるはず。なのに、そのときよりもずっと緊張している。

全身が汗ばみ、落ち着かない。せめてもっと距離を取りたいと思って、顔を上げた。

「っ――」

薄暗い中でもわかる。ラファーガの顔が真っ赤に染まっている。

表情こそいつもの険しいものではあるけれど、彼の纏う空気は全然違う。

（っていうか、この音）

振動、と言うべきだろうか。とくんとくんと細かく刻まれる低い音は彼の胸から伝わってくる。

――どうやらラファーガも緊張しているらしい。まさかの事態に、エステルもますます落ち着きがなくなる。

「あの、陛下。今宵は、本当に？」

「私にはこれで十分だ」

それはつまり、ぎゅっと抱いたまま眠るだけで満足だという意味だろうか。

――そのわりには、彼の下半身にゆるゆると熱が集中していっているような気がしないでもないのだが。

「……本当だ」

まるで念押しのように告げる言葉が少しだけおかしかった。

エステルは自然と溢れ出そうな笑みを堪えながら、もう一度彼の胸に顔を埋める。なんとなく、表情を見られるのが気恥ずかしかったからだ。

（心臓、ずっとばくばくしてる。――でも、この音がなんだか心地いい）

それは素敵な子守唄のように思えた。

知らなかった。彼の腕の中がこんなにも温かくて心地いいことを。

「何もせずに、このまま眠ってしまいますよ……？」

「それでいい。そのために、こうしている」

「え？」

彼の手がエステルの背中を撫でた。ゆっくり、ゆっくりと一定のリズムを保ちながら、ずっと。

その大きな手がとても優しくて、エステルは目を閉じる。

「ふふ、これ――心地いいです」

自然とこぼれ落ちた言葉に、彼が笑ってくれたような気がした。

――そうか。なんて、穏やかな声が聞こえたか聞こえなかったか。

このところ、ずっと根を詰めて勉強ばかりしていたから、疲れていたのだろう。彼の腕の中で、エステルはあっという間に眠りに落ちてしまった。

第四章　身体も心も温かい、それって陛下もなのですか？

さらに日々は過ぎていく。

この日エステルは、城の離れにある薬草園に足を運び、薬草の手入れをしていた。

「うん、いい感じね」

緑の青々と生い茂る薬草園を見渡し、満足げに笑う。

（ほんと、陛下には感謝だわ）

ラファーガがエステルに食事を用意してくれた夜。あの日から、彼との関係は少しだけ変わった。

緑茶を常備してもらえるようになったほか、数日に一度はエステルの慣れ親しんだ味の料理が出るようになって、食事事情はほとんど改善された。

それから、ラファーガは極力早く仕事を終え、エステルと共寝をすることが増えた。とはいえ、夜伽係としての仕事はさっぱりさせてもらえず、ただただ隣で一緒に寝るだけだ。

最初はその行為の意味が理解できなかったが、どうもエステルが夜更かしして勉強をしていることを心配してくれたためらしい。

彼と同衾をすれば、強制的に早く寝るしかなくなる。だから、エステルが無理をしすぎないように、彼は見張っているつもりなのだとか。

（わかりにくい。わかりにくいよ……！）

その優しさが。でも、一度わかってしまえば、次から次へと理解できることが増えた。

彼は表情こそ恐ろしいけれど、いつだってエステルのことを考え、行動してくれる。冷酷な皇帝なんて言葉、とんでもない。すごく不器用で遠回しでわかりにくいけれど、気配りと優しさに満ちていた。

（っていうか、毎日見ていると、少しずつわかってきたかも。陛下の表情）

ほとんど変わらない無表情。かろうじて眼光の鋭さで機嫌の良し悪しを見極めるしかないと思っていたが、そうでもないらしい。

ほんのわずかに眉が動いたり、口角が上がったり——あとは、手の動きはかなり雄弁だ。なんとなく彼の纏う空気から彼の感情が読み取れるようになってきた気がする。

恐ろしいもので、そうなると、彼のことがどんどん可愛く思えてくるから不思議だ。

（陛下って、なんていうか竜みたいなのよね。銀竜。あの子も最初は、全然感情がわからなかったし）

その分、エステルは相手をじっくり観察するようになった。観察すれば観察するほど、微妙な変化がわかるようになってきて、愛着も湧くというものだ。

そして、エステルがラファーガに対して親近感を持つようになったのと同様——いや、それ以上に、エステルは彼に可愛がられているのかもしれない、と思うようになった。

その理由が、この薬草園だ。

ラファーガは西館の裏手にある畑の一部を、わざわざエステルのために開放してくれたのだ。研究用にほんの少しだけあるスペースだったのだが、その貴重な場所を明け渡してくれるなんてよっぽどだ。

しかも、エステルは薬草を育てたいなどと、自らはひと言も発していなかったのである。それなのに、突然畑をプレゼントされて仰天した。

（どう考えても、わたしのことをしっかり調べてくれたとしか思えないよね）

それ以外の理由が見あたらない。

彼の情報収集力にも舌を巻くが、それよりも、彼の気持ちが嬉しい。

まごころ、とでも言えばいいのだろうか。彼が温かいのは、その体温だけではなく、心もだと思うようになった。

「こちらはこのような形でよろしいのでしょうか、エステル様」

「丁寧にありがとう。——ごめんね、こんなことに付き合わせちゃって」

「いいえ。エステル様のお役に立つことが私の喜びですから」

大真面目な表情で頷いてくれるのはニナである。

彼女は侍女という立場でありながら、こんな土いじりまで付き合ってくれて感謝しかない。

元々は軍部の出身らしい彼女は、優秀な護衛としての役目も担い、四六時中エステルの側に控えてくれている。別に危険なことに巻き込まれることもないのだが、見知らぬ人が多いこの皇城でずっと一緒にいてくれるのは、とても心強い。

ちなみに、彼女の表情がずっと硬いのは、軍での経験と、生真面目すぎるからだとか。案外可愛いものが好きらしく、たまに猫と遭遇すると目が釘付けになっている。

エステルのことだって、とても熱心に世話を焼いてくれていた。

可愛いドレスを選ぶことに対する執念がものすごく、油断をするとずっと着せ替え人形になって一日が終わってしまう。曰く『ようやく陛下のお側にいても大丈夫なご令嬢が現れたのです。逃がしません！』だそうで、入れ込みようがすごい。

（ニナみたいな人を宛がってくれて、陛下には感謝しかないわね）

そう思いながら、エステルは目の前の薬草園を見回した。

（でも、夜伽がちゃんとできないんだもの。せめて少しくらいは役に立ちたい）

息抜きが半分、あと半分はラファーガのためでもあった。

ファリエナ領の薬草といえば、その効能が他の地域のものよりも遥かに高く、品質がいい。国内でも最上級のものとして、高値で取り引きされているのだ。

それはファリエナ領の土地自体が持つ魔力に由来するものではあるが、エステルは自分の特殊な能力により、ファリエナ領で育てるのと似た条件で各種薬草を成長させることができる。さらに、エステルが世話をするだけで成長速度がぐんと早くなるので、短期の栽培が可能なのだ。

元々ファリエナ領にしか生育しない種類の草花に関しては諦めるしかないが、皇都の気候に適したものならば何でもござれだ。これだけはエステルも成果を出せる自信があって、胸を張って取り組んでいる。

この薬草園の成果物で、彼に感謝を伝えたい。

皇帝の婚約者とされている人間が土いじりをすることに顔をしかめる人もいるみたいだけれど、エステルの視界には入ってこないし、気にしない。どうせエステルは、そのうち皇城から立ち去る予定の人間なのだ。

そういうわけで、今日も時間を見つけてこの薬草園へやって来ていたのである。

大抵が授業が始まる前の朝の早い時間であるが、今日の授業は午後のみということで、ゆっくりと世話ができている。土いじり欲が満たされて、この日のエステルはいつも以上にご機嫌だった。

しかし、こういうときに限って邪魔が入るものらしい。

「こ、こここここっ、こちらでございます！　ご令嬢方！」

どこかで聞いたことのある声が遠くから響いてきた。

少し甲高い男性の声だ。すごくすごーく覚えのある印象的な声色だけれど、誰だったか――と、記憶を辿る。

ぱっと顔を上げた瞬間、強烈な色彩が目に飛び込んできて口を開けた。

どこにいてもすぐにその姿を見つけられそうなド派手なコート。今日のカラーは黄色と群青らしく、鮮やかな色彩がふんだんに使用されている。ピンと反り返ったチョビ髭に、時代錯誤のカボチャパンツ。

（チャド・ネル・ロエンス！　どうしてこんなところに⁉）

エステルを半ば強引に皇都まで連れてきた男である。

（そういえば、湯殿係って言っていたけれど、わたしをこの皇都に連れてきたっきり、何かしてもらった記憶がない）

湯殿係というのはつまり、夜伽係の上官的立場の人間だと思っていたが、違ったのだろうか。エステルのことは全てニナに投げっぱなしで、その後音信不通だった。

（……なんて、わたしのこと嫌っていたっぽいし、代わりのご令嬢を探すのに一生懸命だったんでしょうね、きっと）

現に、今も彼の後ろには何名かの令嬢が控えている。状況はさっぱりわからないけれど、エステルよりも遥かに高位の令嬢たちに城を案内しているらしい。

令嬢たちは皆、エステルと同じか少し若いくらいの見目麗しい人ばかりだった。城の敷地内ではあるものの、こんな薬草園の前では浮いてしまっている。皆、豪奢なドレスを揺らしながら、楚々（そそ）として歩いてくる。

あまりに場違いな人々の登場に、エステルは戸惑いつつも立ち上がった。

（どうしよう。挨拶をしようにも、手は土まみれだし）

とはいえ、挨拶しないわけにもいかない。ぱんぱんと軽く手を払って、作業用に着たシンプルなスカートの裾をつまむ。そのまま頭を下げ、しずしずと一礼してみせた。

「ふうん。あなたがファリエナ家のご令嬢？」

唐突に訊ねられて困惑する。

こういったときは、高位の者から名乗るものだと聞いているが、相手は誰なのだろう。

この国を構成する貴族たちの関係は少しずつ覚えていっている。とはいえ、顔と名前が完全に一致しているわけではない。不安に思うも、無視をするわけにはいかず、挨拶をすることにした。

「はい。ファリエナ家末子エステル・アンリ・ロッタ・ファリエナです。このような格好で恐れ入ります」

「本当ですわ。――田舎娘が少し珍しかっただけ。たまたま陛下のご寵愛を得たのよ。あなたの身分では陛下のお相手に相応しくないことくらい、おわかりですわよね？」

もちろんわかっている。

わかっているが、目の前の令嬢は一体誰なのだろうか。

華やかなプラチナブロンドの髪は艶やかなストレートで大人っぽい。青い瞳はややつり目で、気が強そうな印象ではあるが、それが美人に拍車をかけている。深紅のドレスが印象的で、かえすがえすこんな薬草園が似合わない。

また、後ろに控える他の令嬢たちも皆、上品だったり儚げな印象だったりして、これが皇都の令嬢たちかとしみじみ思った。

圧倒されたまま突っ立っていると、前にいた華やか美人の目がますます吊り上がる。

「エステルでしたかしら？　本当に理解しているのであれば、今日にでも陛下の婚約者を辞して、今すぐ領地へおかえりなさい」

「えっ、でも――」

エステルの一存で帰ることなどできるものなのだろうか。そんな疑問から、口をついて出てしまう。

「あなた、オーフェリア様に口答えしていいとでも思っているの!?」

「そうよ！　あなたのような田舎貴族とは違って、あのマッサエヌ家のご令嬢に……！」

と、そこまで聞いてようやく相手が誰なのか理解する。

貴族名鑑の中にも名前があったはず。この国の皇帝ラファーガを支える貴族は、大きくふたつの派閥に分かれている。そのうちのひとつ、保守派を率いるマッサエヌ家の令嬢がそのような名前だったはずだ。

（どうりで！　貴族の中の貴族って感じだもの）

高圧的な雰囲気ではあるが、所作は洗練されているし、堂々とした佇まいも立派に見える。

（これが貴族のご令嬢なのね……！）

絶賛マナー扱かれ中のエステルにとっては尊敬しかない。実に参考になりそうだと、まじまじとオーフェリアのことを見つめる。

それが逆に彼女の逆鱗に触れたらしい。オーフェリアはますます目を吊り上げて、一歩前に出る。

その迫力に一歩後ろに下がったところで、エステルを庇うようにニナが前へと出てくれた。

「マッサエヌ様、お言葉がすぎます」

ニナは静かに、しかしはっきりと告げる。

「エステル様は陛下に見初められ、妃にと望まれているお方。いくらオーフェリア様とはいえ、その態度は無礼にあたります」

「なんですって!?」

まさか侍女に言い返されるとは思っていなかったらしい。オーフェリアは驚愕し、怒りをあらわにする。

「それからチャド。これはどういうことですか？　どうしてあなたが、ご令嬢方をこのような場所にご案内しているのです？」

「へ!?　そ、それは……！　陛下の、次の夜伽係となる候補の皆様を、だな……!!」

まさか自分に矛先が向くとは思っていなかったのか、チャドは目を白黒させた。

「夜伽係？　エステル様がいらっしゃるのに？」

ニナの怒りがますます濃くなった。隠しきれないニナの怒りを真っ直ぐに浴びて、チャドはその場でぴょんと飛び跳ねそうな勢いだ。

「あひゃっ！　し、仕方ないだろう!?　お前もわかっているのではないか!?　そ、その娘がそのまま妃になるのは、この国ためにも、そして陛下のためにもよくないと……！」

「あなた自らが見つけてきたご令嬢なのに？」

「違う！　そこの田舎娘に関しては、クリス殿が無理矢理……！」

聞き覚えのある名前が出てきて、ぱちぱちと瞬く。

（クリスさまって、もしかして）

この皇都に来てから、ラファーガの代理人として、何度かエステルの様子を見に来てくれた男性がそのような名前だったはずだ。彼は確かラファーガの補佐官だと言っていた。

エステルをファリエナ領から引っ張り出してきた人物がようやくわかり、脳内でメモをしておく。その間もニナによる糾弾は続いており、チャドの顔色がどんどんと悪くなっていった。

「弁えていない主に仕えるだけあって、あなたも相当恥知らずなのね！　ますます陛下のお側にお仕えするべきではないわ」

「お言葉ですがオーフェリア様、陛下の魔力に耐えられないあなた様こそ、お仕えするに相応しくないのでは？」

「あなた、本当に失礼ね！」

ニナの言葉にオーフェリアはますますヒートアップする。

ただ、エステルだけがその言葉の意味を理解できず、ぱちぱちと瞬いた。

（魔力に耐えられない？）

それはどういうことだろう。いまいちピンと来ない。

ただ、深く考える余裕などなかった。オーフェリアがつかつかと前に歩いてきたかと思うと、ニナの前で大きく手を振り上げたのだ。

（っ、駄目……！）

考える前に身体が動いた。エステルの身体に渦巻く魔力が一気に放出される。

近くの薬草に力を与え、その成長を爆発的に促す。しゅるると足元から蔓が伸び、やがてオーフェリアの手首に巻きついた。

「おやめください、オーフェリア様！」

「あなた、どこまでわたくしの邪魔をすれば――……っ⁉」

キッとオーフェリアがこちらに向きなおった瞬間、彼女が顔色を変えた。

少なくとも、エステルの使った魔法に驚いたわけではないようだ。どうしたのだろうと瞬くも、オーフェリアの視線はエステルの背後に釘付けになっている。

「あ、あ、あ……！」

わなわなと震えながら彼女の視線の先に、エステルも目を向けようとした。

強大な魔力が近付いてくるのがわかった。ハッとした瞬間、エステルたちの頭上に大きな影が落ちてくる。その影はエステルの背後から一度上空を通過したかと思うと、風を切り、大きく旋回して再びこちらに近付いてきた。

キラリと、太陽の光を浴びて銀の鱗が輝く。その優美な姿を久しぶりに目にして、エステルはぱちぱちと瞬いた。

「――銀竜？」

見間違えるはずがない。懐かしい姿に胸が熱くなるも、どうしてとも思う。だって、彼には里での留守番をしっかりとお願いしたはずだ。

ただ銀竜は、エステルのささやかな疑問など気付かぬ振りをして、すっとエステルの隣に着地した。その巨体を御し、音もなく降り立つその様は悠然としており、まさに竜王のような風格だ。

「銀竜、どうしてここに……？」

突然の訪問者にエステルの頭はハテナでいっぱいだ。けれど、令嬢たちの方がずっと混乱しているらしい。

「きゃあああ!!」

「何なんですの!?」

オーフェリアを置いて、令嬢たちが一目散に逃げていく。そんな中で、オーフェリアだけが巻きついた蔓に邪魔されて逃げられない。

「あなたたち！　ちょっと！　わたくしを助けなさいよっ！　待ちなさい!!」

などという声は届かない。半泣きになりながらオーフェリアは叫んでいる。

「嫌っ！　離しなさい!!　あなたまさか、そのバケモノにわたくしを食べさせる気!?」

なんてぶんぶん首を振っているけれど、エステルにそんな気持ちはこれっぽっちもない。

「いえ。——ねえ、銀竜？　どうして来ちゃったの？」

ギュルルル、と銀竜は静かに訴えかけてくる。

さも、ここにいるのが当然といった表情だ。きっとこれは、エステルが心配で見に来てくれたのだろう。褒めてくれとばかりに頭をすり寄せてくる。

「ありがとね、銀竜。わたしは元気なんだけど——」

危なかったのはエステルではなく、ニナの方だ。

「ニナ」

スーッと気持ちが冷えていく。

おそらく彼女は、わざと平手打ちを受けようとした。

主であるエステルが悪し様に言われることは許せないとばかりに言い返してくれたが、ニナ本人への怒りはそのまま受け止め、悪意を引き受けてくれようとしたらしい。

胸が痛んだ。

正直エステルは、周囲がどれだけ騒ぎ立てても、自分はどこか当事者ではないような気持ちでいた。エステルが田舎娘であることは事実だ。そんな自分にラファーガが入れ込んでいるなど、オーフェリアが許せないのも当然だと思う。

自分はいつか皇都からいなくなる存在。だから、ずっとお客さんのような気持ちでいた。

けれどもそれでは、駄目だ。ようやく理解した。

だって、今のエステルはニナの主だ。エステルが馬鹿にされたら、ニナまで馬鹿にされてしまう。

ニナはとても優秀な侍女で、皇都に来てからずっとよくしてくれた。彼女はとても大事な存在で、
この皇都でのお姉さんだと思っているのだ。

自分がぼんやりしているせいで、ニナが傷つけられるのは許せない。

「ニナ、オーフェリアさまから離れなさい」

わざわざオーフェリアの怒りを引き受けなくていい。そう言いたかった。

ニナはどこかばつの悪そうな顔をしながら、エステルに従う。そうしてエステルは、改めてオーフェリアを睨みつけた。

「オーフェリアさま、一方的に難癖をつけて平手打ちをするのが皇都の令嬢としてのマナーなのですか？」

「なっ……！」

背筋を伸ばした。

負けてはならないと思った。ここで日和（ひよ）ったらファリエナ家の名折れだ。

田舎貴族には田舎貴族なりの矜持（きょうじ）がある。銀竜とともに凜と立ち、ファリエナ家の名に恥じない態度でいたいと思った。

「覚えておいてくださいね。ファリエナ家の人間は、ことさら身内を大切に致しますの」

銀竜を撫でながら、令嬢らしい言葉ではっきりと伝える。

自分は竜とともに生きるファリエナ家の娘なのだ。領民はわずか三二八名ではあるけれど、それぞれが誇りを持って生きている。

エステルだってそうだ。普段はほわほわとマイペースに生きていても、譲れないものはある。それが家族だ。ニナはすでにエステルにとっては家族も同然。傷つけることは許せない。

「な、な、な、何よその目は！　なっていない侍女を躾けて何が悪いのよ！」

「ニナはわたしの侍女ですわ」

「陛下の、でしょう!?　いずれ妃になるのは私！　そのような娘、すぐに解雇してやるわ！」

声高らかに、妃になると宣言したオーフェリアを睨みつける。

彼女の身分から、それが事実となってもおかしくないとも思う。エステルに婚約者としての自覚は皆無だったし、なんなら別の令嬢が代わってくれたら助かると、今までなら喜びそうな勢いだった。

でも、オーフェリアは駄目だ。そう感じた。

ほんのわずかに、ラファーガとオーフェリアが並んだ姿を想像しようとして――やめた。

胸の奥がもやもやする。駄目だ。彼女は妃に相応しくない。直感に近い何かがエステルの心の中に芽生える。

「陛下の婚約者はわたしです！　あなたこそ弁えなさい！」

次の瞬間には叫んでいた。

ただの一歩も引いてなるものか。そう心に誓い、オーフェリアを睨みつける。

「わたしこそが婚約者であると、陛下自らが認めてくださいました！　あなた方は、その陛下のご意向を無視なさるのですか⁉」

自分で言っておいて、エステルは今さら気がついた。

（そうよ。ぽやぽやしていたら、いくら表向きとはいえ、わたしを選んでくれた陛下のご威光にも傷がつくのよ……！）

それは、とても嫌だ。

エステルにとって、ラファーガもすでに身内に近い存在になっていたらしい。

「大切な陛下を侮辱するなど、わたしが絶対に許しません！」

「――だそうですよ。よかったですね、陛下」

「…………」

――と、そのときだった。ここで、また別の声が聞こえてきて、瞬く。

ぱっと声のした方を向くと、そこにはふたりの男が立っていた。

ひとりは長い銀髪をひとつに束ねた、どこか涼しげな雰囲気の男性。

そしてもうひとりは――。

「エステル」

相変わらず、視線だけで人を刺し殺せそうなほど鋭い眼光をした無表情の男。この国の皇帝ラファーガその人であった。

「陛下……!?」

オーフェリアたちに夢中で、彼らが近付いてきたことにちっとも気がつけなかった。どうしてここにと狼狽える。わたわたしてしまうと、彼らに遅れて後ろから、大勢の兵士たちが走ってきた。

「竜が現れたと——ああ、あそこだ!」

「陛下、先に行かれては危ない!」

「っ、銀竜!? お、おい!? 銀竜だぞ!?」

ああ、そういうことかと思った。

突然銀竜が皇城に舞い降りたのだから、騒ぎにならない方がおかしい。

警戒する兵たちを、先頭に立っているラファーガが手で制す。エステルをじっと見つめたまま。

(っていうか、さっきの聞かれていたよね!? ど、どうしよう……)

なかなかの演説をしてしまった。自分の発した言葉を思い出し、エステルは頬を真っ赤にする。

(陛下の気持ちをあることないこと代弁したりして、とっても図々(ずうずう)しいことばかり言っちゃってた気がする……!)

穴があったら入りたい。先ほどまでの気迫などどこへやら、涙目になりながら銀竜の陰に隠れる。

しかしラファーガの方がエステルを逃がしてくれるつもりはないらしい。オーフェリアの横を素通りして、つかつかとエステルを目指す。

ここの土は柔らかい。歩くだけでブーツが汚れてしまうだろう。しかしそれすら厭わずに、ラファーガは真っ直ぐエステルの前へとやって来た。

「竜よ、エステルを護りに来てくれたのだな。礼を言う」

銀竜は何も返答しなかった。ただラファーガに対して、見定めるような目を向けている。

「エステルはこの通り、元気に過ごしてくれている。――余計な羽虫が飛んでいたようだが」

と、ラファーガはちらっとオーフェリアに視線を向けた。ヒィッ！　という彼女の悲鳴が微かに聞こえたが、それは一瞬のこと。

彼はオーフェリアを黙殺し、すぐにエステルに向きなおった。

「エステル。君は、あのように考えてくれていたのだな」

銀竜の後ろまで闊歩してくる。隠れるエステルの手を取り、恭しく口づけた。

その場にいた誰もが絶句した。だって、あの冷酷だと名高いラファーガが、女性にこのような態度を取るだなんて。

「っ、陛下！　わたし、農作業で手が汚れて……！」

「構うものか」

エステルの抵抗を物ともせず、甲に指先にと何度もキスを落とす。それから、ごく自然にエステルの腰を抱き寄せた。

皆、信じられないものを見るような目で見ていた。エステル本人ですら、まさかラファーガが人前でこのような態度を見せるとは思わず、言葉を失う。

「――竜よ、もう大丈夫だ。あとのことは私が引き受けよう」

ラファーガが主張すると、銀竜はわずかに厳しい目を向けた。「本当か？」と念を押すような仕草に、ラファーガは大きく頷く。そして彼は、銀竜の背をそっと撫でる。

（………………銀竜？）

ラファーガの腕の中で、エステルは瞬いた。

誰も知らないだろうが、これはとても珍しいことなのだ。

ファリエナに生息する竜たちのボス、銀竜は高潔だ。エステル以外は誰も寄せつけず、触れることなどもっての外。普段、相棒の竜たちの扱いに慣れている竜騎士たちにすら、絶対に身体に触れさせない。

そんな彼が、まさかラファーガに撫でられるのをよしとするだなんて。

ただ、銀竜の珍しい行動の意味を考える余裕など、今はない。

「オーフェリア嬢、このような場所まで来て、我が婚約者に直接何かを言わねばならなかったようだな。――それほど重要な用件だ。なんなら私にも聞かせてくれるな？」

「へ、へ、陛下……」

オーフェリアは顔を真っ青にしていた。先ほどまでの毅然とした態度もどこへやら、表情がすっかり抜け落ちている。

しかし、やはり誇り高きマッサエヌ家のご令嬢なのだろう。ハッと正気に戻ったかと思うと、真っ直ぐラファーガに向きなおる。

「お考え直しくださいませ！　わ、わた、わたくしはっ。わたくしこそが、陛下のお相手に相応しいと……！」

声は震えているが、彼女は自分の主張を曲げなかった。凛とその場に立ったまま、必死でラファーガに訴えている。

しかし、彼女の主張は届かなかった。

「私に近付くことすらままならない君がか？」

ラファーガの眼光がいつも以上に鋭くなり、腹の底から絞り出すような声で問い詰める。

「かつて、私の目の前で錯乱して逃げ出したのは誰だったか」

それはもしかして、オーフェリアのことなのだろうか。彼女は必死で立っているものの、ずっとガクガクと震えたままだ。

「ち、ちが！　あのときは、わたくしも未熟だっただけ。今でしたら――」

「黙れ！」

「っ!!」

ビリッ！　と、殺気に近い気配が周囲に走る。肌を刺すような鋭さに、エステルは息を呑む。

「私が君を選ぶことはけっしてない！　理解できぬようなら、その身に思い知らせることになるがよいか!!」

などと言いながらも、すでにラファーガの力は解放されていたらしい。

最初はオーフェリアのすぐ近くに立っていた兵士のひとりだった。突然意識を失い、その場に崩れ落ちる。

バタ、バタ！　と何名かの兵が倒れ、いよいよオーフェリアも昏倒する。

おそらくこれはラファーガの力によるものだ。彼が放った殺気が引き起こしたものなのだろうが、このようなものはじめて見た。

殺気――というよりも、覇気と言うべきなのだろうか。全身から圧倒的な濃度の魔力が噴出し、周囲を圧倒したのだろう。

ただ、一番近くでその覇気を浴びたはずなのに、エステルだけはぴんぴんしていた。

遠巻きに様子を見ていた兵たちはもちろん、チャドやニナ、それからラファーガとともに様子を見に来ていた男性の三名もかろうじて意識はあるようだ。地面に膝をつきながらも、こちらを見上げている。

「未熟であるとかそうでないとか、そういった問題ではないのだがな。――魔力の足りぬ者に理解せよというのが無理な話か」

吐き捨てるように呟くラファーガのことを、エステルはじっと見ていた。

目が合った。瞬間、ラファーガの黄金色の瞳が不安そうに揺れる。

「すまない、エステル。――怖がらせたか」

ここで自分のことを気遣ってもらえるとは思わなくて、エステルはふるふると首を横に振る。

「わたしは大丈夫です。でも、陛下が――」

「私が、どうした？」

「わたしが至らないせいで、ご迷惑を」

「君が憂うことなどない」

そう言いながら、彼は改めてエステルを抱きしめる。

こうして寄り添うと、夜、彼と過ごす穏やかな時間が思い出されて胸がきゅっとする。

でも、ぼんやりしている場合ではない。エステルは心配そうに、地面に倒れてしまったオーフェリアに目を向けた。

「ああ。その不届き者か。――チャド、お前に言いたいことはいくらでもあるが、まずはその娘を連れていけ。家にはよくよく言い聞かせておくように。彼女の取り巻きたちにもな」

よくよく言い聞かせる、という言葉がある種の脅しのように聞こえる。

「それから、私にはもう夜伽係など不要だ。――残念ながら、湯殿係もお役御免だな」

「ひい！　そんな!!　夜伽係を選定する以外にも、他にも色々責務が――」

「私の意向を完全に無視して、マッサエヌの狗に成り下がるのが湯殿係の仕事か？　それはさぞ忙しいことだな」

「っ……！」

怒りを隠そうともしないラファーガは、チャドに向かって一歩足を進める。瞬間、チャドは弾かれたように立ち上がり、ピンと直立した。

「わかったのなら、行け！」

「は、はいいいいい！」

チャドは周囲の兵たちに懇願して、オーフェリアをはじめとして、倒れてしまった者たちを連れて去っていった。ようやく周囲に静寂が訪れ、エステルはほっと息を吐いた。

「――しかし、見苦しいところを見せたな、竜よ」

ラファーガが銀竜に語りかけている。銀竜は何か言いたげではあったが、グルルルル、と喉を鳴らした。

「エステルが心配なのだろう？　城の者たちには通達しておく。いつでも様子を見に来るといい」

そう言うと銀竜は、ようやく満足そうに鼻を鳴らした。それくらい当然だとも言いたげな様子だけれど、初対面の人にこうも気安い態度を取るのは見たことがない。

「本当によいのですか、陛下？」

「ああ。――大事なファリエナの姫君を預かっているんだ。これくらい、当然だろう」

「姫君――」

まさかそんな呼び方をされるとは思わず、ぼんっと頬が上気する。咄嗟に頬を手で覆い隠し、ラファーガから離れた。

なんとも気恥ずかしくて仕方がない。この空気をどうにかせねばと、エステルは深呼吸する。

「あっ、えと！　ニナは平気？」

話題を変えようと、後ろにしゃがみ込んでいたニナに手を伸ばした。

「はい。――ありがとうございます、エステル様」

脂汗を滲ませた彼女を支えると、彼女は何度か深呼吸をしてから「もう大丈夫です」と笑みを浮かべる。

それからもう一度、改めてラファーガの方を向いた。

今までとは少し違う。エステルはどこか肩の力が抜けたような気持ちで、じっとラファーガを見つめている。

エステルに向けられる彼の瞳。そこには先ほどまでの剣呑とした様子はなく、少しだけ戸惑うような色があった。

互いが互いに遠慮して、何も言えないまま見つめ合ってしばらく――エステルはようやく覚悟を決め、口を開く。

「改めて、申し訳ございませんでした、陛下。助けていただいて」

「いや。――その、だな」

ラファーガは少し言葉に詰まる。元々口数が多くないのは、精一杯言葉を選んでくれているからなのかもしれない。

聞きたいことはたくさんある。でも、エステルもラファーガの前だとやっぱり萎縮してしまい、口を閉ざす。

恐れることなどない。それもうわかっているのに、どうしても緊張してしまうのだ。

「謝罪ではなく、感謝の言葉を伝えられた方が喜ばれますよ、陛下は」

助け船を出してくれたのは、ラファーガに付き添ってやって来た男性だった。

彼もようやく呼吸が整ってきたのか、ゆっくりと立ち上がり、こちらに向きなおる。さらさらの銀髪をひとつにまとめ、涼しげな表情をした彼は、エステルに対しても優しい笑みを浮かべていた。

「クリス」

エステルは彼の名前を呼ぶ。クリス・アイ・ソミナ。彼こそがラファーガ付きの補佐官だ。チャドが噂をしていたのも彼のことだろう。

「ああ、覚えてくださっていましたか。光栄です」

エステルの呼びかけに、クリスはふっと目を細める。

「もちろんです。いつも本当によくしていただいていますから」

ラファーガがいないとき、彼の代理人としてたびたびエステルの様子を見に来てくれる。エステルに不自由がないか、必要なものがないか、いつも物腰柔らかく聞いてくれるのだ。

チャドやラファーガなど、ひと癖もふた癖もある男性とばかり接していたから、クリスのような存在はとても心強かった。

真っ直ぐな気質を持っているエステルは、自分に親切にしてくれる人にはすぐ懐く。つまり、ニナと同様に、彼にはすっかり親近感を持っていた。忘れるはずがない。

だからエステルはクリスの言葉を素直に聞き入れることにし、ラファーガに向きなおった。

「陛下、助けてくださってありがとうございました」

「いや。君が無事ならいい。それで――」

ちらっと彼が、クリスの方へと目を向ける。

色々と物言いたげだがどうしたのだろう。エステルが小首を傾げていると、ラファーガがぼそりと呟いた。

「君はクリスと随分打ち解けているのだな」

「え？」

彼の言葉の真意がわからなくて、ぱちぱちと瞬いた。

「――クリス、などと」

ぼそっと低い声で呟いているが、何のことだろうか。詳しく聞きたいが、ラファーガは眉間にぎゅっぎゅと皺を寄せながら、口を閉ざしてしまう。

「陛下、嫉妬は見苦しいですよ」

苦笑しながらクリスが口を挟み、エステルは目を丸くした。

(嫉妬……？)

いやいや、そんなことあるわけないだろうと思うも、ラファーガは気まずそうにそっぽを向く。

「……嫉妬などでは」

「へえ、違うのです？」

「………」

それ以上ラファーガの言葉は続かなかった。もしかして図星だったりするのだろうか。

「私のことは、いまだにラファーガとは」

「え？」

そう言われて気がついた。

はじめて夜伽を務めた夜、名前で呼んでほしいと言われたような気がする。彼に翻弄され、何度か名前で呼んだものの、夜が明けたら呼び名が元に戻ってしまったのだ。

(いや、だって、おかしいでしょ。皇帝陛下を名前呼びだなんて……)

あまりに畏れ多いのと、余裕がなかったこともあってそのままになっていた。

(クリスもはじめて会ったとき、敬称はつけないでと言ってくれたからその通りにしただけなんだけど――そ、そっか)

さすがにこの国の皇帝陛下を呼び捨てはできないけれど、ラファーガが本当に望むならと勇気を振り絞る。

「名前でお呼びしてもよろしいのですか?」

「……………ああ」

掠れるような声だった。気恥ずかしそうに彼はそっぽを向いてしまっているが、耳まで真っ赤になっている。

社交辞令でもなんでもなくて、本心からの言葉なのだろう。それを実感し、エステルまで真っ赤になる。

「ラファーガ、さま」

「…………っ」

ラファーガの瞳が揺れた。我慢しきれないとばかりに唇を噛みしめ、次の瞬間には両腕を掴まれている。

彼の顔が近付いてくるのがわかった。

綺麗な顔だった。明るい場所で、こんなにも近くに彼がいる。心臓がずっとばくばく煩くて、どうしようもない。

触れ合う唇の感触。薄くて、少し冷たい唇。でも、ずっと心の奥はカッカと熱くて、いっぱいいっぱいになってしまう。何も考える余裕などなくて、ただ、そのキスを受け止めるだけだった。

しばらくしてようやく満足したのか、彼の顔が離れていく。

なんとなく寂しく感じて、自然と手が動いていたらしい。気がつけばきゅっと彼の服の裾を掴んでいて、ふたりして目を見開く。

「あっ、ちが！　違うんです、これは、反射的に……！」

「っ、エステル！　――私もだ」

「え？」

何が？　と思ったけれども、その疑問を発することはできない。次の瞬間には、再び唇を塞がれていた。

その口づけは先ほどのものよりもずっと甘い。まだ明るい時間なのに、このままふたりで暗い場所に隠れてしまいたくなるような深いキスだった。

「エステル！」

切なく呼びかけられて、さらにもう一度。何度も、何度も口づけが落ちてくる。

――ああ、いつからだ。

いつから、こんなにも深い愛情を向けられていた？

なんて、その答えはすでにエステルの心の中にある。

多分、最初からだ。はじめて彼と出会ったあの夜伽。あのときからずっと、なぜか彼はエステルに純粋な愛情を向けてくれていた。

でもどうしてだろう。その理由がさっぱりわからない。

いつもぽややんとしているだけの田舎娘だ。こうして、皇都の令嬢たちを目にして実感した。自分は特別美人なわけでもなんでもなくて、色々足りないところもある、ぱっとしない娘でしかない。

そんな自分に、どうして彼は出会った瞬間から想いを向けてくれていたのだろう。

「っ、……へい、か！　あのっ」

「ラファーガだ」

「んっ……」

「ラファーガと、呼んでくれ」

「ラファーガさまっ」

息継ぎすらまともにできない。胸がずっと大きく鼓動していて、痛いくらいだ。涙目になりながらも必死で彼の名前を呼ぶ。

彼の気持ちが胸に溢れて溺れてしまいそうだが、ちょっと冷静になった方がいい。だって、ここは部屋ではないのだ。ニナとクリスに思いきり見られている。

しかし、ラファーガはそのようなことを一切気にする様子はなかった。むしろ、エステルに名前を呼ばれ、感極まった様子だ。

わずかな呼吸の合間に目が合った。また、あの覇気だ。ものすごい量の覇気を、今、エステルは一身に浴びている。

どうやらこの覇気――すなわち彼の魔力は、彼の感情とおおよそ連動しているらしい。その感情が怒りであっても哀しみであっても喜びであっても――彼の気持ちが膨らめば膨らむほど、放出量が増えるのだろう。

だからエステルはハッとした。慌てて彼を制止する。

「ラファーガさま、待って……！」

恥ずかしがっている場合ではなかった。このままだと危険だ。エステルではなく、他のふたりが。

「ニナとクリスが倒れてしまいます！　だから……！」

「!!」

カッと目を見開いたラファーガは、すぐにエステルと距離を取った。それからふたりに目を向けると、案の定、ニナもクリスも再び地面に膝をついている。

「……悪かった」

ラファーガは表情をくしゃくしゃにして呟く。

「いいえ、平気、です」

「陛下がお幸せそうで、俺は、十分満足です」

言葉とは裏腹に、ふたりはとても苦しそうだった。

エステルは改めて実感した。ラファーガの感情が皆にとっての凶器になりうるという事実を。

それはとても残酷なことに思えた。もしかして、ラファーガがいつも表情を変えず、感情をあらわにしないのは、誰かを傷つけないように感情を抑え込んでいるから——だったりするのだろうか。

どんなに嬉しいことがあっても、ラファーガは満足に喜べない。泣けない。怒れない。笑えない。

それはどんなにか、寂しい人生なのだろう。

そんなこと、ちっともわかっていなかった。

これまでこんなにも心を砕き、よくしてもらってきた。なのにエステルは、彼のことを怖がるばかりで、理解しようとすらしていなかったのだ。

知ろうとすればできたはずなのに。

浅慮なエステルは、彼に対して失礼なことばかりしてきたのかもしれない。

（わたし、馬鹿だ……）

だからこそ、エステルは考えるようになる。

彼のために、なにかできることはないのだろうか——と。

幕間（まくあい）　俺たちのエステルがいなくなっただなんて、嘘だよな⁉

「これはっ！　一体！　どういうことなんだァー!!」

野太い声が里中に響きわたる。

突然の大声に竜たちも驚いたのか、ギュアアアアと鳴きながら跳び上がった。

燃えるような赤い髪は短く、逆立っている。意志の強い瞳はファリエナ家特有の萌葱色だ。竜騎士として自らが重くなりすぎないよう、バランスのいい筋肉を身に纏った男――ファリエナ家長兄ヘクターは、手元の手紙を凝視しながらぶるぶると震えている。

かろうじて正気を保っているような状態であった。少し気を抜けば、手にした手紙を破ってしまいそうな勢いだ。

竜峰ヤルクアーシュへ祈りを捧げる祭事が始まり一ヶ月。里に女たちを残していくのは心配ではあったが、皆逞しい。だから可愛いエステルを皆に任せ、ずっと竜と向き合い続けてきた。

竜峰ヤルクアーシュには竜王の意志が眠っている。

遥か昔、古代魔法国家ファリエナがこの峰を中心に一大王国を築いていたころに存在していた竜の頂点に立つ個体。その竜王が、ファリエナ家と竜たちの絆（きずな）を繋げてくれた。山と緑と風――それらとともに生きる同志として。

古代魔法国家ファリエナがどうして国としての形を失うことになったのか、それははっきりと伝わっていない。けれども、その末裔としてなんとなく理解はしている。今も昔も、このファリエナに住む者たちの性質は大きく変わっていないからだ。

日々を精一杯生きる。大自然とともに。——それだけなのだ。

富も権力もいらない。ただ、竜とともに穏やかに暮らしていくだけ。そのためには、大きな国など必要はない。慎ましく生活するに足る環境さえ整っていればいい。

そして、そんなファリエナの意志そのものともいえる性質を持つのがエステルだった。

竜を愛し、植物を慈しみ、穏やかに笑う彼女こそがこの里の宝。同時に、彼女は竜たちの宝でもあった。この里の頂点に立つ銀竜。彼が宝と定めている大切な姫君だからだ。

銀竜は様々な色彩を持つ竜たちの中で、たった一体しか存在しない大変稀少な個体だ。

まさに古代魔法国家ファリエナが隆盛していたころ、その国王の相棒だったのが銀竜だと言われている。その銀竜の意志を受け継ぐ者が、エステルを大切に見守っているのだ。

竜たちはそれぞれ自分の相棒を定め、その者とともに空を飛ぶ。竜騎士として竜に選ばれるのはこの里の者にとっては大変な栄誉であり、自分を選んでくれた竜と一生ともに生きることを誓う。

竜は自分の相棒を信頼し、寄り添うわけだが、銀竜はいまだに相棒を決めていない。

エステルを選ぶのかとも思われたが、そのつもりはないようだ。ただ、相棒でなくとも、彼女が銀竜の宝であることは間違いがない。

そんな銀竜が唯一と定めたエステルだ。他の竜たちにとっても、大切でないはずがない。

竜たちも——そして、里の者たちも皆、彼女のことをまさに竜の姫君として、自らの子であり宝物のように特別視していたのだ。

そしてそれはエステルも同じだ。竜たちと兄妹（きょうだい）のようにともに過ごし、成長した。彼女にとって竜、そしてこの里は、なくてはならない存在であるはずだ。

だからこそ、この手紙の内容が信じられない。あんなにも里を愛していた彼女が、皇都に行ってしまっただなんて。しかも、よりにもよって、あの皇帝の侍女として。

さらにさらに！　最初は早馬によって届けられていたはずの手紙が、最近はあの銀竜自らが運んでくるようになっているだなんて！

嘘だろ、と嘆きたくなる。

「俺たちがいない間に、一体何があったんだァ！」

ヘクターは両手で頭を抱え、絶望した。

一ヶ月にわたる儀式を終え、帰りは相棒の背に乗ってひとっ飛び。このファリエナ領の里へ下りたものの、女たちの様子がおかしい。話を聞くと、どうも皇都から通達があったようだ。

今、皇帝付きの侍女を募集しているのだという。そしてその募集に、エステル自らが名乗りを上げたのだとか。

信じられない話だった。しかし、実際に里の中を探してみてもエステルの姿は見つからない。

その上で、これらの手紙だ。

なんと、エステルから何通か手紙が届いているらしい。内容のほとんどは「元気にやっている、心配しないでくれ」というものだったが、どうにも様子が変だ。

そして問題なのは、届けられた手紙がエステルからのものだけではなかったということだ。彼女とは別の人物によって、大量の手紙が届けられているのである。

それらの手紙の差出人はラファーガ・レノ・アスモス・サウスアロード。この国の皇帝、直筆の手紙だ。あろうことか、あの気高き銀竜が、エステルだけでなくてラファーガの手紙までせっせと届けているというのだ！

ヘクターは膝から崩れ落ちそうになった。

銀竜はこの里の竜たちの長(おさ)だ。大変高潔で、誇り高く、エステル以外の人間にはその身体に触れさせることもない。そんな彼が、エステル以外の人間のお使いをするだなんて前代未聞だ。

（そ、そ、そ——そこまで、あの男を認めているというのか!?）

嘘だろう、と叫びたくなる。

しかも、ヘクターの心をざわつかせるのはそれだけではない。手紙の内容だ。

エステルの手紙は「侍女として頑張っている」一辺倒だったのに対し、ラファーガのものは——正直、捨て置けない。マメに届けられた手紙にはどれも、事細かく、エステルが皇都でどのように過ごしているのかが記されている。

大勢の教師がつけられて、マナーや歴史、文化、政治について学んでいること。彼女の呑み込みは素晴らしく、教師たちが口々に褒めていること。ただ、エステルには何か思い悩む様子もあるため、慎重に見守っていくつもりであること。

いち侍女に対する待遇ではない。どう考えても、妃教育の学習内容報告である。それをラファーガ自らしたためることも普通ではないし――さらに、文末に必ず書かれているこの言葉だ！

『彼女を我が妃へと望む。――どうか、一度話し合いのテーブルを設けてくれまいか』

不干渉の密約があるからこそ、簡単でないことはわかっているのだろう。ラファーガは、あくまでファリエナ家に対してお伺いを立てる立場として、こちらに提案してきているのだ。

（エステルはただの侍女だと言っているが、話が食い違っているじゃないか！　なんだ！　なんなんだ一体⁉　侍女にならないかと、エステルを騙して連れていったのか⁉）

こうもマメに直筆の手紙を書くのは大変だろう。そこは認める。ラファーガがエステルに入れ込む理由も、ヘクターは知っているつもりだ。

それでも――どうしても、ラファーガに対する疑惑が晴れない。熱心な言葉の数々を目で追いながらも、不信感がしこりとして胸に残る。

（卑怯な手段でエステルを攫ったんじゃないだろうな⁉　銀竜！　どうなんだ、おい‼）

何かに当たらなければ気持ちが晴れない。

ヘクターはぶるぶる震えながら、手紙を握りつぶしそうになった。

（そもそも！　里の外の男にエステルを嫁がせるなどありえんのだ！　許さん！　許さんぞォ!!）

そのあたりの最終決定権は領主である父にあるのだが、少なくともヘクターは認めない。

だって、里の外に嫁ぐということは、エステルがこの里から出ていってしまうということだ！

そんなことになれば、竜たちがどれほど嘆き悲しむことか！　何よりも、ヘクターが寂しくて死んでしまいそうだ！　嫌だ！　許してなるものか！　里の外へ嫁ぐ、ダメ！　ゼッタイ!!　それが面倒な皇族相手などもっての外だ!!

そう心に決めて、ヘクターは顔を上げる。

「…………兄さん、顔、怖いよ」

「お前もこれを読めば、この顔になる」

「暑苦しいのは嫌だな、僕は。――ほら、握りつぶす前に見せてよ」

なんてヘラヘラ笑いながら手を差し出したのは、次兄のユージーンだった。わなわなと震えるヘクターの手元から手紙を奪い取る。

ユージーンは涼しげな目元が印象的な細身の男だった。ヘクターと同じ赤い髪をしているが、印象はまるで違う。長めの前髪は耳にかけており、少し気怠げな眼差しをしている。

領主家のなかでも飛び抜けて里の娘たちに人気のあるプレイボーイだが、そんな彼もエステルをことさら可愛がっていた。自分とは違って、純粋で真っ直ぐな妹をなんだかんだ自慢に思っているらしい。

だからこそ、手紙の内容を追っているうちに、彼の表情がどんどん険しくなっていく。普段の彼からは想像できないほど、わかりやすく機嫌を悪くしているようだ。

「兄さんたち、オレにも！　オレにも!!」

さらに三男であるウォルトまでが回し読みをして「どういうことだよ！」と叫んだ。

ウォルトはエステルよりふたつ年上ではあるが、少し幼い顔立ちをしている。さらに髪がエステルと同じストロベリーブロンドだからか、彼女とはよく双子みたいだと揶揄われてきた。

だからこそ、エステルに一番近い存在は自分だと思っている節があるし、実際そうだった。エステルとは喧嘩友達のような間柄でもあり、互いに遠慮がない。

エステルを揶揄うような言葉がよく飛び出るウォルトだが、そんな言葉とは裏腹に彼女のことをとても大切にしているのだ。

そんなウォルトの怒りは真っ直ぐ皇帝ラファーガへとぶつけられた。

「これ、お伺いとか言っておきながら、もう妃にする気満々じゃない？　侍女にするって騙して呼びつけて、そのまま囲おうとしたってこと？」

「そう読めるよな」

「うん」

メラメラと怒りの炎が燃えている。

ウォルトはエステルと同じで、思ったことが素直に顔に出る。可愛い妹を騙すような形で連れ去られ、穏やかでいられるはずがなかった。

「――僕たちには密約があるはずなのに、やってくれたね」

ユージーンも、珍しく怒りを隠そうともしない。普段、絶対に発しないような低い声で、絞り出すように呟く。

「十年前の恩を仇で返すなんて。僕たち竜騎士が怖くないのかな」

「だな」

ユージーンの意見には全面的に同意だった。

実際に何が起こったのかわからない。里の娘たちにも話を聞いたが、どうも歯切れが悪い。

『エステルも年頃なんだから、少しくらい自由にさせてやってよ』だの、『あの子が自分から頑張りたいって言ったんだよ。お兄ちゃんたちが邪魔してどうするの』なんて、まるで皇帝側を庇うような言葉まで出てくる始末だ。

――いや、女たちが言っていることも一理あるかもしれないが、それはそれ、これはこれだ。エステルがこの里から出ていってしまうのだけは、どうあっても許せない。

認めたくないのだ。

エステルの一番はこの里であってほしいし、ずっとここにいてほしい。

『アンタさ、そうやってエステルを縛りつけてるのよくないよ。で？　アンタが認めるような男、この里にいるの？』

なんて、かつて容赦のない言葉を投げかけてきたのは己の許嫁だ。彼女はエステルのことを実の妹のように可愛がってくれていて——だからこそ、そんな意見もくれていた。

（実際！　この里にエステルを任せられる男など!!　いないけれども!!）

だからといって、皇帝だけはありえない！

かつて仲間の裏切りによって死にかけていた軟弱者ではないか！　あんな風に、エステルが酷い目にあうようなことがあったらどうしてくれる！　ナシナシ！　皇妃なんて危険な地位！　絶対に許さない！　いくら銀竜が認めようと、このファリエナ三兄弟が絶対——絶対に許さないからな!!

——と、心の中で拒否をし続ける。

おそらく弟たちも同じ気持ちなのだろう。積み上がっているラファーガからの手紙を、今にも燃やしてしまいそうな勢いだ。

「こうしてはいられない！　兄さんたち、今すぐエステルを連れ戻しに行こうよ！」

なんて真っ先に飛び出そうとするあたり、ウォルトはなかなか血の気が多い。

もちろんヘクターもそのつもりだ。少なくとも、エステル本人と会って話をしなければ、この気持ちが収まることはない。

「——待て」

が、ここで、今まで黙っていた男がようやく重たい口を開いた。

「親父」

「父さん、どうして……！」

ファリエナ領領主アドルフ・アクス・ロッタ・ファリエナ。泣く子も黙る竜騎士の長である。

赤い髪を後ろに撫でつけ、口ひげを蓄えた彼は、ここまで腕を組んだままじっと話を聞いていた。

普段から寡黙で、物事を自分の中で整理をしてからようやく口に出す彼は、一言一言が重い。

どちらかというと行動派なヘクターやウォルトは、この父の醸し出す雰囲気に呑まれがちだ。

「少し、様子を見る」

「親父！」

今も、ヘクターの希望とは完全に異なる考えが飛び出してきて、声を荒らげる。まさか、父はエステルの嫁入りを認めるのかと、目を剥いた。

「相手は密約を破ったのですよ！」

「決定だ。口を挟むな」

父は考えを変えるつもりはないようだ。厳しい顔で一通一通、ラファーガからの手紙を確認している。

「これがエステルにとって望ましくない婚姻であれば、竜たちも黙っていないだろう。だが――」

アドルフはどこか遠い目をしている。

おそらく、銀竜のことを考えているのだろう。かの竜が、ラファーガとエステルの関係を見守っているのだ。人間たちが割り込んでいいものではない。――竜騎士ならば、そう考える。父の考えは間違ってはいない。

「でも！」

「ヘクター」

低く唸るようなその声、気迫に、ヘクターはうっと声を漏らした。

いくらヘクターであっても、百戦錬磨の父にはかなわない。ぎゅっと拳を握りしめたまま、ひとまず頷いた。

「………少し、飛んでくる」

しかし、父も父で落ち着かないのだろう。そう言って、早々に立ち去ってしまう。気持ちを落ち着かせるため、相棒の背中に乗って飛ぶのは父の癖なのだ。

——もちろん、ヘクターたち兄弟だって同じだが。

「……俺も、飛んでくるかな」

「あー、だね。僕も。相棒にも事情を話さないといけないし」

「だな。——はぁ、竜たちは案外、エステルの気持ち知っていたりしてな」

なんて口々に言い合ったところで、胸の奥のもやもやは晴れない。

(まったく——なんだって、この里を出ていったんだよ、エステル)

結局のところ、それなのだ。

十九年、真っ直ぐ育った可愛い妹が突然姿を消した。その理由がわからないかぎり、納得できるはずがない。

（……わかったところで、納得できる気もしねえが）

もし、本当に婚約ということにでもなったらどうしようか。

（そんときゃ、シメるか。キュッと。全力で。キュキュッと）

とても大事なことなので、キュッとは二回だ。ついでにキュッとシメる予行として、槍でも振っておくかと得物を手にする。

「兄さん、相手してよ。——飛ぶついでに、鍛えておこうかと思って」

「あ。オレもオレも！　これはもう、決まりだよね」

三人顔を突き合わせて、頷き合う。

「親父がなんと言おうとも、俺たち三人を倒せない男にエステルはやらん！」

「だね。こういうの、頑固親父のセリフだと思ってたけど、僕も乗った」

「エステルってば、ただでさえぽやぽやしてるんだから。オレより強くない男に、エステルを任せられるかってね」

そうして三人は、真剣な表情で誓い合った。

何が何でも、ラファーガとの結婚は認めない、と。

第五章　実は愛されてるって本当ですか!?

皇都へやってきてから、あっという間に二ヶ月が経った。

たとえ名目上の婚約者でも、ラファーガが恥ずかしくないような自分でありたい。そう考えるようになったエステルは、以前よりも真剣に妃教育に取り組むようになった。

――胸の内に、大きな疑問を抱えながら。

（一ヶ月くらい滞在したら、帰るつもりだったよね、わたし）

当初の予定だと、皇帝陛下に媚び媚びすり寄って、事を荒立てずにふわっと満足していただいて役目を辞する。そんな計画だったはずだ。

だからこそ、このような展開は想定していなかった。

（なんか全然、帰れそうな気配、なくない？）

最初はついて行くのにも大変だった妃教育も、知らない知識がどんどん入ってきてなかなか楽しいし、根が真面目なエステルはいい生徒でもあった。だからつい熱が入ってしまったのも事実。

薬草園の薬草たちも、エステルの手によってすでに青々と生い茂っているし、それを煎じて薬なども作ったりしている。皇族付きの医師や薬師に提供したところ、その品質のよさに大層驚かれ、喜ばれた。目立たない部分ではあるが、自分が役に立てることを証明できたようで嬉しかった。

銀竜もたびたび姿を見せてくれて、最近皇都では、彼のことを幸運の竜などと言う人もいるのだとか。

一方で、エステルがオーフェリアに銀竜を仕掛けようとした、という噂もあったみたいだが、それはしっかり火消しされているようだ。きっと、ラファーガが手を回してくれたのだろう。

そういうわけで、エステルはすっかりと皇都に馴染みつつあるわけだが。

(このままここに居座り続けたら、本当に皇妃さまになっちゃったりして?)

全く想定していなくて、あれぇー? という気持ちである。

(ううん。ラファーガさまの気持ちはわかったの! ちゃんと、わかっているのよ? だからこそ、困るっていうか!)

もくもくと、脳内でラファーガの隣に立った自分を想像してみる。

寡黙な皇帝の隣に、ぽややんと寄り添う自分。なんとなく、彼に自分は分不相応ではないかと思っていたけれど――このところ、普通に想像できてしまうのだ。

(嫌じゃない、ちっとも。――むしろ)

表情は硬くて、見た目は冷たい印象ではあるけれど、もう、彼のことを冷酷だなんて思わない。

彼の側は心地がよくて、油断をするとすっかり馴染んでしまいそうだ。

(………………辺境領の、田舎娘、だけど)

いいのかな、と思う。

漠然と、一生、あの小さな里で暮らすと思い込んでいた。

エステルの世界はちっぽけで、でも、竜たちとともに暮らすのは心地いい。それが当たり前だと受け入れていたし、それはそれで素敵な未来だとも思っていた。

けれど――。

(わたしが、ラファーガさまの側にいたいって言ったら、兄さまたちはなんて言うかな)

少し暑苦しいくらいに、皆が可愛がってくれている自覚はある。

過剰なまでに憤怒する長兄と、静かに怒りながら相手の男を見定めようとする次兄、そして真っ正面から勝負を挑もうとする三兄の姿がありありと思い浮かべられる。

(元々、兄さまたちが皇都に乗り込んできそうだったから、丸く収めるためにこっちへ来たつもりだったんだけど)

これで本当に婚約――ということになったら、兄たちには経緯を全部話さなくてはいけなくなる。すなわち、夜伽係のつもりで皇都へ向かったことがバレるのだ。

そうなった日には戦争だ。

絶対に兄たちは激怒する。竜たちと皇城まで攻め入ってくる。確定だ。

(それで罪に問われて一族郎党処刑！　ってなったら――ううん、ラファーガさまはそんなことしないよね)

なんて。そこまで考えて、エステルは自覚した。

先ほどから、兄たちをどう説得すればいいのかばかり考えている。

（わたし、ラファーガさまと本当に結婚できればいいって考えてるんだ）

つまり、そういうことなのだろう。

ずっとラファーガのことを見ているうちに、エステルの方が、彼の側が心地よくなってしまった。


「——エステル」

夜。

この日はラファーガがエステルを呼び出した。

もう何度か同衾しているが、相変わらず本当の意味では身体を重ねていない。彼の腕の中で静かに眠るだけだ。

エステルは大人しく抱き枕に徹するようになったけれど、本当にこれでいいのかな、とはずっと思っている。

表情こそ変化に乏しいけれど、ラファーガの心臓はなかなかに雄弁だ。こうして彼の胸に顔を埋めていると、煩いくらい心臓が跳ねているのがわかるのだ。

いつも、しばらくしたらゆっくり落ち着いていくけれど、エステルを抱きしめるだけでこんなに緊張してくれているのかと実感する。

「ラファーガさま、大丈夫ですか？　その——」

ついでに言うと、心臓のドキドキと一緒に彼の下腹部が熱く硬くなるまでがセットなのである。

「ん。――ああ」

ラファーガは少しだけ気恥ずかしそうに頬を緩め、視線を外してしまう。いつも多くを話してくれないから、こうまでして我慢する意図は依然わからないままだ。

（ラファーガさまとえっちするの、嫌じゃないんだけど……）

というか、むしろ、興味がある。

あけすけに言えば、エステルの方がしたくなってしまっていた。

エステルだって年頃の娘だ。奔放な者が多いファリエナ領で、この年まで処女を守り通しているのはエステルくらいだ。里の女たちに、好いた男性と身体を重ねるのがいかに素晴らしいのかは、よく聞かされていた。

ラファーガとはこんなにもぴっとりくっついて、キスまでする間柄なのだ。心の中に秘めた好意だって、もう自覚している。

確定できない未来のせいで、エステルから直接想いを伝えたことはないけれど。でも。わかっている。

（すき……だから）

もっと、くっつきたい。

こんな感情、ずるい。その自覚もある。

未来がどうなるかわからなくて、不安で――自分から想いを伝えられないのに、身体だけはほしい。はじめて会った日のように、直接肌と肌で触れ合いたい。彼と本当に繋がりたい。

（あの日、わたしが寝落ちしないで最後までしてたら……今もラファーガさまは、わたしを気兼ねなく抱いてくれるようになってたのかな）

今さらながら、あの日に戻ってやり直したい。――なんて、無理な願いすら抱いてしまっている。

（わ、わたし、こんなに性欲あったんだ）

今まで散々、先手必勝などと言って迫ろうとした身ではあるが、改めて、自分の性質を自覚して赤面する。

でも、だったらどうして、これ以上進ませてくれないのだろうとも思った。

「わたし、色気ないですか……？」

「は!?」

ポロリと溢れ出た本心に、ラファーガは目を剥いた。

「だ、だって――こうして同衾させていただいているのに、その――わたし、ちゃんと役目を果たせていないといいますか」

「君は夜伽係ではないと――」

「それもわかってるんです。でも、だったら、どうしてこんな――」

エステルの体調不良もとっくに回復している。だから今、あえて身体を重ねずに共寝する意味がわからず、エステルは息を吐く。

「……エステル」

ごそごそと、ラファーガが上半身を起こした。ベッドの上で胡座をかき、エステルを抱き起こしては真正面に座らせる。

向き合った状態でぎゅっと抱き寄せられ、エステルは頬を染めた。

「君は、本当に温かいな」

「え？」

「結婚前の令嬢とこうして共寝をすること自体、我慢をせねばならぬことはわかっている。だが、一度この温もりを覚えてしまうと、どうしてもな」

エステルは、温かい。

それは幾度も、ラファーガがくれる言葉だった。

ラファーガがエステルの肩口に顔を埋める。抱きしめる彼の腕に力が入った。

なんだか放っておけなくて、エステルはゆっくりと彼の頭を撫でた。

艶やかな黒髪は少し硬くて、梳かすように撫でると、彼が気持ちよさそうに睫毛を震わせる。

（なんだか、銀竜みたい）

改めてそう思う。

銀竜は、エステルが生まれたときから側で見守ってくれていたが、距離を縮めるのにそれなりに時間はかかった。

最初は特に、他の竜たちがいる前では絶対にエステルには寄ってこなかった。けれど、ふたりきりになると撫でてくれと頭をすり寄せてくるのだ。

そうして可愛がっているうちに、堂々とエステルを独占したがるようになった。ちょっと困ることもあるけれど、とても可愛い。

ラファーガにも、そんな不器用さがある気がする。

「私が温もりを感じられるのは、君だけだからな」

そこまで聞いて、ハッとした。

そうだった。彼の魔力は特別で、感情が昂ぶると問答無用で周囲の人間を傷つけてしまうのだ。

それは、夜伽係以外の人間にもそうだった。彼が敵対する人ならまだしも――大切になりえる人だって、自ら危害を加えてしまう可能性があるのだ。

大切にしたいと思えば思うほど、突き放さなければいけなくなる。

ニナやクリスのようにある程度魔力を持った人間だけが、かろうじて側に仕えられる。それでも、彼が直接触れ合えるほどの存在は、今まできっといなかったのだろう。

(ラファーガさまのご両親は、早くに亡くなっている)

だから彼は若くしてこの国の皇帝となった。

そんな彼に、たったひとりでも温もりを与えてあげられた人はいたのだろうか。――いや、いなかったのかもしれない。

(ご両親だって、ラファーガさまを抱きしめられなかった？　ううん、そもそも――)

この国の歴史を学ぶ上で、先帝のことは聞き及んでいる。

ラファーガ以上に苛烈だとも言われている、絶対的な君主。ラファーガが青年期に差しかかるころには、残忍さは和らいだとも言われているが、実際のところどうなのだろうか。

(まだ若かったラファーガさまを、ひとり戦場に追いやった方)

ラファーガの抱えるものの大きさを知り、エステルは目を伏せる。

ラファーガは上手に泣いたり笑ったりできない。それは誰かを傷つける可能性があるから、本人が感情をあらわにしないように気をつけている弊害だと思っていた。

でも、それだけではないのかもしれない。

ラファーガには、すぐ側にいて、泣いたり笑ったりすることを教えてくれるような相手がいなかったのかも、と考えると、胸が苦しくなった。

あまりにも寂しい。彼のことを知るたびに、彼の孤独を思い知り、心の奥がしくしくと痛む。

いつしか視界が揺れていた。

ほろりと、熱いものが眦からこぼれ落ちてゆく。

それが涙だとわかるまでに、少し時間がかかった。こんな顔を見せてはいけないと、すぐに手で拭おうとする。

けれど、咄嗟に手首を掴まれ、それもままならない。ラファーガは顔色を真っ青にしたまま、エステルに顔を寄せた。

「どうして君が泣く」

逡巡した。

言葉に詰まり――きゅっと唇を噛みしめ、吐露する。

「ラファーガさまが、あまりに寂しくて」

「私が？」

「……はい。寂しく、ないのですか？」

「私に、そのような感情など」

ラファーガは迷うように目を伏せる。ぎゅっと眉根を寄せ、唇を引き結んだ。

（ラファーガさまにとって、それが当たり前すぎたのかもしれない）

エステルにとって、里で生きる未来を思い描いていたことと同じ。漠然と、そうあることが当然だと心の奥に根付いていて、周囲の景色を見ることすらない環境。

（でも、わたしのことは温かいと思ってくれてるんだ）

そうであるならばと、エステルは思う。

「わたし、温かいですか？」

「…………ああ」

唐突に、その事実を確かめ直し、エステルは微笑む。

自分にできることがわかった。彼が無意識にエステルを求めてくれていた理由も、はっきりと。

「たくさん触れてください」

「エステル」

「心まで、ちゃんと温かくなるまで、ぎゅって、していてください」

そう囁くと、ラファーガの表情がわずかに緩んだ。まだ眦に溜まっていた涙を、彼は唇で拭ってくれる。それが少しくすぐったくて、心地いい。

「………やはり君は、優しいのだな」

噛みしめるように彼が呟く。

「優しいのは、ラファーガさまの方ですよ」

「まさか」

「事実です」

しっかりとそう言い切ると、彼は困惑するような顔をした。

本当に、どうして気がつかなかったのだろう。エステルがこうして触れるたび。毎日、毎時間。

彼の表情はどんどん豊かになっていく。

エステルはもう、彼のことを冷酷だなんて思わない。

（誤解されることの多い人だけれど、もしかしたら、違った未来に辿り着けるかもしれない）

それが彼にとって、少しでもいいものになればいい。

エステルだけが彼の生き方を変えられるのであれば、エステルは彼の側で生きていきたい。

ずっと、誰かに頼られ、誰かを支えられる人間になりたいと思っていた。そして、その相手をとうとう見つけた。

(相手はちょっぴり、身分が高すぎて、わたしじゃ分不相応だけど)

それでも頑張りたい。エステルは強くそう思った。

「今まで気がつけなくてごめんなさい。はじめて出会ったときから、ラファーガさまはずっとお優しかったのですね」

この皇都へやってきたあの日。彼はとても冷たい目をしていたように感じたけれど、そんなことはなかった。

出会ったときのことは彼にとっても懐かしいようで、黄金色の瞳が輝く。

「っ、やはり、覚えていてくれたのだな。だが――あのときは、君を怖がらせた」

「もちろん覚えていますよ。――ふふ、確かに、ちょっと怖かったかもしれません。ここで、背中を向けたままで、振り向いてすらいただけなかったですし。わたし、夜伽係としてどうすればいいのかって――」

「え？」

ただ、肝心なところで。

「…………ここ、で？」

——エステルはやはり間違えてしまったらしい。

ラファーガの表情が凍りついた。先ほどまでの熱の籠もった瞳もどこへやら。一瞬にして表情に温度がなくなってしまう。

部屋中にラファーガの発する特殊な覇気が放出される。

今までも、温かかったり幸せだったりした彼の想いが、魔力として自然と排出されていたはずだ。けれど、今、この瞬間放出されたものは、その比ではなかった。

空気が一変する。

「ラファーガ、さま？」

はじめて出会ったとき、彼のことを怖がってしまったのは事実で——でも、今ならば、それを笑い話にできるのではと思っただけだったのに。

少し調子に乗りすぎた。自分の放った言葉の何かが、彼の逆鱗に触れた。——いや。

（怒ってる……んじゃないわ。もっと、悲しくて、寂しい感情）

表情が完全に抜け落ちている。

そこにあるのは空虚さだ。ラファーガが何かに絶望した。

彼は愕然としたまま動かない。焦点の定まらない瞳が、ぶるぶると震えている。

「ラファーガさま——」

「っ、……！」

彼の腕を取ろうとするも、がばりと両肩を掴まれ、突き放される。

ラファーガは俯き、視線も合わせてくれない。ぶるぶるぶると、ずっと震えたままだ。

「すまない、エステル」

掠れた声で、彼は呟く。——いや、呟こうとした。

「————……っ」

しかし、それ以上、彼の口から何かが紡がれることはなかった。彼はベッドから下り、エステルに背中を向けてしまう。

ほんのわずか振り返るも、それだけ。呆然とするエステルを置いて、彼は部屋から出ていってしまったのだった。


そのあとは、結局眠れなかった。

ラファーガの寝室からよろよろと自室へ戻って、自らのベッドで丸くなり、目を閉じる。けれども、自分の発言の何が駄目だったのか、いくら考えても答えを出せなかった。

ラファーガとの間に何かがあったことは、侍女であるニナにはすぐにわかったらしい。彼女が慌てて寝室まで駆けつけて、肩を抱いてくれる。

「…………わたし、嫌われちゃったみたい」

布団の中で丸くなりながら、エステルはぽつりと漏らした。

せっかく、ラファーガにとって役に立てる自分が見つけられた気がしたのに。エステルの中に芽生えた温かい芽は、成長する間もなく萎れてしまった。

実際、ラファーガがあのようにエステルを拒絶したのははじめてだった。これまでずっと、彼はエステルを優しく見守ってくれていたのに。

「どうしてかな。ニナ、わたし、何がいけなかったと思う？」

縋りつくエステルを目にして、ニナの瞳が揺れる。

「陛下がエステル様を嫌うなど考えられませんが——事情を伺ってもよろしいでしょうか」

それなりに魔力が高いことが理由で、彼女は昔からラファーガに仕えていた。だからこそ、ラファーガの事情にもそれなりに詳しいはず。

ニナなら何かわかるかもしれない。そう思い、エステルはひとつひとつ、事情を話していく。

同衾はしているものの、結局ラファーガとはちゃんとした夜伽をしていないこと。

でも、彼は優しくて、エステルを抱きしめながら眠ることを好んでいるということ。

エステルは最初、彼が誰にも触れられない事情を理解できていなかったこと。

だからこそ、彼にとって温もりを感じられる存在になれたらいいと思うようになったこと。

——そうして、はじめて出会ったときの話。

夜伽係として連れてこられて、最初はつれない態度だったラファーガのことを、少しだけ怖いと思ったということ。

そこまで話すと、ニナの表情があきらかに曇った。

やはり、冗談でも彼を否定したのがよくなかったのだろうか。オロオロしながら、エステルは言い訳を並べていく。

「――でも、でもね！　今は怖くないって！　ちゃんとそう伝えようと思っていて」

「あの、エステル様」

「は、はいっ！」

沈痛な面持ちで、ニナがストップをかけた。

けれども彼女も何か考え込んでいる。情報を整理しているのか、じっと目を閉じている。

「……今さらで恐縮なのですが、陛下とはじめて出会ったときのことをお伺いしても？」

「えっ？　だから、チャドに皇都まで連れてこられて、夜伽係として――」

「それ以前にお会いになったことは？」

「えっ⁉　陛下と⁉　な、ないよ……？　だって、わたしファリエナ領の人間だよ？　下界の人と――ましてや、ラファーガさまとお会いする機会なんてあるはずがないでしょ？」

「…………」

「……………え？」

沈黙が怖い。

いつも冷静なニナが、こうもはっきり思考停止するとは思わなかった。

エステルは本当の本当に、何か特大のやらかしをしていたことを悟り、頬を引きつらせる。

「あの――――まさか。まさかの、まさかなんだけど。わたしと、ラファーガさまって」

話の文脈から精一杯、真実をたぐり寄せようとする。

そうなると、答えはひとつしかないのだけれど。

「どこかで……会っていたり、した……？」

いや、そんなまさか。ラファーガみたいな目立つ人、一度会ったら忘れるはずがない。

だからあの夜伽が初対面なはず。そう思っていたけれど、エステルの考えはいとも簡単に崩れ落ちることとなる。

「……エステル様が最初の閨に招かれた夜、私やクリスをはじめとした陛下にごく親しい者だけに、通達がありました」

ひと呼吸置いたあと、ニナは容赦なく言い切った。

「新しく招かれた夜伽係は、陛下が長年想っていらっしゃった初恋の君であったと。何が何でも、その方と添い遂げたい。だから、けっして失礼のないよう、誠心誠意尽くすように――と」

エステルの頭は真っ白になる。

「長年……？　はっ、こい…………？」

ギュオオオオ！　と、脳内で竜たちの鳴き声がこだました気がした。わけがわからなすぎて、油断するとと意識がふっと途切れそうだ。


「いつから!?　なにがどうなって!?」

　どうにかこうにかそれを押しとどめ、エステルは前のめりになりながらニナに問い詰める。

「詳しい事情は伺っておりません。ただ、陛下にとって、とても大切な記憶のようでした」

「大切な……？」

　愕然とした。

　あのラファーガが、ずっと胸の奥にしまっておいた大切な記憶。

（ラファーガさまに寄り添いたい。そう、思ったのに――）

　そんな大切な記憶を、エステルは忘れてしまっているのだ。

　彼にとっての宝物など、最初からなかったかのように、ずっと。

　その身に宿る魔力ゆえ、ずっと自分が孤独であることすら知らずに育ったラファーガにとって、自分は替えの利かないただひとりの人間だった。エステルという存在が、ラファーガの心に住み続けていたことは、とても大切なことだったはずだ。

　長年――それがどれほどの年月かはわからない。けれども、彼が心の奥底で温め続けてきた想いを、エステルは粉々にした。

　それがラファーガにとって、どれほど絶望的なことなのか、想像するだけで胸が苦しくなる。

「っ、わたし、ラファーガさまに……！」

「お待ちください！」

すぐに彼と話したくて、立ち上がろうとする。しかし、ニナに押さえられて息を呑んだ。

「少し、落ち着いてくださいませ。エステル様も、陛下にも、少し時間が必要なのではないでしょうか？」

「それは」

確かにニナの言う通りだ。

今ラファーガを追いかけても、適切な言葉をかけられるとは思えない。これでは、ただ自分が楽になりたいだけだ。

謝りたくても、エステルにとって存在しない過去の記憶を噛み砕かなければどうしようもない。

（それが、誠意、だよね……）

思い出せるかどうかなんてわからない。でも、彼のことをもっと知りたいのは事実だ。

そんな気持ちを自分の中でちゃんとまとめてから、きちんと謝ろう。そのうえで、これからの記憶は全部、ちゃんと彼と共有していきたい。――そう伝えるのだ。

エステルは、彼に対して誠実でありたい。そう願うようになっていた。

しかし、きちんと話し合う機会を持てないまま日は過ぎていき――。

（ま、まさか……この日まで、きちんと向き合えないだなんて）

この日、エステルは完全に萎縮していた。

国を挙げての大夜会に参加するのだ。

皇都アスランデュにあるこの皇城はあまりに広い。普段エステルが滞在している皇族の居住用のエリア以外にも、薬草園や使用人たちの宿舎、医務室、研究室などがある西館に、文官のための東館、軍事施設が固めておいてある別館など、いくつもの建物に分かれている。

皇城の正面に位置し、玉座の間がある本館も、エステルはいまだに歩き慣れていない。

いつも豪奢な内装に圧倒されていたが、今宵の華やかさは格別に思えた。明るい音楽が響きわたり、照明が煌々と照らしている。夜のはずなのに昼間のように明るく、またそれらの光は、豪華絢爛な参加者たちの衣装をより華やかに見せた。

皇都中の貴族が集まると聞いていたけれど、こんなにも多いとは思わなかった。

（これじゃあ、田舎娘って言われるはずよ）

エステルは今すぐにでも隠れたい気持ちになる。けれど、どうにか背筋を伸ばして、真っ直ぐ前を見据えた。

この日のエステルは、瞳の色と合わせた淡いエメラルドをベースとしたプリンセスラインのドレスを身に纏っていた。ストロベリーブロンドの髪はハーフアップにして、パールをあしらったプラチナのアクセサリーで上品にまとめている。

立ち居振る舞いも必死で身につけてきただけあって、凜と立っていると、きちんと皇都で育った貴族令嬢に見えるはずだ。

緊張するけれど、頑張らなければ。

エステルは、今夜こそラファーガとちゃんと話したかった。大衆の面前であれば逃げられることはないだろう。ひと言でも、ふた言でもいい。せめて顔を見て、元気かどうかその様子だけでも知りたい。

だからエステルには、今日の大夜会に参加しないという選択肢はなかった。覚悟を決めて、ごくりと息を呑む。

このところ、ラファーガがどこにいて、何をしているのかすらエステルには知らされていない。ラファーガがずっとエステルを避けているからだ。

この国の皇帝がこうと決めたら、エステルが覆すことなどできない。

エステルにはラファーガと続きの部屋が与えられているけれど、ふたつの部屋を繋ぐ扉が開けられることもなかった。

そもそも、彼が自室に帰っているかどうかも怪しい。彼にとって唯一寛げるはずの自室すら、近寄りがたくしてしまったのだ。

彼はエステルに多くのものを与えてくれたのに。

後から知った。エステルに与えられていたあの部屋は、本当は皇妃のための部屋なのだと。

本当にラファーガは、最初からエステルを大切にしてくれていたのだ。妃に迎えるつもりで、ずっと、その気持ちを態度や待遇に示してくれていた。

それを悪く言う者も多かったようだけれども、彼は周囲の貴族たちからもエステルを護ってくれていた。それに気付くことができず、ぽやんと過ごしていた自分が恥ずかしい。

でも、今のエステルは、いつかファリエナ領へ帰るからと受け身でいたときとは違う。

自分の気持ちを受け入れてようやく、エステルはラファーガを取り巻く環境を知りたいと願うようになった。そして、彼がどれほどエステルに心を砕き、護り、環境を整えてきてくれたのか、これでもかというほどに思い知ったのだ。

ラファーガとの過去は、正直、いまだに思い出せない。

いや――たったひとつだけ、もしかしたらという想いもある。

十年前、ファリエナ領でエステルが助けた若い騎士。――いや、騎士見習いだったのか、ただの伝令だったのか、結局エステルにはわかっていない。ただ、幼いエステルを頼り、全てを任せてくれたあの青年――記憶の中の彼の姿がラファーガと重なる。

今思えば、色彩も同じだったと思う。

艶やかな濡れ羽色の髪に、凍える冬の空に浮かんでいる月のような瞳。息も絶え絶えで、まだ幼かったエステルなんかに縋りつかなければいけないほど、ギリギリの状況に彼はいた。

(正直、あの人がラファーガさまであってほしくない、とも思うの)

だって、そうであったら悲しすぎる。

彼はあんなにもボロボロだったのだ。当時、まだ若かったラファーガが、あそこまで追い込まれていていいはずがない。たったひとりで逃げ惑い、息も絶え絶えになる状況。——そんな状況に、この国の皇族が追い込まれていただなんて、信じたくない気持ちがある。

——でも、もうわかっている。

認めたくないけれど、おそらく彼がラファーガだ。結局エステルに名乗ることはなく、いつしか姿をくらました青年。

あの状況だけで、彼が父皇からどのような扱いを受けていたのかを知るには十分だ。

薄々、両親の温もりを知らずに生きてきたのだろうと気付いていたけれど、それが確信となってしまった。ラファーガが歩いてきた孤独をこれでもかと突きつけられ、胸が痛む。

そんな彼にとって、幼いエステルは救いだったろう。

もちろん、あのときのエステルは、当時のラファーガにとってはあまりに幼すぎたはず。だから、それがどう転んで初恋に繋がったのかはわからない。でも、エステルの献身をずっと覚えていてくれたということだ。

——そしてそれは、エステルだってそう。

あの青年がラファーガだと繋がっていなかっただけで、助けた青年のことを一度たりとも忘れたりしていない。

あの日、彼はエステルを頼ってくれた。それがエステルの中で自信となり、誇りとなり、今に繋がった。

彼の存在があったおかげで、今のエステルがいる。

彼が抱いてくれていた恋という感情とは形は違えど、青年との記憶は、エステルの中でとても温かく、眩しく、根付き続けてきたのだ。

そして今は——きっと、彼と同じ。

これは恋だ。どうしようもないくらいに、彼のことでいっぱいになっている。

（ラファーガさまに謝りたい。たくさん話して。あなたが好きだって、伝えたい）

ラファーガの存在があったからこそ、エステルは明るく成長することができた。だから、自分の生き方はこうなった。全部あなたのおかげなのだと伝えたい。

そして同時に、彼の歩んできた道も知りたかった。

これからずっと、彼を支えられるように——。

「大丈夫でしょうか、エステル様」

「ええ。今日はよろしくね、クリス」

「はい。——どうかお願い致します。本当に、あなた様とお会いできなかった今日まで、どれほど大変だったか」

などと言うのはラファーガの補佐官クリスだった。

エステルは、内々ではラファーガの婚約者と定められているが、公式に発表されているわけではない。だからラファーガに連れ添って入場できるはずもなく、一般参加者のひとりである。家族もこの場にはいないため、クリスにエスコートしてもらうことになっていた。

「まったく。陛下も逃げてばかりいないで、怖がらずに話し合いをすればよかったのに」

と言いながら、肩をすくめている。

「エステル様が怒っているのではないかと、怖がっていらっしゃるのです。お可愛らしいところもあるんですよ。……今は全然可愛げがないのですが」

どうもクリスは最近のラファーガの様子を苦々しく思っているらしい。この会場に来るまでも、何度も言っていた。エステルの前に姿を現さなくなってから、ラファーガが本調子ではないのだと。

「何をしていらっしゃっても感情は大荒れ、猛吹雪（ふぶき）です。魔力がだだ漏れで会議の間、大臣や補佐官が次々と倒れて話し合いにすらなりません。皇帝陛下と言いますか、もはや恐怖の大魔王と化していらっしゃいますね」

「あー……えっと、クリス。陛下のことを、そんな――」

「いえ。これはきちんとお伝えしておかないと。――おわかりですか？　エステル様のことが気がかりすぎて、執務に影響が出ているのです。陛下にはエステル様が絶対に必要。これは全国民に共有すべき事実かと」

「そこまで……？」

「ええ、そこまでです」

クリスはきらきらした笑顔で、きっぱりと言い切った。

その主張は、会場に入場しようとしている他の貴族たちにも届いたらしい。なんとも言えない視線がエステルに突き刺さる。会場に入る前から、エステルは皆の注目の的になっている。

「——とにかく。これ以上被害が広がっては大変です。下手すると、陛下のことが恐ろしすぎて全貴族が反乱を起こしそうな勢いなので、ここはひとつ、エステル様のお力で穏やかな陛下を取り戻していただいて」

「穏やか……？」

本当にそのようなことが可能なのだろうか。

そもそも、彼の魔力の放出は喜怒哀楽関係なく感情の昂ぶりによって引き起こされるもの。であるならば、彼に感じてほしい喜びや楽しさという感情も、周囲に影響を及ぼすのかもしれない。

（彼の魔力の問題って、わたしがどうにかできるものでもない気がするけれど）

穏やかな気持ちになれたら、解決するのだろうか。

——わからない。でも、今、このままの関係でいいはずがなかった。

「とにかく、頑張ります」

「はい」

両手を握りしめてやる気を示すと、クリスも満足そうに大きく頷いた。

そうして会場の奥へ辿り着く。

エステルの入場が伝えられると、皆の視線が一斉に集まった。

『あの方が、陛下が見初められたっていう……？』

『ファリエナなんて田舎貴族、本当に？』

『銀の竜を従えているのだとか』

『ええ。でも、陛下のご不興を買ったと伺いましたわ』

どうも、エステル自身の印象はよくないものも混じっているらしい。

田舎者なのもラファーガの不興を買ったのも事実なので、今さら人になんと言われようが頷くだけだ。それよりも、貴族の女性たちの音声ボリューム調整技術に舌を巻く。

「わたしも腹筋を鍛えないといけないのね」

「はい？」

「――いつか皆さまみたいに、声の大きさを自在に操る技術を習得しなければと思って」

「ぷはっ！」

横でクリスが噴き出している。

ラファーガに対して遠慮がない彼だ。エステルに対しても同じ。何かがツボに入ったらしく、口を押さえて笑いを堪えている。

でも、本当にラファーガに寄り添うつもりならば、エステルはこの皇都で生きていくことになる。

令嬢として身につけなければいけない技術ならば、しっかりと取り組まなければならない。

「もっと繊細な方かと思っていたのですが、なかなかどうして、度胸がおありだ」

「それは褒めてもらえているの？」

「当然です。――でも、そうか。ファリエナ領であのご家族と竜に囲まれてお育ちなのだから、度胸がないはずがないですね」

「図太い方だっていう自覚はあるの」

エステルの実家は貴族と言うには少し素朴すぎる。暮らしはほとんど平民と言っても差し支えない、普通の田舎者集団だ。

エステルが口を尖らせると、クリスは笑いを噛み殺しながら、ふるふると首を横に振った。

「今のまま、堂々としていらしてください」

「ええ」

貴族として変な振る舞いになっていないのなら、それでいい。エステルは凛とした佇まいで、会場をぐるりと見回した。

ラファーガの姿は見えない。今日は国を挙げての大夜会だから、彼がいないはずがないのに。

「――まだいらっしゃるつもりはないのでしょう。おひとりだったときも、ずっとそうでした」

「ずっと？」

「陛下は無意識に周囲を威圧してしまう。そのことを強く自覚なさっています。だから、夜会に水を差さないように、なるべく参加を遅らせていらっしゃるのです」

「……そう」

こんなに華やかな場所なのに、彼は存分に楽しめない。根がとても優しい人だからこそ、周囲に気を使うがあまり、参加を遅らせる。

またひとつ、彼の寂しさを知った。

心が苦しい。エステルはどうしても、彼にもっと温もりを知ってほしかった。

(早く会いたい、ラファーガさま)

まだ来ないことはわかっていても、どうしても彼の姿を探してしまう。

「エステル様、少しお顔が強張っていらっしゃいますよ」

「あ――」

感情がそのまま表情に出てしまっていたらしい。貴族令嬢失格だとばかりに、どうにか取り繕う。

頬の筋肉に力を入れて、口角を上げる。そうして無理矢理でも微笑んでみせると、クリスが大きく頷いてくれた。どうやら合格点がもらえたらしい。

「緊張を解すためにダンス――は、やめておいた方がいいですね。ここでエステル様のファーストダンスの相手を奪ったら、陛下に一生恨まれそうだ」

「ふふ」

「――では、軽く食事などいかがでしょう？　どうぞ、こちらへ」

会場の隅にはいくつものテーブルが並んだ一角があり、色彩豊かで見映えのする料理の数々が並んでいた。立食形式らしく、小さな皿に上手に料理を取り分け、談笑する人々がいる。

「エステル様、どれか召し上がりたいものはありますか？」

クリスが取り分けてくれるらしい。パチンとウインクする彼はとても様になっており、周囲の令嬢たちが黄色い声をあげている。

(涼しい顔をして女性に気安いところとか、クリスってちょっとユージーン兄さまみたいなところがあるよね)

きちんと話す機会は今日がはじめてだけれど、とても自然に会話ができている。

最近落ち込むことが多かったから、彼の存在はありがたい。ラファーガが来るまでに少し会場の空気に慣れておこうと、エステルは彼の提案に乗ることにした。

「そうね――」

「あら、エステル様じゃありませんこと？」

料理を見繕うため、テーブルに近付いたところで声をかけられた。振り向くなり、目を見張る。

そこには深紅のドレスが印象的な、華やかな美女が立っていた。オーフェリアである。

先日、ラファーガの魔力を近距離で浴びて倒れた彼女。その後しばらく社交界に出てこなくなったという噂は聞いていたが、体調はすっかりよくなっているらしい。

顔色はよく、相変わらずの堂々とした佇まいだ。美人だからこそ、迫力がある。

「オーフェリア様、お久しぶりです。すっかり顔色がよくなっていて、安心しました」

「あら？　エステル様の方は、どうもご気分がすぐれないご様子ですわね。――それもそうかしら。とうとう陛下のご寵愛を失った、と伺いましたもの。陛下が駄目なら、その側近に？　ふふ、随分積極的でいらっしゃるのね」

ひと言話したら倍以上になって返ってきた。あまりにも節操がないと嘲笑されているらしい。

わざわざ周囲に聞こえるようなボリュームで話しているあたり、彼女も令嬢話術の達人なのだろう。エステルの令嬢道はまだまだ遠い。

嫌味（いやみ）に嫌味を乗せていくスタイルはさすがだなあと思いつつも、すぐにハッとする。こういうとき感心ばかりして言い返さないから、エステルに関する勝手な憶測や悪口がなくならないのだ。

そして、エステルの悪評がラファーガの悪評になってはいけない。

「まだ皇都の夜会に慣れていませんの。クリスさまは、陛下の信頼が厚いからこそ、責任を持ってわたしをエスコートしてくださっているだけですわ」

令嬢言葉にも慣れたものだろうと、心の中で自画自賛する。

真っ直ぐ言い返されるとは思わなかったのか、オーフェリアはぴくりと片眉を吊り上げた。

「あら？　陛下は直接エスコートしていらっしゃらないのね？　婚約者と伺っておりましたが、やはり名ばかりでしたの？　――どうりで、いまだに婚約発表もありませんものね」

「陛下の体質はご存じでしょう？　あの方は皆さまに夜会を楽しんでいただきたくて、いらっしゃるのを遅らせているだけ。とても心優しいお方ですの。――ご存じなくて？」

正直、婚約発表どころか実家にも話は通っていないけれど、そんなことわざわざ知らせる必要もないだろう。にっこりと笑顔で覆い隠すだけだ。

「わたしの心配より、オーフェリアさまは？　ダンスのお相手はいらっしゃらないの？」

あえて切り返してみると、オーフェリアはキッと目を吊り上げる。しかし、すぐに笑顔を取り戻し、悠々と歩きながらエステルの前を通り過ぎた。

「何もご存じでいらっしゃらないのね。そんなことで、皇妃が務まるのかしら」

そうして優雅に振り返る。

「陛下はあなたに熱心でいらっしゃったようですけれど、他の貴族も皆同じだとお思いで？　――この国には、マッサエヌ家が必要。陛下もきっと、すぐにわかってくださるわ」

政治的にマッサエヌが無視できなくなる。だから、オーフェリアは自分がラファーガに選ばれると信じて疑わない。

「わたくし、ファーストダンスは陛下と、と決めていますの。それまでは会場の空気を楽しもうかと」

にっこりと、オーフェリアは笑った。

（どこからこの自信はやってくるのだろう）

令嬢として見習うべきなのだろうが、つくづく、自分とは感性の異なる人なのだと実感する。

「……陛下に触れることすら叶わないのに、ダンスを？」

「あのときは少し機嫌を損ねてしまっただけですの。陛下だって、きっとご理解くださいます。陛下が望んでくださったら、きっと」

オーフェリアの瞳がきらきらと輝いている。

同時に悟った。彼女は、夢を見ているのだ。そしてその夢を、実現可能な事実として脳内で書き直せてしまえる。

ラファーガの魔力は、彼が望む通りに操れる。だから、自分が彼に選ばれさえすれば、その魔力に邪魔をされることもない。きっと、触れ合える――などと。

オーフェリア自身が魔力という存在から遠いものであるからこそ、そのように思い込んでいるのだろう。

（本人の意思でどうにかできる代物ではないのに）

――と思い、ふと、気がつく。

（――でも。だったらどうして、ファリエナのみんなに同じような現象は起こらないのだろう）

ラファーガと同じく、攻撃的な魔力を保有した者は、ファリエナにもいる。彼らが周囲の者たちを怯えさせたり、無意識に攻撃したりしてしまわないのは、何か理由があったりするのだろうか。

ファリエナ領の人間同士は、互いにそれなりの魔力を持ち合わせているから、他人からの影響が少ない――というのが、今のところのエステルの見解だ。それでも、魔力が育っていない子供であっても、誰かの魔力を浴びて倒れるようなことはない。

（人種が違うから？　でも、魔法理論的にそれはどうなの？）

気がつけば、ああでもない、こうでもないとブツブツと声に出てしまっていたらしい。急にひとりごとをはじめたエステルを見て、オーフェリアは頬を引きつらせている。

（ラファーガさまとわたしたちファリエナ領民の違い？）

何か、ラファーガの抱える問題を解決する方法はないものか。そのようなことを考えていると、ふと、声がした。

「っ、ぅ……！」

呻くような声だった。それがまさか、オーフェリアの方から漏れ聞こえたのだ。

「オーフェリア様？」

隣のクリスが声をかける。エステルもオーフェリアの方へ顔を向け、驚愕した。

オーフェリアの顔色がゾッとするほど悪いのだ。

「っかは！　は……は……っ！」

あきらかに違和感のある呼吸音に、エステルの表情は一変した。

この手の違和感に気付かないエステルではない。だから、慌ててオーフェリアに手を伸ばす。

「オーフェリアさま、顔色が――」

「っきゃあああああ!!」

オーフェリアの頬に触れようとした瞬間だった。彼女の絶叫が会場中にこだました。そのままその場に崩れ落ちる。

「オーフェリアさま!?」

彼女の様子に微かに違和感を覚えるも、それを突き詰めている余裕などない。焦りで頭が真っ白になる。

クリスですらすぐに反応できず、遅れてエステルに手を伸ばす。オーフェリアを支えようとしたエステルを引っ張り、強引に彼女から距離を取らせたのだ。

「クリス！　オーフェリアさまが!!」

「お待ちください！　どうか、冷静に」

きっとニナの代わりにエステルの護衛を引き受けていたのだろう。異常のある場所には近付けさせない。そんな意思を感じる動きではあるが、目の前で崩れ落ちたオーフェリアを放っておけない。たとえいつも突っかかってくる相手であっても、エステルは彼女を助けたかった。

「オーフェリアさま、大丈夫ですか!?」

倒れる直前の彼女の顔色、そして呼吸。ちらっと、毒ではないかと脳裏をよぎる。エステルは薬草の知識が豊富で――だからこそ、薬が毒になることもよく知っている。

警備を担当していた騎士たちが押し寄せてきた。一体何が起こったのだと、夜会の華やかな空気は一変、騒然とした。

「誰か、すぐにお医者さまを！　毒の可能性があります！」

エステルの呼びかけに、周囲の者たちは顔色を変えた。

ヒューヒューと、オーフェリアの息は細く、苦しそうだ。どうにか意識はあるのか、身体を起こそうとしている。

「ご無理をなさらないでください、オーフェリアさま」

警戒するクリスを振り切り、彼女に近付こうとする。けれど、オーフェリアの方がそんなエステルを拒絶した。

真っ青な顔。額に汗を滲ませながら、こちらを睨みつける。そして彼女は、右手をゆらりとかざした。その指先で、真っ直ぐエステルを指す。

やがて掠れた声で――しかし、はっきりと言葉にした。

「エステル様を、捕らえて。エステル様が、魔法で、毒を――！」

「は？」

目が点になった。

今、オーフェリアはなんと言ったのだろう。

（わたしが、何ですって……？）

頭の中が真っ白になって動けない。そんなエステルの目の前でオーフェリアは崩れ落ちてしまう。

思わせぶりな言葉だけを残し、今度は完全に意識を失ってしまった。再び床に倒れ込み、動かなくなる。

「どういうことですか、エステル様!?」

「先ほど、触れてもいないのに毒だと見抜いていたぞ……！」

「まさかあの方が犯人!?」

挨拶すらしたことのない貴族たちが、一斉に声をあげる。気がつけば周囲をすっかり取り囲まれ、皆の目がエステルに集中していた。

（やられた……！）

ここでようやく気がついた。彼女が叫び声をあげたときの違和感に。

あの呼吸音からの、突然の絶叫。呼吸に問題を抱えた人間が出すとは到底思えない声だった。まるで、自らの異変を周囲に主張するために、無理して叫び声をあげたような。

（オーフェリアさま、最初からわたしに罪を着せようと……？）

自ら服毒したとでもいうのだろうか。

ザッと身体中から血の気が引くような心地がし、固まってしまう。

そのとき、近くにいたクリスが吐き捨てた。

「くだらない！」

皆からエステルを庇うように前に出て、訴えかけた。

「エステル様はオーフェリア様にも、そこに並んだ食事にも一切触れていない！　どうやって毒など盛る！　完全な言いがかりだ！」

クリスの言葉はまごうことなき真実だ。オーフェリアと話し込んでいたときから周囲の視線は感じていたし、一部始終を見ていた人だっているだろう。

いわれのない罪を着せられてはたまらないと、エステルも大きく首を縦に振る。

「しかし、怪しいのは事実です。一度、身柄を拘束させていただきます」

「馬鹿な！　怪しいことなど一切ないだろう！　本当にエステル様が毒を盛ったと言うのなら、どうやって――」

「ですから、魔法で。――相手に触れずとも、強力な魔法であればオーフェリア様に危害を加えることなど容易。あのファリエナ家のご令嬢であれば可能なのでは？」

乱暴な理論に、クリスは眉を吊り上げる。

「魔法はそのようなものではないでしょう！　疑わしきは罰せよと仰るか!?」

「魔法というものは、陛下の纏われているあの覇気のようなものでしょう？　エステル様がその気になれば、気に食わぬご令嬢を傷つけることなど――」

――そのとき。

会場内に大きなざわめきが起こった。そのざわめきはどんどんと近付いてくる。

壁のようになっていた貴族たちの一部が横にずれ、道ができる。その道を通って、ひとりの男が現れた。

「あ……」

こんな状況でなければ、きっと見とれていただろう。

いつも軍人らしい格好をしていることが多い皇帝が、今宵ばかりは豪華絢爛な衣装を身に纏っている。黒のコートには金糸の刺繍がたっぷり入っており、光沢感のある深紅のアスコットタイ。同じ色のマントを肩にかけ、凜と佇んでいる。

濡れ羽色の髪は艶やかで、冴え冴えとした黄金色の瞳がじっと周囲を映している。

ラファーガだ。

もっと遅くに会場入りをすると聞いていたが、この騒ぎを聞きつけたのか、早めに出てきてくれたらしい。

一度エステルに目を向けてから、状況を確認するように周囲を見渡す。

「……何があった」

彼は絞り出すように声を出した。

腹の底から響くような、低い声だった。威圧感を伴う厳しい表情に、周囲の者たちが慌てて後ろに身体を引く。一目散に逃げるような失礼なことはできないが、万が一に備えてラファーガから距離を取りたいのだろう。

「何があったと聞いている」

ビリ！　と、ほんのわずか、彼の覇気が放たれる。肌に突き刺さるようなそれに圧倒された人々は、また一歩、さらにもう一歩とあとずさった。

ラファーガの纏う空気に圧倒され、誰もが無言になった。華やかな夜会の空気などどこへやら、周囲は静寂に包まれ、ピンと緊張の糸が張り詰めている。

「クリス」

「はい。おふたりが会話していらっしゃったところ、オーフェリア様が突然倒れられまして――」

皆の代わりにクリスが一部始終を説明していく。

原因は毒と思われること。エステルは彼女に触れたわけでもなく、別に料理を勧めたわけでもなかったこと。にもかかわらず、気を失う直前、オーフェリアがエステルの仕業であると言い残したこと。

話を聞きながら、ラファーガの表情がどんどんと抜け落ちていっているのがわかった。

医師が診たところ、オーフェリアの命に別状はないらしく、その場で処置がなされていく。それを一瞥してから、ラファーガは警備の騎士たちに目を向けた。

「――それで？　こんなにも証拠が不十分でありながら、お前たちはエステルを捕らえようとしたのか？」

「いっ、いえ！　捕らえようとした、などと！」

「ただ――畏れ多くも、最も怪しいのは彼女です！　いくら陛下のご寵愛があれど、事情は聴取せねばなりません！」

「そうです！　聞いたところによると、エステルさまは毒草にもお詳しいご様子。魔力を駆使して、何らかの影響を与えていた可能性も――」

慌てて言い訳を連ねようとするも、結局はエステルへの疑いが前面に出てきてしまう。

ファリエナ領の者以外は、正しい魔法の知識すら持っていないのだ。魔法は万能だと思われているようだが、そうではない。それを説明しようとするも、この状況、エステルが説明したところで信じてもらえるかどうか怪しい。

「………本気で言っているのか」

ラファーガの眉間に皺が寄っている。

いつも眼光は鋭いが、今の彼の恐ろしさは普段の比ではなかった。あきらかに、その表情にまで怒りが滲み出している。

「本気で言っているのかと聞いている！」

瞬間、ラファーガの身体から魔力が噴出した。

彼は自らの怒りを静めようともせず、思うままに放出している。

その圧倒的な威圧感に、ひとり、ふたりと失神する者が現れた。

それでもラファーガの怒りは収まらない。この場にいる貴族全てが敵であるかのように、声を荒らげる。

「この私の目の前で、エステルが犯人だと決めつけるのか!!」

彼はカッと目を見開いた。肌で感じていた威圧感が、まるで凝縮されるように空中で形を成していく。はじめて見るそれは、まるで黒い雷のようだった。黒い雷など、デタラメのような存在だが、そうとしか見えない。

（そうか。彼の二つ名は、黒雷帝。それって、つまり――）

かつて、戦場で黒い雷を自在に操っていたことからそのような名前がつけられたはずだ。怒りに任せて、魔力がこのような形で可視化されてしまったらしい。

周囲から悲鳴が漏れた。魔力に耐えきれず卒倒する者の他、なんとか耐えた人々もまともに立っていられないようだ。その場に這いつくばり、どうにか逃げようとしている。

エステルはハッとした。だって、このままではいけない。

（っ、制御できていない！）

怒りに我を忘れて、魔力が暴れ続けている。

（このままじゃ、彼の方が――！）

この場にいる誰かを傷つけてしまう。

それだけは駄目だ。あってはならないと、エステルは必死で駆け寄った。

「――ラファーガさま！」

その場で怒りを放出する彼に抱きついた。

彼から放たれた黒雷が、エステルの肌を焦がす。強い痛みが全身を襲い、エステルは声にならない声をあげた。

「――っ！」

どうやら左腕に黒雷がかすめたらしく、焼け焦げたドレスの切れ端が灰となって床に散っていく。

「っく……！　皆さん、早く逃げて！」

無茶を言っているのはわかっている。でも、叫ばずにはいられなかった。

「きゃあっ！」

次は右脚だ。ドレスが無残に切り裂かれ、エステルの白い脚があらわになる。

黒雷の形をした魔力はまるでカマイタチのように、無数の傷をエステルにつけていった。いよいよ立っていることも難しくなって、エステルは必死で彼に縋りつく。

「ラファーガさま、駄目ですっ！」

その場に膝をついた。崩れ落ちそうになるも、どうにか彼にしがみつく形で踏みとどまる。

「みんなを傷つけちゃ、駄目！　そんなの、ラファーガさまが後悔します……っ！」

「……っ、…………っ!!」

でも、ラファーガの意識はいまだにどこかへ行ってしまったままのようだ。焦点の合わない目で、遠くをじっと見据えている。

「エステル、エステル……！」

「わたしはここにいますっ！　ラファーガさまのすぐ側に、ちゃんといますから！」

「エステルっ!!」

「んっ……!」

痛みから遅れてやってきたのは、肉が焼けたような匂いだった。

黒雷はまるで刃のようにエステルの腕を切り裂き、さらに表面を焦がしている。その匂いが周囲に漂い、彼に届いたらしい。

ふと、匂いを追うように、彼の視線が動き出す。

「…………エス、テル?」

足元にしがみつくエステルを、彼の瞳が捉えた。

令嬢としては失格としか言いようのない、無残な格好だ。ドレスはビリビリに引き裂かれ、肌はあちこち焼け焦げている。開いた傷口から赤黒い血が滲み、凄惨な姿に彼の目が大きく見開かれた。

「エステル……?」

すぐに反応できなかった。彼にしがみつくのが精一杯で、肩で息をする。

「私、は」

わなわなと、彼が震えた。

信じられないものでも見るかのように、ふるふると瞳が揺れている。

「私は、何を――」

彼の魔力が大きく揺れた。

怒りでなく、動揺。大きな感情に揺さぶられ、彼の黒雷が大きく揺らぐ。

（いけない。このままじゃ、ラファーガさまが！）

取り返せないほど大きな傷を、心に抱えることになってしまう。

エステルは、彼自身から自らの身を守らなくてはいけない。それを咄嗟に理解した。

だからエステルは彼の手を掴み、強く引っ張った。動揺した彼の身体は、簡単にエステルの腕の中に転げ落ちてくる。

震えるラファーガを強く抱きしめた。エステルの力のかぎり、精一杯。

抱きしめているだけで、全身が痛いくらいだった。彼の纏う魔力は、エステルが持つ魔力であっても防ぎきることはできないらしい。

（大丈夫。痛くなんかない。全然、平気……！）

そう自分に言い聞かせる。

エステルを傷つけてしまったラファーガの方が、ずっと痛いはず。

そしてエステルも——ラファーガが傷ついてしまう方が、ずっと、もっと、痛いのだから！

「ラファーガさま！」

呼びかけ、顔を近付ける。

そのまま彼の唇に己のそれを重ねた。

驚きでラファーガが大きく震えるけれど、離してあげない。エステルの全部で、彼にしっかりと口づける。

（温かい――）

冷酷な皇帝だと皆は言うけれど、彼はそんな人ではない。

いつも誰かを傷つけないように、魔力を放出してしまわないように、感情を凍りつかせて、じっと耐えているような優しい人。そして――その優しさゆえに、とても寂しい人だった。

（ラファーガさま、大丈夫。わたしは大丈夫ですから）

心の中で語りかける。

少しでもこの温もりが伝えられるようにと、彼の背中に腕を回し、ゆっくり、ゆっくりと撫でていく。

ラファーガは呆然としたまま、エステルを受け入れてくれた。

角度を変えてもう一度。エステルの方から何度もキスを贈る。

彼は目を見開いたまま――その眦に涙を溜めている。黄金色の瞳がきらきらと輝き、とても綺麗だとエステルは思った。

「わたしは、大丈夫ですよ。ラファーガさま」

「…………っ、エステル」

「はい。――ちゃんと、ここにいます」

声が掠れた。でも、ちゃんと笑ってみせる。

「エステル、エステル――！」

縋りつくように、彼の抱擁が返ってくる。

エステルはもう自分の身体を支える力なんてなくて、そのまま彼に身を委ねた。

「大丈夫ですよ。ラファーガさま。わたしは、平気です。ちょっと痛いけど、全然。大丈夫」

「わ、わた、私が……！」

彼の瞳が揺れている。――いや、潤んでいるのだと理解した。

皆からそれを隠すように、エステルはこつんと額をぶつける。呼吸を整えてから、彼にしか聞こえないような声でそっと囁きかけた。

「ふふっ、わたしのために泣いてくださるのですか？」

「だって、君を、傷つけ――……！」

「違いますよ」

はっきりと告げる。

精一杯微笑みを浮かべ、彼の頬を撫でながら。

「わたし、嬉しかったです」

「え？」

思いがけない言葉だったのか、ラファーガがわずかに口を開ける。

「わたしのことを想って、怒ってくださって」

「――だが」

「こうして、心配して、悲しんでくださることも、とても」

「私は、君を――」

この嬉しかった気持ちを否定なんてさせない。ちゃんと、ラファーガには理解(わか)らせてあげないといけない。そう思った。

「わたしは、嬉しかったです。ラファーガさまが、わたしのためにたくさんの感情を見せてくださるのが。でも――」

彼の胸元に顔を埋め、強く抱きしめ返す。

「そのせいで、わたしやみんなを傷つけて、ラファーガさまご自身が苦しまれるのは嫌です」

「エステル……」

ラファーガが息を呑むのがわかった。

大丈夫。エステルの言葉は届いている。そう信じて、ゆっくりゆっくりと彼に語りかける。

「ラファーガさまはとてもお優しい方ですから、絶対に後悔するでしょう？　だから、駄目ですよ。これ以上怒って、みんなを傷つけたら」

「優しくなど」

「お優しいですよ、とても。わたしはよく知っています」

周囲の貴族たちは、いまだに身体を強張らせたままこちらの様子を窺っている。

ラファーガの黒雷は彼の周辺だけを焦がしていて、エステル以外に直接傷つけられた人もいなさそうだ。だからエステルは安心してと、彼の背中をとんとんと叩く。

「わたしは大丈夫です。これくらいの傷、綺麗に治ります。――ご存じでしょう？　わたしの力」

「しかし」

「大丈夫。それでもお気になさるのでしたら、このままぎゅってしててください。――最近、ラファーガさまと触れ合えなくて、寂しかったから」

「エステル」

彼は表情をくしゃくしゃにしたまま頷き、己のマントを外した。周囲の好奇の目から隠すようにエステルを覆い隠し、すっぽりと抱きしめてくれる。

「あ……」

抱きしめるだけでは隠しきれないほどに、あられもない姿になっていたはずだ。

気が緩むなり羞恥が押し寄せ、エステルは頬を赤くした。俯きながらも、懐かしい思い出が蘇り、頬を緩める。

「…………はじめてお会いしたときと、逆になってしまいましたね」

「！」

ラファーガがひゅっと息を呑んだ。

信じられないという顔をして、エステルのことを見つめ直してくる。

「今度はラファーガさまが、わたしを隠してくださる」

「思い、出して……」

「ふふ」

少し気恥ずかしくて、エステルは目を細める。彼の耳元に顔を近付け、呟く。

「忘れていたわけではないんです。ただ——あのときの彼が、ラファーガさまだったと思わなくて」

「……そうだったのか」

「あのときからずっと、わたしの初恋で憧れの人。ラファーガさまだったのですね」

ラファーガが息を呑むのがわかる。ただ、返事の代わりに、今度は優しい抱擁が返ってくる。

「そうか——」

「はい。順番、少しだけおかしくなってしまいましたけれど」

「そうだったか——」

ラファーガはわずかに眦を下げ、衆目から護るように、エステルをマントで包み込んだまま抱きあげる。

「クリス、この場はお前に任せる。必ず真相を突き止めよ」

「かしこまりました」

もはや夜会どころではなくなった。クリスは真剣な面持ちで一礼し、騎士たちに向きなおる。

騎士たちも、もうエステルを糾弾しようとはしなかった。

エステルはその身を張って、ラファーガの暴走を正面から受け止めた。その行為に圧倒され、何も言えなくなっているようだ。むしろ、申し訳なさそうな目をエステルに向けてくる。

ただ、このまま見逃してくれない人もいたらしい。

「陛下」

周囲で様子を見ていた貴族たちの間から、ひとりの男が前に出てきた。

はじめて見る男だった。クリーム色の髪を後ろに撫でつけた中年男性。ただ、妃教育の中で主だった貴族の顔は覚える機会があり、肖像画ならば見た覚えがある。

ダグラス・ノレ・マッサエヌ。保守派の筆頭貴族で、オーフェリアの実の父だ。

急いで去ろうとするラファーガの歩みを止めるとは胆力がある。さすが多くの貴族たちをまとめる男だとエステルは思った。

「陛下がお怒りになるのはごもっともなことでしょう。今の状況で、エステル様が犯人だと決めつけるのは早計だ」

「ならばそこをどけ。急いでいる」

「――いえ。せめてこれだけは、お約束ください」

苛立つラファーガに面と向かって、彼ははっきりと告げた。

「陛下の仰る通り、真実は詳らか（つまびらか）にせねばなりません。ですので、必ずエステル様にも事情を聴取する機会をいただけますよう」

「…………」

ラファーガはじっとダグラスを睨みつける。

しかし、ダグラスは折れるつもりはないようだ。それに、エステルとしても、それくらいの主張であれば受け入れて然るべきだと思う。

「ラファーガさま、わたし、大丈夫です」

「……しかし」

渋るラファーガに向かって微笑みかける。

彼のことだから、私情で法をねじ曲げてはいけないことくらいわかっているはずだ。なのに、エステルのことになると難しいらしい。

彼に想われていることを実感する。

でも、彼のためにも、ここは筋を通しておいた方がいい。

「大丈夫」

「――わかった」

渋々、といった様子でラファーガが折れた。周囲の貴族たちが信じられないという顔をしているのがちらりと目に入る。

「エステルへの事情聴取を許可する。――ただし、私、あるいは私が任命した人間を必ず同席させること。それができないのなら許可はできん」

「かしこまりました」

口約束ではあるが、証人は大勢いる。

ダグラスがわずかに満足そうに口の端を上げた。

けれどもその意味を考える余裕はなく、エステルはラファーガに連れられ、その場をあとにした。


――ラファーガはずっと、縋りつくように手を握ってくれている。

「エステル、エステル――」

夜会の会場を出て、自室に戻ってきたまではいい。傷の様子を見て、エステルは自ら薬草を選び、軟膏にして塗り込むように指示をした。

うとうとしながらもニナたちに身体を綺麗にしてもらって、包帯を巻いて、服を整えて――今。

エステルは自室のベッドに横になっている。

（それにしても、まさかここで育てた薬草を、わたしが最初に使うことになるとはね）

ラファーガの役に立てたらと思って、せっせと育てていて助かった。ファリエナ領にいたときも、この薬草を混ぜた軟膏で竜騎士たちの傷も綺麗に治してきた。しっかり手当てをすれば、きっと綺麗に治るはずだ。

「大丈夫ですよ、ラファーガさま。この薬草、すっごく効きますもの。きっと痕も残らず綺麗に治ります。よくご存じでしょう？」

何を隠そう、十年前、傷だらけだった彼の治療をしたのはエステルなのだ。その効果は身をもって知っているはず。

「しかし」

彼の表情は暗いままだ。

心配してくれるのは嬉しいが、いつまでも引きずるのはよくないと思う。エステル本人が大丈夫だと言っているのだから、ラファーガにも前を向いてほしい。

「もうっ。いつまでも気にしすぎですよ。――わたし、本当に嬉しかったのに」

そう言ってエステルは口を尖らせた。

「嬉しい？」

「そうですよ。その――」

そこまで告げて、急に気恥ずかしくなってもごもご言葉を詰まらせる。

(先手必勝って、こういうときも？　――姉さまたち、告白の仕方も教えておいてほしかったよ)

いや、この状況はイレギュラーなため、想定できるはずもなかったのだが。

(――待って？　本当に想定していなかったのかしら？)

ふと、そんな疑問が浮かぶ。

そういえば、夜伽係になると言って里を出ようとしたとき、里の女たちはエステルに対して随分協力的だった。

エステルは一夜漬けで性技を身につけなければと必死だったけれど、よくよく考えたら違和感はたくさんあったのだ。悲愴感漂うエステルとは対照的に、女たちはキャッキャと楽しそうだった。

（…………姉さまたち、まさか、知ってた？）

十年前、里に逃げてきたのがラファーガで、エステルが彼にほのかな想いを抱いていたこと。そんなラファーガが夜伽係を探し、しかもエステルをご指名だという。

――これはもしかして、彼の正体さえ知っていれば、相思相愛のような状況に見えたのではないだろうか。

（え？　ええ？　ま、まさか、そういうこと？　みんな、知って……？）

当時幼かったエステルはまだしも、年上だった里の皆が、ラファーガの正体を知らずに放置していたとは考えにくい。

当時、隣国との戦の関係もあって、里の皆は忙しなく動き回っていた。ラファーガの正体を探らないはずがないのだ。

エステルと違って、噂好きな里の女たちが、ラファーガの正体を知っていたとしても不思議ではない。というか、知っていたに決まっている！

（まさか！　姉さまたち、知っててわたしを送り出してくれたの!?）

だからあんなに楽しそうだったのか！　――それが繋がり、エステルは目を白黒させる。

「――エステル？」

急に百面相をしだしたエステルの顔を覗き込み、ラファーガが心配そうに眉根を寄せる。

「あっ、違うんです！　違わないけど！　えっと！　その――たくさんの、思い違いをしていたなって」

そう言いながらエステルは、身体を起こす。

「っ、無理は――」

「いいえ。起き上がらせてください。大事な話をしたいから」

「エステル」

エステルが望むと、ラファーガはエステルの身体を支えてくれた。素直に彼の力を借り、上半身を起こす。

薄暗い部屋の中、大きな窓から差し込む月明かりが、ラファーガの横顔を照らしている。

彼の黄金色の瞳が、真っ直ぐエステルを射貫くように見つめていた。その色彩が冷たい月のようだとも思ったことがあるけれども、周囲を煌々と照らす太陽のようだとも感じた。

――だって今、こんなにも熱っぽい目でエステルを見つめてくれている。

「わたしにとって、ラファーガさまはずっと、憧れの人でした」

「――情けない姿しか見せていないと思っていたが」

「いいえ。あなたは、わたしがずっとほしかったものを、たくさん与えてくださいました」

とつとつと語りはじめる。

はじめて出会ったときのことを。

傷ついたラファーガを助けなければいけないと思い、勇気を振り絞った。当時、兄たちに過保護に育てられ、自分に自信がなかったエステルを、彼は真っ直ぐ頼ってくれて――それがとても嬉しかったのだと。

里の者とは異なる空気感。エステルの小さな世界に風穴を開けて、外の世界を想うきっかけをくれた。少し大人びた彼の姿がとても印象的で、エステルの心の中に住み続けた。

「あなたと出会っていたから、きっと、今のわたしがある。しっかりできるようになったつもりで全然だったり、かなりマイペースだったりしますけど、色んなことに前向きになれて、ずっと笑顔で過ごせるわたし」

「それは、私の功績などでは――」

「あなたのおかげです」

はっきり言い切ると、ラファーガの瞳がますます揺れた。

「あなたが、色んなものをくださいました。この皇都に来て――大人になったあなたに会って、毎日、毎時間、ますますそれを実感しています」

「そんな――」

「好きです」

「……っ！」

ラファーガが息を呑んだ。

大きく目を見開き、ぎゅっと唇を引き結ぶ。それから表情をくしゃくしゃにして、眉根を寄せる。掴まれた手に力が込められ、その温もりにエステルは微笑んだ。だから、さらに彼の手を包み込むように、片方の手を彼の手の甲へ重ねる。

「――気付くのが遅くなって、ごめんなさい。わたし、本当に何もわかってなくて。いっぱい勘違いして。させてしまって。でも――でも、本当に。自覚がなかっただけで、この心の中に、ずっとラファーガさまがいた」

「エステル」

「今からでは遅いですか？　――婚約者っていうの。わたし、本当に――……っ!?」

言い切る前に、唇を塞がれる。

温かい。それでいて、とても優しいキスだった。

もう何度も唇を重ねてきたけれど、これまでのものとは全然違う。

「ぁ、ふぁ……っ」

エステル自ら、わずかに唇を開く。そうしておずおずと舌を差し出すと、彼も待っていたとばかりに舌を絡めてきた。

互いに求め合うように、絡め合い、もつれ合う。なだれ込むようにベッドに横になり、気がつけば彼が上から覆いかぶさっている。その間もキスは続いていて、少しも離れたくないと、たっぷり感じ合った。

「っ、ぁ……ラファーガ、さまぁ」

「エステル――愛している、エステル」

「んっ、んんっ」

彼の深い声が耳に響く。

真っ直ぐな愛の言葉をもらうのははじめてで、幸福すぎて泣きたくなった。

（ううん、わたしが気付いてなかっただけかもしれない――）

思い返せば、彼のくれた言葉を真っ直ぐ受け止められなかった。変な風に曲解して、失礼なことばかりしてきた気がする。

（たくさん、気持ちを伝えてくれていたのに）

胸の奥がしくしくと痛くて――でも、同時に温かい気持ちも湧いてくる。

（ラファーガさま、こんなにも、わたしのことを好いてくださっていたのね）

そしてエステルは、彼の想いに真っ直ぐ応えたい。変にねじ曲げたり避けたりせずに、ただ真っ直ぐ。それがエステルの誠意だ。

「ラファーガさま」

だから彼へキスを落とす。唇だけじゃ足りない。額に、頬に、首元に。

もっと色んな場所に触れたくて、彼のアスコットタイを解いていく。しゅるんと剥ぎ取ってから、シャツのボタンも順番に。

「っ、エステル!?」

「ラファーガさま——好き。好きです」

「っ、いや、待て。エステル！」

ラファーガが目に見えて動揺している。表情筋があまり動かない彼が、わたわたとするのはとても珍しい気がする。

「君は！　私のせいで怪我(けが)を！」

「こんなの、へっちゃらです」

「しかし、これ以上は。——私は、抑えられる気がしない。君に負担を」

「嬉しい」

そう言って笑うと、ラファーガが硬直する。エステルの言葉の意味を理解できないのか、ぱちぱちと瞬いているのが愛らしく思えた。

「絶対に忘れられない夜になりますね」

たくさん痛くていい。いっぱい苦しくてもいい。それだけ彼を感じられるということなのだから。

「——君のご家族に、婚約の許可をもらってからと思っていたのだが」

「そういうことだったのですか」

ずっと最後までしてくれなかったのは。

そうやってとても律儀なところも彼らしい。根が真面目で、優しくて、いつもエステルにとっての一番を考えてくれている。

「でも、ラファーガさま。大事なのは、先手必勝ですよ」

「――は？」

「わたしの家族はかなり頭が固いですから。納得させるために、既成事実くらい作っておいた方がいいです」

ラファーガはぽかんと口を開けた。こんな顔をするのは、本当に珍しい。調子に乗って、エステルは言葉を続ける。

「納得というか、心を折る？　ですかね。泣かせるくらいのつもりで挑んで、丁度いいと思います」

そう言って、エステルはキリッと表情を引き締めた。

父――はさておき、問題は兄たちなのだ。彼らはちょっと妹思いがすぎて、エステルを雁字搦めにする傾向がある。

エステルは学んだのだ。なんでもかんでも兄たちの言う通りにしているままではいけないと。

そしてそれは、ファリエナの女たちの生き様そのものだった。彼女たちがしたたかで強いのは、頑固な里の男たちを手玉に取るためなのだろう。

「……は、っく！　ふふふ、あはははは」

エステルが意気込んでいると、ラファーガから聞いたこともない声が聞こえてきた。

「あはははは！　はは！　――――ああ、君は、思っていた以上にずっと強いな」

あのラファーガが声を出して笑っている。それがあまりに珍しく、エステルは目をまん丸にする。

「――呆れたり、幻滅したりしちゃいましたか？」

「いや、まさか」

くっくっと笑いながら、彼はこつんと額をぶつけてくる。

「最高だ。私の隣に立つには、それくらい度胸があった方がいい」

「ふふ」

「――愛してる。君を。誰よりも」

そう言って彼は、もう一度口づけをくれる。

温かくて、胸がほわほわとする。心浮き立つというのは、こういったことを言うのだろう。

今日一日で色んなことがあった。怖い思いだってたくさんしたけれど、全部、綺麗に吹っ飛んでしまう。

「ん――ぅ」

彼の手がするするとエステルの身体を滑る。今日は、少しだけ厚手のネグリジェを身につけていたけれど、彼の手がその内側に忍び込んだ。直接エステルの肌に触れながら、がばりとそれを脱がせてしまう。

至るところに包帯が巻かれたエステルの身体を凝視し、わずかに表情を強張らせた。

「――大丈夫ですから」

責任なんて感じなくていい。エステルは嬉しかったのだ。彼を助けられて。だからこんな傷、ちっとも痛くない。

「触ってください」

「ああ」

彼の手を導くように触れると、彼は弾かれたように動きはじめる。下着の紐を解き、しゅるしゅると剥ぎ取ると、エステルの白い肌があらわになった。

それを正面から見下ろし、ラファーガがごくりと唾を飲み込む。わずかに緊張した面持ちで、少しだけ手が震えていた。

（いつも、あんなにぎゅうぎゅうに抱きしめながら眠っていたのに）

エステルのことをどれだけ大切にしてくれているのか、それを実感して、くすくすと笑う。

「ラファーガさまも、――ね？」

せっかくだから、もっと触れ合いたい。そう思って、エステルは彼のシャツを引っ張った。

彼は生唾を飲み込みながら、大きく頷く。そうして自らシャツのボタンを外していき、適当に放り投げた。同じように、ズボンも全部脱ぎ捨ててしまう。

下着一枚になった彼の姿に、エステルは息を呑んだ。以前、ちゃんと見たことはあるけれど、とても引き締まった見事な肉体だ。

しっとりとした筋肉に覆われた美丈夫。無駄を全てそぎ落とし、精巧な作りをした彫刻のような肉体にうっとりしてしまう。

「――そう見ないでくれないか」

「だって、とても綺麗だから」

「っ……！　私に、そんなことを言うのは君だけだ」

「え？　そうなのですか？」

目をぱちぱちと瞬かせると、ラファーガは困ったように髪を掻きあげた。視線をすっと横に向け、白状する。

「そもそも、身支度をするときも、侍従たちはみな緊張した様子だからな」

「あ――」

彼の世話をするということは、どうあってもラファーガの側に近付かなくてはいけなくなる。下手に彼の感情を揺らすような発言は、身の危険に繋がる。だから、誰もがラファーガの顔色を窺うだけで、極力会話をしないようにしているのだろう。

「だったら、みんなの代わりに、わたしがいっぱい言って差しあげます」

そう言いながら、エステルは彼の手を引いた。

「綺麗です。とても強くて、格好よくて、わたしの憧れで――大好きな人」

「っ、っ……！」

「だから、もっと触れたい。――ね？　ラファーガさま」

「君は、とんでもないな」

ちゅっと触れるだけのキスをすると、彼の方からもキスを返してくれる。自らの下着を脱ぎながら、ラファーガはエステルに再び覆いかぶさった。

「エステル――愛している、エステル」

彼の唇が、頬へ、首元へ、胸元へと落ちてきて、ちぅ、と強く吸いついた。

「んっ」

ぱっと赤い華が刻まれる。それを見て、ラファーガは口の端を上げた。味を占めたかのようにふたつ、みっつと増やしていく。

「ぁ――ぁん！　ラファーガさま」

「エステル、可愛い――」

今度は乳房を揉み拉かれながら、その先端に唇が落とされた。一度強く吸いついてから、乳首をころころと舌で転がしていく。

もう片方の胸も手のひら全体で揉み拉かれ、たっぷりと可愛がられた。

「ひゃ、ぁ……！　ま、待って」

「私がそう言っても、君はいつも待ってくれなかったろう？」

「え!?　そ、そうだったかも、しれないですけどっ……」

ラファーガの機嫌を取ろうと一生懸命だったころの話だ。里の女たちの助言に沿って、積極的に頑張った記憶はある。

もしかしたらラファーガも、エステルに積極的に奉仕されているとき、こんな気持ちだったのかもしれない。

心臓がばくばく煩いくらいで、全然落ち着かない。焦って変な汗が流れるも、浮き足だった気持ちもあって、どう反応してよいのかわからない。

ただ、触れ合っている部分が気持ちよくて、心がくすぐったくて、とても困る。非常に困る。心の準備なんて整うはずもなく、ただただ翻弄されるのだ。

「いつも君に、弄ばれてばかりだったからな」

「弄ぶって、そんな――」

「先手必勝、なんだろう？」

「んっ、あ――っ！」

するりと肌を滑っていった彼の大きな手が、エステルの下腹部に到達する。割れ目に添うようにその指先が前後に擦られ、やがて一本、つぷりと侵入してきた。

「ひゃ、ぁ、ぁ……っ！」

「狭いな」

慣れない感覚に、エステルの身体が跳ねた。

彼の指は長く、あっという間に奥まで差し入れられる。そのままナカを擦るように抜き差しされ、そのたびにエステルはぶるぶると震えた。

「ぁ、ん、ちょっと、待っ、待ってください……っ」

「待たない。ほら、さっきもそう言ったろう」

「ひ、あああ……っ」

たった一本。細い指を挿れられただけでこれなのかと慄いた。ゾクゾクするような感覚が下腹部から伝わり、ビクンと身体が跳ねる。

けれどもラファーガにしっかりと縫いとめられ、逃げることなどできない。彼の与える愛撫に意識は奪われ、息が荒くなる。

「ん、ひゃ、ぁ……っ」

あわあわと、だらしなく開きっぱなしの唇が震える。萌葱色の瞳が潤み、全身を包み込む不思議な感覚を受け入れるのに精一杯だった。

「エステル――ふふ、可愛いな。私に翻弄される君も、とてもいい」

「い、いつも、いっぱいいっぱいで――」

「そうか？　ふふ、その顔をもっと見せてくれ」

「ああ！　ひゃあ……っ！」

ナカに侵入してくる指が増えている。二本の指をバラバラに動かされ、そのたびにエステルの身体は跳ねた。

強すぎる刺激に、身体の芯から火照ってしまう。痺れるような甘さに反応し、とろりとした蜜が溢れ出る。やがてくちゅくちゅと淫靡な音が響き出した。

「ここがいいのか？」

「ん、ぅ……ラファーガさまぁ！」

ザラザラした部分を強く擦られた瞬間、視界がぱちぱちと弾けた。ビクンッ、と身体が大きくしなり、快感の波に攫われる。

「ぁぁ――っ！」

意識がザッと流れ、全身がぶるぶると震えた。

「イッたか」

ラファーガが喉の奥で笑った。

一度果てた身体は、すっかり敏感になっているらしい。力が入らなくてくたりとしているが、彼が触れている部分に熱が灯っているようだ。

「もう、とろとろだな」

彼は満足そうに指を引き抜き、てらてらと愛液で濡れた指先に口づける。薄い唇から覗く赤い舌。

そのあまりの妖艶さに、エステルはくったりしたまま目を奪われていた。

「――ぼんやりしている暇はないぞ。君の兄たちを泣かせるのだろう？」

「っ、――ふふ」

なんて突然冗談を言うものだから、エステルは笑みを漏らした。そんなエステルを見て、ラファーガも自然と頬を緩める。

「まあ、私も限界だ。――そろそろ」

彼はエステルの股の間に割り入るように膝をつく。こちらを見下ろす彼の瞳はギラギラとしていて、その欲を感じるだけでエステルの身体は熱く火照った。

「君を、いただくとしよう」

いきり立った屹立を、ゆっくりとエステルに押し当てる。すっかりとろとろになった蜜口に、その先端が触れた。

期待と緊張で、心臓がずっと暴れている。エステルは胸元で己の手を掴んだまま、そのときを待った。

「――くっ！」

彼がぐっと腰に力を入れる。指とは比べものにならないほどの質量を持ったそれが、エステルのナカへと侵入してくる。

「く、ぅ……っ」

指でたくさん解したといっても、未通だったエステルのそこは、彼のモノを受け入れるには狭い。押し寄せる圧迫感と痛みで、エステルはぎゅっと身体を強張らせた。

「ひゃ、ぁ、ぁ……っ」

「エステル、力を抜け」

「は、はいっ。はい……っ」

こくこくと頷きながら、彼に言われた通りにする。どうにか呼吸をして、身体が強張りすぎないようにした。

でも、どうしても心許なくて、エステルの太腿を押さえていた彼の手に、己の手を重ねる。

「っ、――続けて、ください。最後まで」

「ああ」

エステルの呼びかけに、ラファーガは大きく頷いた。

「絶対に忘れさせない。君の身体に、私を刻み込む」

「っ、はい。ラファーガさま、来て……っ」

ずぶずぶと、彼の腰が沈んでいった。隘路（あいろ）を押し開き、彼の熱杭がエステルの奥の奥へとぶちあたる。どすん、と鈍い衝撃とともに、エステルは息を吐いた。

痛みを伴う甘い痺れ。

ああ、ようやく彼とひとつになれたのだ。

胸がいっぱいで、とても熱い。幸せすぎて瞳が潤み、エステルは顔をくしゃくしゃにして微笑む。

「嬉しい」

「ああ」

「――これで、ラファーガさまのものになれましたね」

「ああ、ああ。――エステル」

ナカが相当狭いのか、ラファーガの額にも汗が滲んでいる。でも、彼もまた満足そうに目を細め、大きく頷いてみせる。

「このまま、君を――」

「っ、ん。はい」

そうして、彼はゆるゆると動きはじめる。最初は遠慮がちだったものの、エステルの反応を見ながら、少しずつ動きを大きくしていく。

「あっ、は……っ、す、すごい……んんっ」

「ああ、エステル――」

「すごい、ん、おっき……おっきぃ、ラファーガさま」

あまりの圧迫感に、無意識に声が溢れた。

エステルのナカが、彼の形に押し広げられていく。隙間なくミチミチになっており、彼が腰を打ちつけるたびに、肚（はら）の奥全体に強い刺激が走る。

「ひゃ、ぁ、ぁ……！」

抽送は激しくなり、ばつばつと肌がぶつかり合う。

強い刺激はやがて快楽に変わり、こんこんと愛液が分泌された。エステルのナカの滑りがよくなり、彼はますます激しくエステルを突き上げる。

「っ、きもち、い。きもちいい、ラファーガさま……っ」

「ああ、私もだ。君のナカは、気持ちがいい」

「ん、ひゃあ、あん……！」

あまりに激しい抽送に、身体がバラバラになってしまいそうだ。

だからエステルは手を伸ばした。彼に、強く抱きしめてほしくて。

「ラファーガさまぁ！」

エステルの呼びかけに、彼の身体が倒れてくる。腰を強く押しつけながら、エステルに覆い被さり、ぎゅっと強く抱きしめてくれた。

傷ついた四肢がぴりりと痛む。けれども、それすらラファーガの存在を強く感じさせてくれるものだった。

――全部、作り替えられた。

エステルの全部は彼のもので、このまま、彼の腕の中でずっと温もりを感じていたい。そして同じように、彼にもエステルの温もりを感じ続けてほしかった。

「エステル、愛している」

繰り返される愛の言葉。耳元で囁いてから、彼は耳朶に、眦に、そして唇へとキスをくれる。

深く舌を絡め合い、その間も彼の抽送は止まらない。このままふたり、どろどろに溶け合ってしまいそうだ。

「ラファーガさま、わたし、もう……っ」

身体の芯から、彼のモノになりたかった。全部全部、もっと、染めあげてほしい。

擦りつけるように腰を押しつけると、ラファーガも余裕がない様子で大きく頷く。

「ん、エステル、私も――」

ぽたりと、汗が落ちてきた。濡れ羽色の髪を振り乱し、必死な様子でラファーガが深く腰を押しつける。

「く………っ！」

瞬間、びゅくびゅくと彼の屹立が脈動し、肚の奥に熱いものが吐き出される。白濁が叩きつけるように、エステルのナカを染めあげた。

（あつい……）

ふるると睫毛を震わせながら、エステルはラファーガを見つめていた。

（きもちいい。あつい。すき。ラファーガさま、すき――）

幼いころに灯った、彼への憧れ。それがこんな形で花開くとは思わなくて、多幸感で胸がいっぱいになる。

萌葱色の瞳を潤ませながら、エステルは精一杯笑ってみせた。

（ずっと、ずっとお側にいますからね）

心の奥で強く誓い、ラファーガの背中に腕を回す。

「──あったかい」

肌をくっつけ合っているだけで、こうも満たされるのかと思う。

この体温をずっと、これからも彼と分け合っていきたい。

「ん、エステル。君も、とても温かい」

「ふふ。いっぱい触れてください」

掠れた声で呟くと、ラファーガもくしゃりと笑顔を見せてくれる。それがあまりに優しい表情で、
大事にしたいと思った。

彼がこうして、もっと自由に笑うことのできる未来がほしい。

それは、エステルの新しい夢となった。

第六章　どんなときも、彼に寄り添える自分でありたい

ラファーガと本当の意味で繋がった翌日から、エステルの世界は変わって見えた。

とはいえ、状況は相変わらずだ。オーフェリアに毒が盛られた事件において、エステルはいまだに疑われたまま。あの夜はラファーガの一存で自室で休めたけれど、その後エステルは監禁されることとなった。

ラファーガは強く反発していたが、為政者は公平であるべきだ。だから、エステルの方から、自分を見張るように周囲に主張したのである。

ラファーガが目を光らせているから、簡単に危害を加えられるようなこともないだろう。調査は慎重に進められるだろうし、実際エステルは何もしていない。心配することはないはずだと、笑顔でラファーガを宥めたのだった。

事実エステルの監禁は、非常に丁重に行われた。容疑者としてはとても好待遇だったように思う。

窓には鉄格子がはめられているけれども、それ以外は設備が整った綺麗な部屋だった。ベッドもふかふかだし、シーツだっていつも清潔だ。綺麗なソファーやテーブルもきちんと置かれている。

食事も毎食手の込んだものが出され、それが一日の楽しみにもなった。

筆記具はなく手紙を書くことは禁じられたけれど、時間をつぶすために書籍などは差し入れられ

た。――全部、勉強道具のようなものだったけれど。

そうしてエステルは貴族としての知識を身につけながら、その部屋でのんびりと過ごしていた。たまに聴取をしに文官がやって来ることもあったけれど、ラファーガの采配で必ずクリスが同席していた。ラファーガ本人に会うことは叶わずとも、しっかり目を掛けてくれているのだと思えたからへっちゃらだ。

（そうよ。大丈夫。絶対に大丈夫。ラファーガさまを信じて、わたしは、ここで大人しく勉強をしていたらいいのよ）

エステルには新しい夢がある。ラファーガの側で、彼を支えたい。

勉強のスタートはあまりに遅れていて、必死になるくらいで丁度いい。時間はいくらあっても足りないのだ。

――そうして約三週間経ってようやく、エステルは外へ出ることを許された。

正確には、一時的に外に出る必要があった、と言うべきか。

この日、エステルは皆の前で真実を話す機会を与えられた。言ってしまえば、裁判のようなものだ。ラファーガをはじめとした貴族たちの前で、質疑応答を受けなければいけないらしい。

（……状況は、あまり芳しくないみたいね）

そう悟るも、大丈夫だ。ラファーガもきっと、考えがあってのことだろう。これを乗り越えたら、また彼と一緒に過ごせるようになるはず。

連れていかれたのは玉座のある大広間だった。

部屋の中央には赤い絨毯が延び、その先の玉座にラファーガが腰かけている。繊細な天井画に、細かな装飾の天井は高く、大きなシャンデリアがいくつも吊られている。繊細な天井画に、細かな装飾の入っ入った柱。それから、南側には大きな窓が連なり、太陽の光がたっぷりと差し込んでいる。

皇帝の威光を示すに相応しい立派な大広間。中央の絨毯を囲むように、ずらりと貴族たちが並んでいる。皆、緊張した面持ちでエステルを見つめていた。

結局、調査がどうなっているのかはエステルに知らされることはなかった。ただ、調査官らしき者たちが書類を手に控えているほか、事件の当事者であるダグラスとオーフェリアも上座に着席している。

オーフェリアの顔色はすっかりよくなっていて、そこは安心した。命に別状はないと聞いていたし、彼女の見せた症状から、一時的なものではないかと予測もしていた。けれど、実際に回復した彼女を目にすると安心感が違う。

一応、聴取の際、エステルはいくつか可能性のある薬草の名前を提示していた。

オーフェリアに使用されたのは、一時的に人を眠らせる効果のある薬草だろう。いくつか候補は挙げたが、おそらく、その中で最も即効性のあるものだと考えられる。入眠の際、呼吸が浅くなり、症状が出はじめると一気に昏睡状態に陥るため、扱いに注意が必要なのだ。

毒物というよりも、治療薬としての効果を期待することの多い薬草だ。症状が現れるまでの時間を考えると、オーフェリアが会場入りする直前に服用させられていた可能性が高い。

――なんて。そのような見解を述べていたが、合っていたのだろうか。答え合わせをするような気持ちで、エステルは調査官たちに目を向ける。

「先日のオーフェリア様暗殺未遂事件につきまして、調査がまとまりましたのでご報告致します」

（え？　暗殺？）

のっけから驚かされた。

そんなにも大事になっているなど、露ほども思わなかった。エステルはぱちぱちと瞬きながら、話の続きに耳を傾ける。

「オーフェリア様に盛られていたのは、アルン草と呼ばれる薬草です。――この国の西部に多く生育する薬草で、医療にもよく使用されている、比較的手に入りやすいものです」

ああ、やはりと思う。エステルの推察は当たっていた。

アルン草を適量――ないしは、少し多めに摂取した場合、あのような症状が現れる。ファリエナ領では、大怪我を負った竜騎士の傷を縫合する際に用いられることが多かった。一時的に眠らせて治療をするのだ。おそらく、下界でも似たような使い方をすると思われる。

「医療用として使われることが多いのですが、不審な点もございました。まず、オーフェリア様に盛られた薬の量が、あまりに少ない」

調査官の言葉に、ラファーガの眼光が鋭くなる。厳しく問い詰めるような目で睨みつけると、調査官がうっと言葉に詰まる。

一方のダグラスは特に動じていないようだった。オーフェリアと一緒に、さも当然といった顔で毅然としている。

「そして、オーフェリア様がそれを口にした時間。それはおそらく、夜会が始まってからでしょう。――あの場の食事に盛られていた」

「それはどうでしょうか。会場の食事に盛られていたとすれば、オーフェリア様以外にも口にした者がいたのでは？　オーフェリア様以外に症状が出ていないのはおかしい」

クリスが横から口を挟む。彼の意見はもっともで、一部の貴族たちも訝しげな顔をしてみせた。

「ですから、盛られた量があまりに少ない。本来ならば、人体に影響の出るような量ではない。ましてや、会場で口にしたとして、すぐに症状が出るなどありえないのです」

つまり、オーフェリアに何らかの症状が出ること自体がありえない。そんな調査報告に、皆、眉をひそめる。一体どういうことだと、大広間にざわめきが広がっていった。

「何が言いたい」

「ごく少量のアルン草で、オーフェリア様の身体に異変を起こすほどの効能をもたらす――そんなことができる方は、たったおひとり」

まさか、と、皆の視線が一気にエステルに押し寄せる。

緊張で身体が震えた。真実はきっと詳らかにされる。そう信じて待っていたのに、エステルの期待など物の見事に粉砕される。

「エステル様。あなた様は、植物の成長を早め、薬効を強くする力がおありのようですね？」

「それは違いますっ！」

皆の視線が突き刺さり、背中に冷たい汗が流れた。

いや、実際それに近い力は持っているけれど、けっして正しくはない。そもそもエステルの力は、もっと限定的なのだ。彼らの発想が飛躍しすぎている。

「料理に盛られていた少量の薬草。それをオーフェリア様が召し上がったのを確認し、エステル様は魔力を展開なされた」

「オーフェリア様は、わたしの前では何も召し上がっていらっしゃいません。――ご覧になっていた方も大勢いらっしゃるでしょう!?」

虚偽だ。あそこまでの症状が出ていたのに、少量しか摂取していないなどありえない。

しかしエステルの意見は黙殺された。一方的に議論は進められる。

そこにきてエステルはようやく、あの場に居合わせた貴族が、見て見ぬ振りをすることに決めたのだと理解した。そうすることで、真実はねじ曲がる。

「オーフェリア様の体内に摂取された薬草が、エステル様の魔力に反応し、たちまち強い効果を発揮した。そう考えれば、つじつまが合います」

「無茶です！　わたしの魔法に、そのような力はありません！」

そう主張するも、周囲の目にあきらかに疑いの色が滲んだ。

皇都の貴族たちにとって、魔法は未知のものなのだ。ある程度魔力を持ち合わせた人間というのは存在しても、それを有効に利用できる者はほとんどいない。

スクロールが発達しているのもそういう理由だ。エステルのように何もないところから効果を生み出すほどの魔法は、全部まとめて未知で脅威そのものなのである。

彼らが正しく魔法というものを理解できていないからこそ、こうして考えが飛躍する。そのせいで、エステルが罪人になることなどあってはならない。

（わたしは、ラファーガさまのために、わたし自身を守らなくてはならないのに……！）

そう自分に言い聞かせ、キッと周囲を睨みつける。

「わたしの魔法は、確かに植物の成長を促し、薬効を強める力があります。しかし、それは生育状態の植物にしか効きません。成長過程で、植物そのものの持つ力を高める。――一度採取され、煎じられたり調理されたりしたものに影響を及ぼすのは不可能です」

「まさか。我々は、魔法というものは効果を遠隔操作できるものだと知っています。――陛下の力がまさにそうでしょう？」

「陛下のお力とわたしの力は別物です！　魔法は、それぞれが持ち合わせている魔力によって、まるで性質が異なります。陛下のお力と、わたしのものを同列に扱うこと自体が間違っています！」

エステルは必死で主張した。

一歩だって退いてなるものか。そう自分に言い聞かせ、奮い立つ。

「そもそも、わたしが会場の料理に毒を仕掛けることなど不可能でしょう！　クリスだけではありません、あの場に居合わせた皆さまがはっきりと目にしているはず。わたしはオーフェリアさまと話していただけで、料理のテーブルには近付いておりません！」

「――それは、どうでしょう」

調査官は目を光らせる。

まるでエステルがそう言うのを待っていたかのようだった。そして、ずらりと並ぶ貴族たちへ視線を送る。

調査官の視線がピタリと止まったところ――その相手を見て、エステルは目を見開いた。

よく知っている顔だった。こんな場所でも変わらない、いやに派手な色彩の衣装。ぴんっと天に向かって伸びるチョビ髭に、ひょろりとした体つき。

「チャドか」

ラファーガがぼそりと呟いた。裏切り者を見つけたとばかりに、じっと彼を凝視している。

「わ、わた、私めは……っ」

震えながらも、チャドは一歩前に出た。

「か、神に誓って、し、真実をお話し致しますっ」

その声までがガタガタ震えている。これではまるで、チャド本人が罪人みたいだ。

彼は汗をダラダラと流しながら、視線を彷徨わせた。その視線が、わずかにダグラスに向けられたのがわかった。瞬間、ダグラスの顔がほんの少し、強張る。

――ただ、それだけだった。あくまで貴族の一大勢力の長であるダグラスは、自分の感情を他者に読み取らせない。厳しい顔つきをしたまま、静かに様子を見守っている。

「こ、今回、りょ、料理にアルン草の抽出液を盛ったのは、わ、わ、わた、私、が――ヒッ！」

鋭くなったラファーガの視線に相当怯えているのか、声が裏返る。顔色は真っ青で、目の焦点が定まっていない。

「ち、違うのです!!　私は、知らなかったのです!!　あの液体が、毒になるなど」

「そうであったとしても、どうしてでしょうか？」

調査官の問いかけに、チャドはヒイイと跳び上がる。そうして、だくだく流れる汗を拭いながら、一言ひとこと、絞り出すようにして伝えていく。

「そ、それは――お、脅されて、仕方なくっ」

「脅されて？　どなたに？」

「そ、それ、は――」

ゆらりと、チャドの右手が掲げられる。瞬間、エステルはさっと表情を強張らせた。

なぜなら、彼の指先が真っ直ぐ指し示したのは、エステルだったからだ。

「エステル様に！　陛下のご不興を買って、地方に飛ばされたくなければ協力せよと仰せで――！」

「違いますっ！」

エステルが叫んだ瞬間だった。

ばたりと、ラファーガにごく近い位置にいた貴族が倒れた。それに続くように、ひとり、またひとりと膝をつく。

「陛下！」

公式の場だから、名前を呼ぶことはできない。けれども、エステルはラファーガに呼びかける。

正直、怖い。こうも大勢に囲まれて糾弾されることが平気なはずはない。でも、エステルは精一杯微笑んでみせる。

「――っ、わたしは、大丈夫ですから」

「そうか」

ラファーガもすぐに冷静さを取り戻したのか、大きく頷く。そうしてまずは皆の意見が出そろうまで話を聞くことにしたようだ。

「いずれにせよ、チャド。お前は、誰かの命令により、中身すらわかっていない謎の液体を、大勢の者たちが口にする食事にかけたのか」

「……っ、し、仕方がなかったのです！」

「脅されていたならば、何をしてもいいと？　――いや、そもそも」

ラファーガの目が細められる。ぶるぶると震えるチャドから一切目を逸らすことなく、静かに問いかける。

「貴様を脅したというのは、本当にエステルだったというのか？」

証拠も何もない。証明できるすべもない。

魔法という、皆にとって理解しがたい超常現象を利用し、曖昧さを理由にエステルを犯人に仕立ててあげようとする。

ああ、そういうことかと、エステルは理解した。

――この事件の黒幕にとって、エステルが犯人として特定される必要はないのだ。

噂をより大きくして、皆の恐怖を煽る。そして、エステルがラファーガの相手として相応しくないと周囲に思わせればいい。それだけで十分なのだろう。

（――黒幕はおそらく、ダグラス・ノレ・マッサエヌ）

この状況下で顔色ひとつ変えない大人物だ。

彼はずっと、娘のオーフェリアを皇妃にしようと狙っている。エステルを婚約者から引きずり下ろせば、その身分からオーフェリアが選ばれる可能性が高い。

だって、本来、皇妃という存在に愛情など必要がない。

政治的判断さえなされたら、どんなにラファーガが気に食わない相手であっても選ばれる可能性はある。――もしかしたら、彼にとって都合の悪い相手であるエステルさえ引きずり下ろせば、自分の派閥の令嬢であれば誰でもいいとすら思っていそうだ。

ただ、ダグラスの駒に成りえないエステルという存在が、ひたすらに邪魔なだけなのだろう。

「エステル様はファリエナの民！　陛下、やはりお考え直しください！　あんな辺境地の異民族の血は、皇家に相応しくない！」

「――結局、それか」

ラファーガの覇気が強くなる。

「そうまでして、エステルを退けたいか」

本人は抑えようとはしているのだろう。額に手を当てながら、ぶるぶるぶると震えている。まるで自問自答しているようだった。

怒ってはいけない。感情を爆発させてはいけない。それはわかっているだろうに、制御しきれていない。

やがて、固唾を呑んで見守る貴族の中に、また倒れる者が出る。覇気に気圧され、皆の顔色が悪くなっていった。立っていることが難しくて、膝をつく者もいる。

「陛下！」

エステルが再び呼びかけると、彼がハッとした。一瞬目が合ったあと、彼はハハ！　と声を出して笑う。

何が起こったのかわからなかった。どのような形であれ、彼が皆の前で声を出して笑うなど、かつてなかったことだ。

「お前たちはエステルが無力であると言いたいわけだな？　そのためだけに、こんな茶番を」

「茶番などとは！」

「つまり、エステルの有用性を証明すればいい。そういうことだろう？」

ラファーガが喉の奥で笑った。

呆然とする貴族たちの前で、彼は立ち上がる。

「エステル」

そうして、歩き出す。一歩、二歩と前へ。

「陛下！　何をお考えなのですか！　エステル様は危険です！」

「そうです！　陛下に近付き、毒を盛ることだって――……っ」

ばたり、と、最後まで言い切ることなく、またひとり倒れる。

それは圧倒的な力だった。貴族たちがラファーガを恐れる理由がひと目でわかる、防ぎようのない恐怖政治。

ラファーガの凍りついた感情は、貴族たちを守るために培われたものだ。なのに、感情を凍りつかせても、こうして爆発させても恐れられるだけ。彼にはエステルや、誰かを思いやる温かい心があるはずなのに、それがちっとも伝わらない。とても――とても悲しくて寂しい皇帝。

「エステル」

呼びかけられ、弾かれるようにして前に出た。

彼のこんな姿、見ていられなかった。エステルの代わりに、エステル以上に傷ついてくれて――

でもその感情の逃げ場を持て余している悲しい人。

「ラファーガさま！」

あえて彼の名前を呼びながら、その胸の中に飛び込んだ。彼は目を見開き、数秒。やがて噛みしめるように顔をくしゃくしゃにする。

「エステル様！」

「このような場で――なんと不敬な！」

好き勝手言われているけれど、知らない。今、エステルにとってはラファーガが一番大事だった。

「わたしは大丈夫ですから。わたしの代わりに、そんなに傷つかないでください」

「ん――」

あやすようにして背中を撫でると、ラファーガは心地よさそうに目を細めた。そして、もっとと甘えるように肩口に顔を寄せてくる。

そんなエステルたちを見て、周囲はざわめく。

だって、信じられないことが起こっていた。エステルに向けられるラファーガの瞳、表情、そして言葉。そのどれもが、とても柔らかくて優しいものだったからだ。

誰もが信じられないと自分の目を疑っている。

先日の夜会のときは状況が状況だったので、そこに甘さは見られなかった。

けれども、今は違う。ラファーガの頬が、見たこともないほど穏やかだ。

先ほどまでの緊迫感、鋭い眼光もどこへやら。エステルを前にして、どこにでもいるひとりの男のように、表情を緩めている。

やがて、貴族令嬢たちからは感嘆のため息が漏れた。

元々ラファーガの美貌は誰もが知るところである。ただ、その鋭すぎる眼光と魔力を含んだ覇気に圧倒され、恋愛対象として見ること自体難しい相手なのだ。

住む世界の異なる、まるで人ならざるなにか。あくまで遠くにいる人——あるいは、近付けば恐怖の対象と成りえる相手として、遠巻きに見るだけ。

そんな彼が、すっかりと恋に溺れたひとりの男としての顔を見せている。その瞳には甘さが滲み、冷酷な皇帝などには到底見えない。あのオーフェリアですら、そんなラファーガの姿にすっかり目を奪われている様子だ。

「空気が、変わった」

「……苦しくない。っ、苦しくないぞ！」

ラファーガの覇気にずっと威圧されてきた貴族たちにとって、それは衝撃的なことであった。エステルが腕の中にいるだけで、ラファーガの様子がとても穏やかになる。

激昂していた猛獣の牙を引っこ抜いた。——いや、猛獣自らが牙を差し出しているような状態である。

彼が帝位に就きもう七年。エステルという娘だけが唯一、彼の心を慰めることができる人物であると知らしめるには十分な出来事だった。

「エステル、礼を言う。君のおかげで、いくぶんか冷静になれたようだ」

ラファーガの落ち着いた声が、大広間全体に響きわたる。

彼はゆっくり顔を上げ、周囲の貴族たちを見渡した。そして、倒れた者たちを医務室に運ぶようにと冷静に指示を出す。

「エステルの有用性を証明するには、これで十分だろう？」

ラファーガの問いかけに、貴族たちは息を呑んだ。

「——まあ、彼女は違う意味で私の心を乱すから、油断はできぬがな」

などと軽口まで飛び出すものだから、皆、目を剥く。

ラファーガはエステルを抱きあげ、その頬に優しいキスを落とした。まさかの公衆の面前でこんなにも甘い態度を取られるなどと思わず、エステルは目を白黒させる。

一度キスをすると、ラファーガは調子づいてきたのか、二度、三度と至るところにキスをくれた。

しかし同時に、今度は喜びで魔力が溢れそうな勢いで、エステルは慌てて宥める。

「ラファーガさま！　これ以上は、ふたりきりのときに——」

「っ……！」

エステルの言葉が余程刺さったのか、魔力が弾けそうになり、彼も慌てた。

「っ、そ、そうだな……！」

自分の気持ちを鎮めるために、ごほっ、ごほっと咳き込んでみせる。それからエステルを下ろして、大きく深呼吸した。

そうしてふたりは並び立った。背筋を伸ばして、堂々と。

その姿は、まるで丁寧に描かれた肖像画のように馴染んでいた。黒い色彩のラファーガと、甘く明るい色彩のエステル。対照的なようでいて、並んでいるのが当たり前のように感じられる。

そしてふたりの立ち姿に、この国の未来を見る者もいた。

以前とは異なるラファーガの優しい雰囲気。今まで萎縮していた貴族たちが、エステルの存在を認めることによって、以前よりもずっと呼吸のしやすさを感じている。

春の陽射しのように穏やかなエステルの姿に、救いを感じた者はひとりやふたりではなかった。

この国の明るい未来。それを感じさせるなにかが、確かに目の前のふたりにはあった。

しかし、空気感の変化に、ダグラスはいよいよ黙ってはいられなくなったらしい。一歩前に出て、エステルを睨みつける。

「――陛下！　いくらはっきりとした証拠が見つかっていないとはいえども、エステル様が我が娘に危害を加えている可能性を否定できない！　隣に立たれるのは時期尚早では――」

やはりこのようなことでは誤魔化されてくれないらしい。話を蒸し返され、エステルは息を呑む。

――さて、どうしたものかと口を開こうとした瞬間だった。

遠くから、気配がした。

エステルはこの気配をよく知っている。

窓の向こう――ずっと、ずっと遠い空に、耳に馴染んだ鳴き声が微かに聞こえた。

「っ、皆！　窓から離れて!!」

エステルの叫びに、誰もが目を白黒させる。

「早く！」

その尋常じゃない呼びかけで、ようやく動き出す者が現れた。そしてこの危機を察知したのはエステルだけではないらしい。

「お前たち！　今すぐ退け!!」

ラファーガが叫んだ。貴族の列を割って窓側へ走り、剣を抜く。そして空に向かって一閃(いっせん)。

ラファーガの身体から一気に黒雷が広がったのは、大きな窓ガラスが粉々に割れたのと同時だった。砕け散ったガラスの破片を窓の外に吹き飛ばすよう、黒雷が立ち上がる。

窓の側にいた貴族たちは頭を抱え込むようにして一斉に伏せた。吹き飛ばしきれなかったガラスの欠片(かけら)がぱらぱらと飛び散るも、大きな怪我をした者はいないようだ。

「――やはり来たか」

ラファーガが、低い声で呟いた。

太陽の光が燦々と降り注ぐ。壁一面にはめられていた大きなガラスは粉々になり、その向こうには青空が広がっている。

バサバサと聞こえる大型生物の羽ばたく音。赤、緑、黒と様々な鱗を光らせ、空に浮かんでいる。

「――竜!?」

「竜だ！　こんなに多く！」

誰もが目を剥いた。

皇都に住む貴族たちは、最近ようやく銀竜の飛来に慣れてきていた。しかし、ここまで数が揃えば話は別。あまりの恐ろしさに震えあがる。

「銀竜が、他の竜を伴ってきた――！」

その中央。静かにこちらを見つめる銀竜の姿があった。

さらにその隣には、赤竜の背に跨がった長身の男がいる。

「皇よ、見損なったぞ」

最初に声をかけてきたのは、その男だった。燃えるような赤い髪が印象的な彼は、エステルと同じ萌葱色の瞳を険しく細め、こちらを睨みつけている。

「ヘクター兄さま……！」

ファリエナ家の長兄だ。いや、彼だけじゃない。三人の兄たちの他に、ほとんどの若手竜騎士たちが出そろっていると言っても過言ではない。さらに、銀竜をはじめとした相棒を定めていない竜たちまで数多集まり、皇城を取り囲んでいる。

エステルは息を呑んだ。この可能性を考えなかったわけではない。

エステルが監禁されている間、銀竜が黙っているとは思えない。それをきっかけとして、兄たちが皇都へ乗り込んでくる可能性もあった。

それほどまでに彼らの愛情は深い。そもそも、エステル大事さに兄たちがラファーガに牙を剥く未来を回避するため、皇都にやって来たのだ。

(これって、わたしに、嫌疑がかけられたことを耳にしたってことよね)

ふと、ラファーガの方へと目を向けた。エステルの疑問を悟ったのか、ラファーガはしっかりと頷き、肯定する。

「君の様子は、逐一、銀竜を通じて義兄上(あにうえ)たちにご報告をしていた」

そこまで律儀なことをしていたのかと、エステルは感心した。しかし、兄たちは逆上するばかり。

「義兄上などと！　約定を一方的に破棄し！　エステルを傷つけた男に呼ばれるいわれはない!!」

ヘクターの力強い声が響きわたる。それに呼応するように、竜騎士や竜たちが一気に雄叫(おたけ)びをあげた。

うおおおおおお！

ぎゅおおおおおお！　――と、まるで皇都全体に響きわたるような大音量で、皆を圧倒する。

「お、おおおお、終わりだ……！」

「ファリエナ領！　竜たちをこうも自在に……!?」

「辺境の田舎貴族ではなかったのか!?」

貴族たちは大混乱に陥った。腰を抜かした者がほとんどで、ぶるぶると震えながら怯えている。

それは騎士たちも同じようで、皆を護る立場でありながらも動けないでいるようだ。中には竜騎士たちの放つ魔力に圧倒され、そのまま意識を失う者すらいた。——ラファーガの魔力と、同じ現象だ。

そうしてエステルは思い知る。

自分の生まれ育った環境を。ファリエナ領の特殊さを。

まさに、一騎当千なのだろう。兄たちは強いとは思っていたけれど、こうも圧倒的だったとは。

皇都に来る前は、ラファーガが率いる国と刃を交えたら、いくら竜騎士とはいえ歯が立たないと思っていた。

しかし、蓋を開けてみればどうだ。普段は田舎でワイワイ馬鹿をやっている兄たちが、他者を圧倒している。本当にこのまま、皇都を制圧してしまえそうなほどに。

「兄さま、駄目！」

だからエステルは駆け出した。

皇都の貴族たちに手を出してはいけない。ここで戦になれば、きっと大変なことになる。

「ラファーガさまはわたしを護ってくれた！　大切にしてくれたの!!　だから!!」

「煩い!!」

ヘクターを乗せた竜が、ラファーガ目がけて真っ直ぐ滑空してくる。ラファーガも当然身構えるが、戦わせてはいけない。

「駄目よ！　銀竜お願い！　兄さまを止めて！」

銀竜だけは、あくまで傍観者としてこちらを見守っている。エステルが懇願しても彼は動いてくれなかった。まるで、こちらの動きを見定めるように。

だからエステルは走った。蹲る貴族たちの横をすり抜け、剣を構えるラファーガの前に出る。

「エステル！　そこをどけ！」

ヘクターを乗せた竜は勢いのままにこちらへ突進してくる。

それでもエステルはどかなかった。エステルを護ろうとしたラファーガの手を振り切り、さらに前に出る。

「チィッ……!!」

どんっ！　と強い衝撃が走る。

次にやってくるのは浮遊感。誰かがエステルの身体を抱きあげている。逞しい腕だけれど、ラファーガのものとは異なる誰かだ。

「エステル！」

ラファーガの叫び声が遠くなる。

ああ――と思い目を開けた。

エステルの身体は青い空へ向かって持ち上げられている。

竜の背だ。ヘクターに抱きあげられ、竜の背へと乗せられている。

「兄さま……！」

「この馬鹿！　前に出やがって、危ないだろう!!」

「兄さまなら大丈夫だって信じてたもの」

なんて、作り笑いを浮かべてみせる。

そうしてヘクターを乗せた竜は、他の竜たちのいる高さまで浮上した。バサバサと翼を羽ばたかせながら、一様に崩れ落ちた大広間を見下ろしている。

「エステル！」

「ラファーガさま！　――わたしは、大丈夫！」

だから心配しないでと言い聞かせる。

ヘクターの腕の中にいるけれども、どうにかエステルは手を広げた。そうして、他の竜や竜騎士たちに必死で訴える。

「ラファーガさまは何も酷いことをしない！　勝手に決めつけて、これ以上、攻撃をしないで！」

「しかし――！」

「兄さま！」

声を荒らげて皆に訴えかける。

里の唯一の姫君。そして、竜たちの愛を一身に受けている愛し子の言葉は絶大だ。皆一様に押し黙り、どうしたものかと視線を合わせている。

「――チィ！」

ヘクターはわかりやすく舌打ちした。

エステルを奪還した今、これ以上の武力行使は必要ない。そのこともわかっているのだろう。

「おい、皇帝さんよ」

だからヘクターは呼びかけた。

あまりに乱暴な呼び方に目を剥く貴族もいたけれど、それらを睨みつけて黙らせる。ヘクターの魔力はラファーガと同じで、周囲を圧倒する威圧感のようなものがあるらしい。

ピリピリとした空気を纏ったまま、低い声で言い放った。

「アンタが本当にエステルを望むのなら、俺たちを納得させるだけの結果を持ってこい」

ラファーガがぎゅっと唇を噛みしめる。

けれど、彼の方から仕掛ける様子はない。ヘクターの提案は、ラファーガも納得しうるものだったようだ。

「約束を違えてまでコイツを欲するのだとすれば、コイツを護りきる力があることを示せ。それができぬのであれば、古代魔法国家ファリエナの血筋は、竜とともに我らが姫君を護るだけだ」

空を埋め尽くすほどの竜、竜、竜。圧倒的な竜の数に、貴族たちは誰もが言葉を失っていた。

これがファリエナの力だ。

竜に愛され、竜とともに生きる一族の姫君。エステルの背後にあったものの大きさを思い知り、皆、わなわなと震える。

エステルの一声で、彼らが牙を剥く可能性だって十分あったのだ。けれど、そうならなかったのはエステルのおかげだ。エステルの小さな身体には、黒雷帝とファリエナ一族、全てを制御する力がある。誰もがそのことを思い知った。


――ファリエナ領から皇都までの道のりはあっという間だったが、帰りもまた同様だった。

竜たちが連隊をなし、空を飛んでいく。景色は次々と移り変わり、真っ直ぐ西へ向かっていく。

空を飛びながら、エステルは兄たちの話を聞いた。

エステルが侍女として城に向かったことに、違和感を覚えたこと。

里の女たちはこぞって真実を隠したが、皇都からの手紙で真実を悟ったということ。

エステルだけでなく、ラファーガからの手紙が逐一届けられており、そこには毎日エステルがどのように過ごしているのか、事細かに書かれていたこと。

そして、ラファーガがエステルのことを真に望み、ずっと結婚を申し込み続けていたこと。

「――俺たちには、密約がある」

「密約？」

「十年前、結ばれた。先の戦を終わらせるために力は貸したが、俺たち竜騎士の力は安易に利用されるべきものではない。戦争の道具になることだってごめんだ。――だから、あの男が皇帝になっても、俺たちファリエナ領とは互いに不干渉でいようと」

「……不干渉」

彼はエステルのことをたびたび思い出してくれていたようだが、十年間、何の連絡もなかった理由がわかった。

不干渉の密約は、幼かったエステルには知らされず、ファリエナ家と皇家で秘密裏に結ばれた。強すぎるファリエナ家の力が政治利用されぬよう、これからもひっそり生きられるように。

それをどういった神のいたずらか、おそらく、ラファーガも与り知らぬところでエステルが皇都へ引っ張り出された。

皇都はファリエナの里とはまるで違う。人が多くて、物が多くて、新しいものに満ちていて、どこか忙しい。ただそこにいるだけで色々な人の思惑に巻き込まれ、怖い思いもいっぱいした。

不干渉の密約により、エステルは護られていたのだ。それを、今さら思い知る。

（でも――）

胸の奥に宿る想いがある。

一度知ってしまったら、なかったことになんて絶対できない。

だからエステルは後ろを向き、ヘクターの目をじっと見つめる。

「ね。兄さま、わたしね」

エステルはぎゅっとヘクターの服を掴んだ。が、嫌な予感がしたのか、肝心のヘクターの方がひくりと頬を引きつらせる。

「待て。俺にそれ以上聞く勇気はない――」

なんて止められるけれど、従ってあげない。

「ラファーガさまが、好きなの」

「あー！　あー！　ああ――ッ!!」

ヘクターはまるで駄々っ子のように両耳を塞ぎ、目を閉じる。そういった子供っぽいところは相変わらずで、エステルはつい噴き出した。

「ちゃんと聞いて！　すっごくすっごく好きなんだからね！　彼と結婚したいくらい！」

「やめてくれっ！　俺の！　エステルが!!」

あーあーあーっ！　と、彼はずっと大騒ぎだ。

隊列に連なる竜騎士たち。すぐ側を飛行しているユージーンやウォルトにも、エステルの主張はばっちり聞こえていたようだ。

ユージーンは笑顔を凍りつかせたまま動かなくなってしまったし、ウォルトは何やら声にならない声をあげている。

みんながみんな、一筋縄ではいかない。それくらいわかっている。

でも、エステルだって折れるつもりはない。

「ラファーガさまは、すごいのよ。だからきっと、すぐに迎えに来てくれる」

――ただ、信じて待つだけだ。

竜たちはものすごいスピードで飛行していく。午前に皇都を飛び出したはずなのに、まだまだ明るいうちに竜峰ヤルクアーシュの姿が見えてきた。

行きもあっという間ではあったけれど、帰りだって同じだ。これが陸路であれば何日もかけて行き来するところが、竜に跨がればこのスピード。

ファリエナ家の力が脅威とされるわけだ。このような存在、本来、国が放っておくはずがない。

それなのに頑(かたく)なに密約を守ってくれていたのは、ラファーガが律儀だったからだ。

(でも、今は――その密約が壁になっている)

エステルは、彼の役に立ちたい。

兄たちの思いだって理解できているつもりだ。それでも、エステルはこの繭の中にくるまれたまま過ごすのは嫌だった。

広い世界に、一歩踏み出したい。そして、その勇気はラファーガがくれた。

「お前はここで待っていろ」

「っ!?　ちょっと、ヘクター兄さま!!」

里に着くなり、実家の倉庫へと強引にエステルは押し込められる。

そこは小さな窓があるだけの暗い空間だった。武器庫になっていて、物騒な武器が所狭しと並べられている。モノがモノだけに厳重に保管されているようで、出入口となっている扉は重い。

（ここで、反省しろってこと？）

閉じ込められる意図がよくわからない。

だって、もしラファーガが迎えに来てくれるとしても、皇都とこの辺境領はかなり距離が離れている。すぐに来られるはずがない。

（……まったく、兄さまったら！）

もう少しちゃんとエステルの話を聞いてくれてもいいと思う。

ぷりぷりと怒りながら、高い位置にある小さな窓を見上げた。

（でも、兄さま、随分急いでいる様子だったわ）

エステルに説教するならば、すぐさま家に連れていき、父を含めた全員で取り囲みそうなのに。

そういえばエステルをここに入れたとき、ヘクターはいくつか武器を持ち出していった。

遠くの空から、男たちの怒号が聞こえる。まるで焦っているような、何かを警戒している様子だ。

（……もしかして、ラファーガさまがスクロールを使ってやって来た、とか？）

ちら、とその可能性を考えたけれど、すぐに否定した。

（いやいや、ないよね。さすがにそれは）

ワープのスクロールはとても貴重なものだ。皇都へ行って、その貴重さをより実感した。

それに、スクロールを使用したとして、飛ばせるのは少人数。ファリエナ領に対抗するだけの人数を飛ばすことなど不可能なのだ。

この国の皇帝であるラファーガが、供を連れてこないなどありえない。かつて、身分を隠して戦場から逃げてきたときとは違うのだ。

いずれ来るにせよ、軍を引き連れて陸路から来ることを選ぶはず。どうあっても時間がかかるに違いない。

そう思うのに。――ここはやはり、ヘクターの竜騎士としての勘のようなものが働いたのだろう。

エステルはすぐに、ヘクターが慌てて出ていった意味を知ることになる。

エステルが倉庫に閉じ込められてしばらく、バチバチッと倉庫内が光に照らされたかと思うと、遅れてとんでもない轟音（ごうおん）が外から響いてきたのである。

ふと、小さな窓を見上げる。

そこには真っ青な空が微かに見えていた。しかし、まもなく、目を開けていることも難しいほどの眩（まばゆ）い光が飛び込んできた。

「っきゃあああ！」

光を直視してしまい、エステルは悲鳴をあげる。何が起こったのかわからなくて、手で顔を隠しながらしゃがみ込む。

遅れてまた大きな爆発音のようなものが轟き、エステルはハッとした。

まだ目がチカチカしているけれど――もしかして、とも思う。

あの物理法則を無視した光の走り方、エステルには覚えがある。

（もしかして、もしかして――……!!）

胸の奥がぐっと熱くなる。

（ラファーガさま、こんなに早く迎えに来てくださったの!?）

◇　◇　◇

竜たちが飛び去っていった直後、玉座のある大広間は静まりかえっていた。

信じがたい事態に誰もが言葉を失い、本来大きな窓が並んでいたはずの南の方向を見つめている。

あれは夢だったのか？　と思えるほどのよく晴れた青空。

無残に崩れ落ちた南側の壁。ぼろっ、といまだに壁の一部が崩れ落ち、大広間全体に音を響かせる。その音に、これが現実の出来事なのだと思い知らされた。

城をぐるりと取り囲むほどの圧倒的な数の竜。あの光景が目に焼きついて離れないのだろう。

最も窓の近くに立っていたラファーガは、ゆっくりと皆の方へ向きなおった。青空を背に立つ黒い装束の彼に、皆が一斉に目を向ける。

エステルを抱いていたときとは一変、冷酷な皇帝という名の通りの厳しい表情をしていた。

「――ダグラス・ノレ・マッサエヌ」

「……………はっ」

「これでもなお、エステルの力が及ばないと申すか?」

「い、いえ……そ、それは……!!」

圧倒的な力の差。彼らがその気になったらどうなるのか、この場に居合わせた貴族たちは、それを嫌でも実感することとなった。

「ファリエナ領は、ファリエナ領主の厚意で、この国のいち領地として収まってくれていただけだ。独立しようと思えばいつでもできる。エステルに不当な嫌疑をかけて、この程度で済んだだけ助かったな」

「ふ、不当、など……」

ダグラスの言葉は震えていた。さすがのダグラスも、この状況下では冷静さを保てなかったらしい。

「オーフェリア嬢」

「っ――!」

まさか自分が声をかけられるとは思わなかったのか、オーフェリアの表情が真っ青になった。

「これを見てもなお、自分の方が、私の相手に相応しいと申すか？」

「そ、それは――」

「かのファリエナとの関係性に積極的に罅を入れたがるような娘が、皇妃に相応しいとでも？」

「ち、ちが――……わたくしは!!」

何かを訴えようとしても、できないらしい。

「わた、わたくし、は、し、知らなく、て……！」

ガクガクガクとオーフェリアは震え、それ以上言葉にならない。これでは、自分が犯人だったと語るに落ちているようなものだ。

まず間違いないとは思っていた。

（自作自演、だったのだろうな）

彼女は事前に自らアルン草を摂取し、頃合いを見てエステルに話しかけたのだろう。おそらく、昏睡状態に陥るだけの分量を計算して。

彼女を調べた医師や一番近くにいた騎士など、ダグラスの息がかかった者が要所要所に配置されていた。聴取を受けた者が少しずつ事実をねじ曲げていけば、原因を特定しきれないようになっていた。真実をぼやけさせさえすれば、強い魔力を持つエステルの力のせいなのではと疑う者は必ず現れる。

人は自分が理解しえないものへの見方が厳しくなる傾向がある。

ファリエナ領民の魔法がその最たるものだ。彼らが積極的に外に出ないようにしているからこそ、謎は謎のまま。ラファーガのせいで、強すぎる魔力は人へ攻撃的な作用を及ぼすという先入観もあって、余計に彼女を疑う目は多かった。

でも、それは違う。

ファリエナ家の兄たちのせいで、ファリエナ領がより恐ろしいものとして目に映った可能性はあるが——逆に言えば、そのおかげでエステルの性質が際立ったはず。

彼女は味方につけるべき人物である。

ファリエナ領の者たちから、皇都の貴族を守るために一番に動いた。

竜たちを宥めて、これ以上被害を拡大させないようにした。

ラファーガの覇気だって、彼女が側にいれば緩和できることもわかっただろう。

魔力を持つ不可思議で恐ろしい存在を制することができるたったひとりの娘。しかも、どう見ても純朴で取り込みやすそうだ。

彼女を味方につけた方が与(くみ)しやすそう。——この状況を鑑みて、そう考える貴族は少なくないはずだ。

（まあ、実際は結構頑固なんだがな）

あのぽややんとした笑顔の裏で、しっかりとした強い意志を秘めている。だからこそ、ファリエナ領の兄たちや竜も、彼女のことを気に入っているのだろう。

「それで、チャド？　お前を脅して、夜会の食事に毒を混入しようと提案したのは誰だったか――？」

「あ、ああ、あ……っ」

答えられないだろうな、と思う。

エステルを陥れようとするということは、あのファリエナの竜騎士たちを敵に回すということを思い知ったはずだ。この小心者に、そのようなことができるはずがない。

「さあ、答えろ、チャド。――一体、誰の指示だ？」

ガクガクガクと焦点の合わないままチャドは震えあがり、やがて、崩れ落ちる。

「…………ダグラス・ノレ・マッサエヌ様、です」

――さあ、これで皇都は片がついた。


ラファーガは大広間を出て駆け出した。後ろからクリスも追いかけてくる。

「クリス、あとのことは任せていいな」

「陛下、まさか――！」

「ファリエナと話をつけてくる。彼らは、待ってくれないだろうからな」

「そんな！」

驚愕するクリスに向かって、走りながらこの後の指示を出していく。マッサエヌを押さえたし、他の貴族も黙らせた。だから、あとはクリスに任せても問題ないはずだ。

「おひとりで行かれるつもりですか!?」

「あれは、ひとりで来いという意味だろう」

求められているのは理屈ではない。エステルの兄たちが納得するだけの力だ。

クリスの制止を振りほどき、倉庫に保管してあった稀少なワープのスクロールを掴み取る。

力を示せ、と、エステルの兄――つまり、ファリエナ次期領主は言った。あの領地での力というのは、スピードも含まれていることなどわかっている。

ラファーガは無理難題を押しつけられたのだ。

本当にエステルがほしいのであれば、すぐさま事件を解決し、彼女を取り戻すために力を見せなければいけない。

「――待ってろ、エステル！」

ビリ！　と、ワープのスクロールをひとりで破く。

空は恐ろしいくらいに晴れていた。遥か高き竜峰ヤルクアーシュ。青空を背に、その高き峰の存在感に圧倒される。

ああ、久しぶりに見るこの景色。

この竜峰ヤルクアーシュの麓で、彼女と出会ったのだ。

遠くの空を悠々と飛行している竜たち。どこかざわしているのは、きっと彼らがこの事態を把握しているからだろう。

あの日もそうだった。突然現れた傷だらけのよそ者を警戒している竜は数多いた。かの銀竜を中心に、じっとこちらの様子を窺っていたのだ。

（まあ、今は、以前と状況は違うがな）

竜たちが落ち着きのない様子なのは、おそらく、先ほどまで皇都に来ていたからだろう。

かなりの速度で戻ってきたようだ。ゆっくり旅をして一ヶ月、早馬でも一週間ほどかかる距離を、彼らならばものの数時間で移動してしまえるらしい。その機動力に舌を巻きながら、ラファーガは里の向こうを見る。

「――随分と早かったな」

数時間前まで、皇都で対面していた赤毛の男が立っていた。長身で必要な筋肉をしっかりつけた彼の立ち姿には凄みがある。

その左右にも、赤毛の涼やかな目をした男と、エステルとよく似た顔立ちの青年が立っている。

彼らが、エステルの三人の兄のはず。お互いさまだが、こうして見ると十年前からはかなり成長している。

「ラファーガ・レノ・アスモス・サウスアロードだ。貴殿たちの要請に従い、力を示しに来た」

「ほォう？　皇都はどうなった？　結果を示せと言ったが」

「解決してきた。犯人も黒幕も特定し、捕らえている。――ほとんどの貴族がエステルについた」

男の纏う空気に緊張感が走る。

――ああ、とラファーガは思った。周囲の者たちがラファーガに感じる覇気。それはおそらく、彼の纏うものと似ているのかもしれない。

バサ、バサ、と翼を羽ばたかせ、多くの竜たちが様子を見に集まってきた。その中に、かの銀竜も交じっている。いつもエステルを見守っているようで、ラファーガをじっと見つめてきた、あの聡明な竜だ。

エステルに会いに皇都へとやって来ているのかと思っていたが、それもどうも違和感があった。

なんというか、まるでラファーガの方が見定められているような感覚だったのだ。

（エステルに相応しい相手かどうか、見極められていたのか）

そして、ラファーガはまだ力を示せていないと思う。

であるならば、この場で証明するだけだ。

「私はエステルを妃に望む。彼女との婚姻を認めてくれ」

「……」

中心に立っている男が眼光を強くする。

「ファリエナ家長兄、ヘクター・イアロ・ロッタ・ファリエナだ」

名乗ってくれたところを見ると、皇都での事件解決については一定の評価を得たらしい。まだ彼の纏う空気は厳しいままだが、手にしていた槍の柄で、トンと地面を打ち鳴らす。

「次兄ユージーン・ヨルン・ロッタ・ファリエナだよ。まったく、可愛いあの子を攫いに来たのが、こんな愛想のない男だなんてね」

涼やかな目をした優男風の者が次兄らしい。細身でありながら、長剣を軽々と振り回し、こちらに突きつける。

「三兄ウォルト・ノーゼ・ロッタ・ファリエナ。——ま、ここに来たってことは覚悟を決めてきたってことでしょ。じゃ、しっかり試させてもらおうよ」

そしてエステルに似た三兄は、他のふたりよりもやや小柄な青年だった。ただ、かなり大振りの斧を担いでいるところを見ると、相当な力がありそうだ。そしてその自信が表情にも滲み出ている。

「我らファリエナ三兄弟！　エステルがほしいというのなら、俺たちを倒してみせろ！」

「——望むところだ」

これくらい当然、想定していた。だからラファーガも腰に佩いていた剣を引き抜く。

「悪いが、魔力の扱いに慣れていないのでな。手加減はできない」

「——ハッ！　いつまでその余裕が続くかな！」

トンッ！　とヘクターが跳躍した。それが仕合の合図となる。

ヘクターの相棒——赤竜が空から滑空してきて、彼をさっと背に乗せた。同じように、ユージーンは青、ウォルトは緑の竜の背に跨がる。

三位一体、上空から一斉に攻撃を仕掛ける。ラファーガは剣を構えたまま、体内から一気に魔力を放出した。

同時に仕掛けられると一見避ける場所はないが、大丈夫。

「ハアッ！」

黒雷を地面に放つ。それから放電する進行方向を上に誘導した。

「っ!?」

最初に反応したのはウォルトだった。彼は顔色を変え、スピードを緩める。

本来彼が降りるはずだった場所の地面から、まるで柱のように黒雷が噴出し、上空へと立ちのぼる。バリバリバリ！　と音を立てながら、周囲を照らした。

「ったく、黒い光って何さ！　随分デタラメな存在だよね!?」

ウォルトは体勢を立て直しながら、兄たちのあとを追う。彼が戻ってくる前に、ヘクターとユージーンを切り崩したい。

まずは射程の長いヘクターだ。彼の槍の軌道を読み、剣で受け流す。すぐ横を竜が飛び、ものすごい風圧でよろけそうになるが、その流れすら利用してみせた。

くるりと身体を反転させ、剣を振る。ヘクターも槍で受け止めるが、瞬間、黒雷を武器に伝わせた。

「っ！　チイ!!」

ヘクターはすぐに槍を引っ込め、ポンッと逆の手に持ち替える。

普通だととっくに気を失っていてもおかしくないものだが、やはり魔力に対する強い耐性があるのだろう。ペロリと舌を出し、やるじゃねえかと笑っている。

「あーあ。これは僕も、ちゃんとやんなきゃだなあ！」

ユージーンがそう言うなり、地面から一気に爆風が巻き起こった。ラファーガの身体が持ち上がるほどの強風だ。

「魔法か！」

自在に魔法を使える相手との戦闘ははじめてだった。どうやらユージーンという男は、風を操れるらしい。

「なんでもありだな！」

自身にも似た能力は備わっているが、相手にすると本当に厄介だ。

しかし、浮き上がった身体をどうしたものかと思う。このままでは地面に叩きつけられ、無傷ではいられないだろう。

顔色を変えながら、くるりと体勢を入れ替える。そして吹き飛ばされた進行方向に、あるものを見つけた。

「――ああ、いいな。君たちも協力してくれっ！」

竜だ。

相棒のいない単体の竜が、ずっとラファーガたちを見守っていた。

どうやらこの戦闘を楽しんでいるようで、ラファーガが吹き飛ばされてきても動じたりはしない。

「そこを動くな！」

こちらの言葉を理解できるとは思っていなかった。しかし、ラファーガの呼びかけに呼応し、竜はその場で滞空してくれている。

何をやる気だ？　——いや、やってみろ、とばかりにラファーガを見定めていた。

「助かる！」

ラファーガはその竜の背を足場に、跳躍する。

一頭、二頭、三頭！　——そうしてヘクターの頭上から斬りかかる。しかし相手はやはりファリエナ家の長兄だ。ラファーガと同じように覇気を放出し、渾身(こんしん)の力でもって槍を薙(な)ぎ払(はら)う。

跳躍中のラファーガに逃げ場などなく、正面から受け止めることしかできない。剣の腹を押さえる形で、両手で衝撃に備える。

「っく……！」

とんでもない力だった。

全身に響くような重たい一撃。ラファーガの身体は再び宙に投げ出される。

（まずい、このままでは——！）

やはりファリエナ領の竜騎士というわけか。一般の騎士たちを相手にするのとは訳が違う。ヘクターにはおそらく、自分の力を強化するような力が備わっているのだろう。でなければ、このような馬鹿力、人間離れしすぎだ。

（そこに、竜と弟たちか）

分が悪い。悪すぎる。

正直、善処したから認めてくれるような生やさしい相手ではないことはわかっている。

本当にエステルがほしければ、この三人相手にきっちり力を示さなければいけない。――そしてそれには、力が足りない。

冷たい汗が流れた。どうにかこの状況を打破できないかと、吹き飛ばされながら周囲を見る。

そのとき、ふと、目が合った。

ずっと、ラファーガのことを見つめていた銀竜と。

この状況下で、他の竜たちのように楽しそうに観戦しているわけでもない。今も、ずっと、ラファーガを見定めようとしている。

十年前から、この竜とも縁があった。エステルの一番側で彼女を見守っていた――おそらく、彼女のことを最も大切にしている特別な竜。

黒い瞳には聡明な光をたたえ、じっとこちらを見つめている。

「銀竜よ！　いつまで傍観者でいるつもりだ！」

だから、ラファーガは声をかけた。

遊び感覚でラファーガの足場になってくれている竜たちの背を渡り、真っ直ぐ彼を目指す。

「エステルを泣かせたくないのなら、私に力を貸せ！」

半ば強引に銀竜の背中に到達し、膝をつく。

銀竜はまだ、ラファーガのことをじっと見つめているようだ。振り返るように頭をこちらに向けた銀竜に呼びかける。

「エステルの幸せは、私の側にある！　だから、私はここで負けるわけにはいかないんだ!!」

その叫びは、彼女の兄たちに火をつけるには十分だったらしい。

「ほおお？」

「随分自信があるみたいだね？」

「殺す。アイツ、ぜってぇ殺す！」

ピキピキと額に青筋を浮かべながら、三兄弟は揃って攻勢に出る。

「銀竜！　私に力を！」

はじめて直接懇願した。

黒曜石の瞳は、いまだにラファーガを見つめている。見つめ続けてしばらく――ようやく、彼はゆっくりと前を向いた。

――自分について来い。

そう呼びかけられたような気がした。銀竜の目の色があきらかに変わり、エステルの兄たちを標的として定めている。

「行くぞ！」

ラファーガは剣を掲げ、そこに黒雷を纏わせた。

こちらだって容赦はしない。そう思いながら、剣を天へとかざす。

轟音が鳴り響き、黒い稲妻が放出されたのだった。

◇　◇　◇

「――っ！　開かない！　もう！　どれだけ頑丈なのよっ!!」

がん！　がん！　と何度体当たりをしても、倉庫の扉は開きそうにない。

武器庫の中だからと色んな武器で叩いたり切りつけたりしてみても、エステルの手が痛くなるだけ。まるで意味がない。

外からは何度も雷鳴が轟き、まず間違いなくラファーガが来てくれていることを悟った。

（これ、戦ってるよね！　どう考えても、兄さまたちと戦闘しているわよね!?）

状況的に、かなり長期戦になっているようだ。

（いくら相手がラファーガさまでも――ううん、ラファーガさまだからこそ！　手加減しないよ!?

うちの兄さまたちは!!)

顔面蒼白だ。

無駄に頑丈な兄たちは、まあ生きてさえいれば大丈夫だろうけれども、ラファーガに怪我などあってはいけない。

(薬草! ううん、先に止めに行かなくちゃ! ああもう、どうやって出ればいいの!?)

どうしようもなくて、完全に錯乱している。考えが行ったり来たりで時間ばかりが過ぎていく。

「誰か! 誰かここから出して――!」

近くに人がいないのか、どんなに叫ぼうと状況は変わらない。

「竜たち! 近くにいないの!? お願い! ここを!!」

竜たちも同じだ。きっと、こぞってラファーガたちの戦いを見守っているのだろう。竜騎士たちの訓練でもそう。そういう土地柄だ、ここは。

(案外みんな、楽しんでいたりして! ――もうっ、気付いて! こっちに気付いてよ!!)

内側から開けられないとすれば、外から開けてもらうしかない。

どうにかして、外の人間に呼びかけなければ。そう思いながら、必死で伝える方法を考える。

(――そうだ!)

声が届かないのであれば、他の手段を使うしかない。

だからエステルは、自分の中に眠る魔力を練る。

ぐるぐると、体内に渦巻く魔力をかき集める。普段は植物の性質を凝縮するために使用する魔力たち。それを薄く伸ばし、天へ届けるイメージで――！

（緑よ。わたしの近くにいる植物たちよ。どうか――どうか、力を貸して！）

解き放つ。小さな窓から一気に、外へ向かって！

――それは、まさに圧巻と言うべき力だった。倉庫を取り巻く緑たちが一斉にエステルの呼びかけに応えてくれる。

ぐんぐんと背を伸ばす緑によって、窓から差し込む光が遮断された。

普段はあまり、背を伸ばすことには注力しないようにしているため、こういった魔力の使い方ははじめてだ。本来ならば縦に伸びるはずのない緑たちが、エステルの力に呼応してぐんぐんと背を伸ばしていく。

うまくいった。倉庫の周囲を取り巻いていたただの雑草が、あっという間に倉庫の高さを遥かに越えていく。

（よし！　もっと、もっと伸びて！　伝えて！　わたしのことを!!）

きっと向こうにラファーガがいる。彼が戦っている。

彼なら絶対に、こちらに気付いてくれると思うから！

◇　◇　◇

それは、里のどの位置からも見えるような異常事態だった。

村の一角に、木とはまた別の謎の植物がぐんぐんと背を伸ばしていく。

銀竜の背に乗りながら、ラファーガは遠くにその緑を見た。そして、瞬時に理解する。

（エステルだ！）

まるで彼女が自分の居場所を訴えかけているような状況にラファーガは眉を吊り上げる。

「――エステルを、閉じ込めたのか」

「戦闘になるとわかっていたからな。ここは危険だ」

「だとしても、彼女の意思を無視して！　それで、彼女のことを大切にしているとぬかすのか!!」

「煩い！　全部エステルのためだ！」

ラファーガの訴えに、ヘクターも全力で反論する。

「エステルのためだと……？」

そのような一方的な決めつけで、彼はエステルの未来を絞っていく。

エステルは、ラファーガと出会って世界が広がったのだと喜んでいた。その喜びが、彼女にとってよくないものだと決めつけるのか。

「それは、エステル可愛さにあなたがそう望んでいるだけだろう！　エステルの未来のためだと都合のいい言葉に置き換えるな!!」

「！」

ラファーガの怒りは膨大な魔力となる。彼を中心に放出された黒雷。それがヘクターたちに向かって伸びていく。

ラファーガの言葉に気を取られていたヘクターは、反応が一瞬遅れたようだ。

「この程度！　避ければ何の問題もない！」

焦りながらも、黒雷を迎え撃とうとする。

すでに黒雷は何度も披露している。だから、ヘクターたちもおおよそどういう動きをするのか読めてきたのだろう。相棒の竜たちとともに黒雷を避けようと動く。

しかし、このときばかりはそれがうまくいかなかったらしい。ラファーガの放った黒雷が、予想以上に大きく膨れあがったのだ。

「何!?」

黒雷は三人の兄たちを呑み込み、その身体を貫いた。

あまりに大きすぎる魔力だった。それを放ったはずのラファーガ自身も、何が起こったのか理解できていなかった。けれども、深く考えている時間はない。

「銀竜！　あの緑の場所へ！」

自らが跨がる銀竜に呼びかける。

銀竜は、一度ラファーガを見返すも、すぐに指し示す先に視線を移してくれた。そして一気にスピードをあげる。

「待てっ！」

後ろから呼びかける声が聞こえたが、掠れている。先ほどの一撃はそれなりのダメージを与えられたらしい。すぐには追ってこられない様子だ。

飛行しながらラファーガは、ひとつの結論に辿り着いた。

「——今の魔力の膨張、まさか」

予測すらできなかった爆発的な魔力。その原因は、ひとつしか思い当たらない。

「君か」

イエスも、ノーもなかった。

ただ、銀竜は黒曜石のような美しい瞳で、前を見据えるだけ。それは肯定のように思えた。

いよいよ、彼女のいるらしい緑の建物に辿り着く。

「エステル！」

銀竜の背から飛び降り、草を薙ぐ。

小さな建物をぐるりと覆う膨大な緑。それを必死で払いながら、ラファーガは何度も呼びかけた。

「エステル！」

「——さまぁ！」

「！」

微かに、彼女の声が聞こえた気がした。

ああ！　と、ラファーガの胸が熱くなる。彼女はここにいる。ちゃんといる。

今日、この手からこぼれ落ちたはずの愛しい存在が、そこに！

「扉から離れていろ！　エステル！」

そう呼びかけ、ラファーガは魔力を込めた一撃を扉に叩き込む！

けたたましい音を立てながら、重たい扉が崩れ落ちていった。一気に埃が舞い上がり、倉庫の中は見えない。

しかし、時間とともに埃は散り、代わりに太陽の光が差し込んだ。

ストロベリーブロンドの髪が揺れた。彼女の甘い色の髪は、太陽の光を受けてきらきらと輝いている。愛しい娘が、衝撃から身を守ろうと倉庫の奥に蹲っているのが見えた。

「エステル」

彼女の名前を呼んだ。

もう大丈夫かと、彼女がゆっくりと顔を上げる。

萌葱色の瞳がわずかに揺れていた。きっとここから出ようと奮闘したのだろう。髪はくしゃくしゃに乱れていて、ドレスの袖も裾も汚れてしまっている。

こんな暗い場所に閉じ込められて、さぞ心細かったことだろう。だからラファーガは、すぐさま倉庫の中へと足を踏み入れた。

「エステル、待たせた」

「ラファーガさま」

彼女がゆらりと立ち上がる。

「ラファーガさま……！」

そして彼女もまた大股で駆け出し、この腕の中に跳び込んできた。

◇◇◇

「ラファーガさま……っ！」

そう言って跳び込んだ腕の中はあったかい。力強い抱擁が返ってきて、エステルは彼に縋りつく。

「ラファーガさま、ラファーガさま……！」

「ああ、エステル！」

きっと迎えに来てくれると信じていた。

けれど、いざひとりでこんな場所に閉じ込められていると、やっぱり弱気になっていたらしい。

あとから恐怖が込み上げ、同時に凪いでゆく。

「すまない、遅くなった」

「全然！　早すぎるくらい。驚きました」

「――君のことだからな」

そう言ってラファーガは髪を撫でてくれる。

「あっ……」

そこでエステルは気がついた。髪もドレスもくしゃくしゃで、ラファーガに見せられるような状態ではない。

（わたしっていつもこうよね……）

このところラファーガの前では、酷い格好ばかりしている気がする。

だから田舎貴族だと馬鹿にされるのかと反省しつつ、顔を上げる。だが、すぐにエステルは自分のことばかりを気にしている場合ではないことに気がついた。

「ラファーガさま！　その傷！」

コートは何カ所も破け、そこから見える肌には血が滲んでいる。頬に、肩に、腕に、脇腹に――あまりにも無残な姿に、エステルは顔色を変えた。

「ああ。そうか、怪我をしていたか」

「ああそうか、じゃないですよ！　すぐに治療をしないと！」

彼の手を引っ張って、倉庫を出る。

家ならエステルの薬の在庫もあるはず。傷口を綺麗にしてすぐに手当てをしよう。――そう思ったところで、エステルは足を止める。銀竜と目が合ったのだ。

彼だけが、ラファーガと一緒にこの倉庫まで真っ先にやって来てくれたらしい。

ただ、どうもいつもと様子が違う。静かに見つめてくる聡明な瞳に、何か特別な感情が浮かんでいるような気がした。

「っ、あなたも怪我をしたの？」

ギュルルル、と銀竜が否定した。

そこで理解をする。

「もしかして、あなたがラファーガさまを助けてくれたの？」

そうだよ、と彼の瞳が言っている。エステルはなんとも不思議な気持ちになって、銀竜とラファーガを比べ見た。

「君の相棒はとても聡明で勇敢だな。すごく、助けてもらった」

「相棒ではなく、お友達なんです」

相棒という言葉は、竜騎士たちが使う言葉だ。安易にエステルが言っていいものではない。

竜騎士は竜と特殊な契約を結び、その瞬間に生死をともにする運命共同体となるのだ。

里の女で竜騎士の契約を結ぶ者はほとんどおらず、エステルだって同じだ。この銀竜はエステルととびきり仲良しだけれど、契約を結んだわけではない。

「でも、そっか。ありがとうね、銀竜。ラファーガさまを助けてくれ――銀竜？」

ふと、銀竜がラファーガを見つめていることに気がついた。黒曜石の瞳を、真っ直ぐに彼に向けている。

どうしたの？　と訊ねる前に、銀竜が動いた。

ギュオオオオオ！　と、普段物静かな銀竜が、盛大に雄叫びをあげている。その声は、遠くの山々にまで届いたのか、鳥たち、そして竜たちまでもが驚きで一斉に飛び立つほど。

そうするうちに、銀竜の額に光が集まっていく。

「まさか……」

エステルはこの光景を何度も見たことがあった。一対の竜と人。竜が己の心を託すように額に光を集め、やがて目の前の人へとそれを渡す。

どうして今まで、銀竜がこうもラファーガのことを気にしていたのか理解した。

彼は、見定めていたのだ。ラファーガが自分の相棒たりうるかと。

そして彼は決めたのだ。目の前のラファーガを、生死をともにする相棒にすると。

エステルは表情を引き締めた。

銀竜、そしてラファーガにとって、大事な決断をする場の立会人にならなければいけない。このファリエナの里の者として、この神聖なる場に立ち会えるのはとても光栄なことだ。

「ラファーガさま、銀竜を相棒と定める覚悟はありますか？」

背筋をピンと伸ばし、前を見る。そうしてラファーガに問いかけると、彼はハッとした。瞬時にその意味を理解したらしく、ごくりと息を呑み、頷く。

彼に迷いはなかった。銀竜に向かって手を伸ばし、優しく語りかけた。

「――俺とともに、エステルを護ってくれるのか？」

ギュルル、と銀竜は機嫌よさそうに鳴いた。その返事に、ラファーガは眩しそうに目を細める。

彼らの中で結論は出たようだ。銀竜が首を曲げ、ラファーガへと額を近付けていく。こつん、とラファーガの額に当たった瞬間、銀竜の光がラファーガへと移っていった。

白とも白銀とも言える眩い輝き。それらがラファーガの身体を包み込む。

地面から風が巻き起こり、濡れ羽色の髪がふわりと靡（なび）く。黄金色の瞳を細め、ラファーガはその光に身を委ねていた。

「――――……っ」

やがて、彼を包み込んでいた光がゆっくりと集束していった。

ラファーガは静かに、そして深く呼吸をしてから、ゆっくりと瞼を持ちあげる。

「――不思議なものだな。銀竜、君の瞳に映る世界は、こうも綺麗なのか」

竜と契約した竜騎士は、相棒の竜の考えていることが、ふんわりとわかるようになるのだという。正確には、竜の瞳に映る世界を理解できるようになるのだとか。

竜騎士でないエステルには、それがどんな感覚なのかちっともわからないが、ラファーガは興味深そう世界を見つめて笑っている。

さらにエステルを見つめ、どこか眩しそうに目を細めてからほうと吐息を漏らした。

「なるほど、竜たちの姫君か。君がますます綺麗に見えて困るな」

などとしみじみと呟いている。

今のエステルは、一体どういう風に見えているのだろう。居たたまれなくなって、一歩、二歩と後ろに下がると、彼は楽しげに微笑んだ。それから銀竜に視線を戻す。

「——これからよろしく頼む、銀竜」

ラファーガが嬉しそうに銀竜を撫でると、銀竜はとても気持ちよさそうに首を擦りつけている。

（まさか、こんな形で竜騎士が誕生するだなんて）

竜とともに生きるファリエナ領では、最も喜ばしい出来事だ。しかも、ずっと相棒のいなかった銀竜が認める相手が現れるだなんて、こんなにもめでたいことはない。

「おめでとうございます、ラファーガさま。それに、おめでとう、銀竜」

キュルルル、と銀竜は口笛のような高い声を出した。澄ました表情をしているけれど、これはとても上機嫌なときの鳴き声だ。

「ふふっ。ではふたりとも、まずは家に戻りましょうか。治療しないといけませんし。あとは——もしかして、兄さまたちも？」

「え？　あ。あー……そう、だな」

ようやくその存在を思い出したのか、少しだけラファーガの歯切れが悪い。

「兄さまたちと、戦ったんですよね？」

「…………………すまない」

非常に言いにくそうに、ラファーガが微かな声で謝罪する。それがなんだかおかしくて、エステルはくすくすと笑った。

「何も謝ることなんてないですよ。どうせ兄さまたちが無理難題をふっかけたのでしょう？――いつもなんです。わたしに近付こうとする男の人を、ことごとく追い払ってきて」

と、そこまで言ったところで、向こうの空から近付いてくるものがあった。

赤、青、緑。その他、色とりどりの竜たちだ。

だんだん声が大きくなってくる。エステルを呼ぶ兄たちの声と、あとは里の皆のものだ。事の顛末を見届けたいらしい他の竜騎士たちも冷やかしにこちらに向かってきているようだ。

さらに地上からは、キャッキャと明るい声まで聞こえてきて、里の女たちまでここへ集結してきているのがわかった。

「ラファーガさま、わたしね――兄さまたちの過保護すぎるところ、正直迷惑だって思うことも多いし、今だってラファーガさまに酷いことをしたの許せないですけど」

口を尖らせながらエステルは呟く。

「おかげで、ラファーガさまと再会できるきっかけができたんですよね。そこはちょっと感謝かな」

このあと兄たちには散々苦情を言わねば気が済まないが、手心くらいは加えてやってもいいかもしれない。――なんて、今、ラファーガが笑ってくれているから、手心なんてことを考えられるのだけれど。これで彼の怪我がもっと酷ければ、許せなかった。

「それにしても、ラファーガさま、兄さまたち三人と一斉に戦ったりしたのですか？」

「そうだな」

「よく勝てましたね」

「いや、私ひとりの力で勝ったわけではないのだが――」

少しだけ歯切れが悪い。でも、互角以上の戦いをしたことは間違いがなさそうだ。向こうに見える兄たちだけでなく、兄の相棒である竜たちまで煤だらけのボロボロだ。

「銀竜が助けてくれたから」

そう言って銀竜の頭を撫でるラファーガたちの様子は、すっかり相棒同士だ。

そうこうしているうちに、兄たちの竜が着地した。

「銀竜！　今の！　今の光は――！」

先ほどの眩い光が兄たちの目にも見えたのだろう。

この里で、あの光の意味を知らない者はいない。

「新たな竜騎士の誕生を祝福しなきゃね、兄さま」

なぜかエステルの方が勝ち誇った気持ちで、ふふんと胸を張る。

嘘だろ、とヘクターがこぼした。彼らはよろよろと地面に降り立ち、膝をつく。ざまをみろとばかりのボロボロの姿に、ようやくエステルの溜飲も下がる。

「どう考えても、ラファーガさまたちの勝ちでしょう？」

実に客観的な視点で結論づけると、ヘクターたちは顔色を変えた。

「いや！　まだだ！　まだ勝負は終わっていない!!」

「——兄さまたち、三対一で勝負したって本当？」

「ぐ、ぐぐぐ！　それはだな!!」

突っ込まれたくないところだったのだろう。ヘクターだけでなく、ユージーンやウォルトまでも、わたわたしはじめる。

「兄さまたちの余興に付き合っていたら、わたし、いつまで経っても結婚できそうにないの」

「っ、しかし！　一生のことだぞ!?　相手の男は、慎重に決め——」

「十年もわたしのことを想い続けてくれて！　この里のために取り計らってくれて！　兄さまたちと互角以上に戦えて！　あの銀竜でさえ認めてくれた人なのよ!?　それ以上の男性、どこにいるというの!?」

「そ、そ、それはだなあ……!!」

ぐうの音も出ない。

ヘクターは自分の主張に無理があることくらい、とっくにわかっているのだろう。でも、妹の手前引っ込みがつかなくなってしまっている。

「だが、み、密約のこともあるし……そのぉ」

「一度の戦で協力した見返りを、一生払い続けろと言うの？　兄さまたちがそんなに狭量だったなんて、わたし、知らなかった」

「だ、だからっ、さ、里のために……、だな……っ」

もはやタジタジである。でも、それで許してあげるほどエステルは甘くない。

「その分、わたしが皇都で頑張ってくるって言っているの！」

「はあ!?」

エステルから出た言葉が余程予想外だったらしい。ヘクターは目を白黒させている。

「どういうことだい、エステル」

ユージーンもまた、訝しげな顔をして、説明を求めた。

「わたしはラファーガさまと一緒に生きたい。それって、皇妃になるってことなのよ？」

「そうだ。つまり、否（いや）が応（おう）でも政治の表舞台に引っ張られる。お前は、貴族や国に利用されることになる」

「だから！　皇妃になれば、相応の力が手に入るわけでしょ。わたしのせいでこの里自体が利用されそうになっても、そこを食い止める力だって手に入るって言ってるの」

「お前がそこまでしなくても――」

「したいから言っているの！　わたしはね、ラファーガさまも大事だけど、この里だって――ファリエナのみんなだって大好きだから！　きちんと責任を持って、里のためになることをしたい。皇都でも頑張りたいの！」

バンッと胸を叩きながら主張すると、ヘクターをはじめとした兄たちはわかりやすく狼狽えた。

「兄さまたちがわたしを心配してくれているのも知っているわ。でもね、わたしだっていつまでも子供じゃないの。兄さまたちに護られて、何も知らないままぼんやりと里で暮らしているだけじゃいられない」

「エステル」

「それに！」

エステルはぐいっとラファーガの腕を引っ張った。

エステルの主張に聞き入っていたラファーガは、咄嗟に反応できず、前のめりになる。そんな彼に向かって背伸びして、ちゅっと口づけをしてみせた。

「〜〜〜〜〜〜〜!!」

横から悲鳴に似た、言葉にならない声が聞こえてきた。

先手必勝。勝負は先に相手の心を折った者の勝ちなのだ。

エステルはふふんと勝ち誇った笑顔のまま、兄たちの方を振り返る。

「わたし、ラファーガさま以外の相手なんか考えられないの。それでも無理矢理引き裂こうって言うのなら——兄さまたちと、一生口利かないから！」

こういったとき、妹は強いのだ。一方的な感情論とわがままでねじ伏せられることを、エステルはよく知っている。

「エステル――――ッ！」

結果、ヘクターの悲痛な叫びが里中にこだました。

そのときだった。

「――やれやれ。うちの長男にも困ったものだな」

集まってきていた里の住人たちの間を掻き分け、ひとりの男が歩いてくる。

長身で、細身ながらにガッチリとした肢体。赤い髪を後ろに流し、顎髭を蓄えた中年男性だ。

「父さま！」

アドルフだ。父の顔を見るなり、エステルは頬を引きつらせる。

一難去ってまた一難。ファリエナ家の兄たちはなんとか黙らせたが、領主である彼との対話は避けられない。

家族の中でもひときわ寡黙な父だ。おそらく、皇家との不干渉の密約を最初に提案したのは父であり――だからこそ、この結婚を反対される可能性は大いにある。

「――父さま、あの」

さすがに兄に話すのとは訳が違う。エステルは緊張しながら、どう話を切り出したものかと頭を悩ませた。

しかし、エステルよりも先に動いた者がいた。

ラファーガだ。エステルを制するように手で示しながら、一歩、二歩と前に出る。

「サウスアロード帝国皇帝ラファーガ・レノ・アスモス・サウスアロードだ。十年ぶりだな。——変わりがないようで、何よりだ」

ラファーガは丁寧に挨拶をした。口調こそいつもと同じだが、相手を敬う気持ちが態度に表れている。全身傷だらけて痛むだろうに、背筋をピンと伸ばし、胸に手を当てていた。

「ファリエナ領主アドルフ・アクス・ロッタ・ファリエナ、愚息が些か荒っぽい歓迎をしたようで、お詫び申し上げる」

「いや、必要なものだったと理解している」

「寛大なご配慮、痛み入ります。それにしても——随分とお久しぶりですな、陛下」

アドルフは感情の読めない表情で、ラファーガを見据えている。

立場的にはラファーガの方が圧倒的上の地位にあるはずなのに、実際は異なるらしい。ラファーガの方が気圧され、緊張しているように見えた。

「アドルフ。貴殿に折り入って、頼みがある」

ラファーガの声までもが張り詰めている。

アドルフだって何を言われるのかはわかっているのだろう。眉間に皺を寄せ、ラファーガの言葉を待つ。

「——どうか、エステルとの結婚を許してもらえないだろうか」

真っ先に結論を述べ、ひと呼吸。

「エステルを、我が妃としたい。十年前、彼女にこの身を助けてもらってから、一度たりとも彼女を忘れた日などなかった。この身に触れ、私に温もりを与えてくれる彼女が、私にとってなくてはならない存在となった。——この数ヶ月、彼女と触れ合う中で、私はそのことを思い知った」

アドルフの視線が鋭くなる。

それでも、一切物怖じすることなく、ラファーガは主張を続けた。

「我が力はすでに貴殿の子息らに示した！　銀竜も私を認めてくれている！　この力、そしてこの権力でもって、彼女を悪意に晒そうとする全ての者から彼女を護ることを誓おう！　貴殿にとって、そして、この領地にとって、彼女は最も大切な宝物であることは理解している。——そんな彼女を、全力で幸せにする。だから、どうか——どうか！」

ラファーガはゆっくりと頭を下げた。

彼は皇帝だ。誰かに頭を下げることなど、ありえない。

だから彼は今、皇帝ではなく、ひとりの男として請うているのだ。

（ラファーガさま……！）

その熱意を彼の隣で聞きながら、エステルは頬を真っ赤に染めていた。

彼の想いはきちんと理解しているつもりだけれど、こんなにも誠意をぶつけられて平常心でいられるわけがなかった。

「父さま、お願い！」

だからエステルも頭を下げる。彼ひとりに全部任せたりしない。エステルの実家のことなのだ。

エステル自身も、誠心誠意お願いしたかった。

周囲の者たちが固唾を呑んで見守る中、アドルフは静かに目を閉じる。それから、長い――本当に長い息を吐き、口を引き結ぶ。

「――わかっている」

静かに、しかし、はっきりと放たれたひと言。

聞き間違えなどではない。けれど、信じられなくてがばりと顔を上げる。

「わかっているとも」

それだけ呟き、アドルフはくるりと背を向ける。

瞬間、わっと歓声が上がった。どうやら里の女たちのようだ。

「よかった！　姫さま、おめでとう！」

「だから言ったでしょ！　いつまでも姫さまを閉じ込めてちゃ駄目だって」

「お姫さまは王子さまと幸せになるべきなんだよ」

「王子さまじゃなくて、皇帝陛下だったけどね！」

どうやらエステルの結婚に関しては、元々里の中で意見が二分していたようだ。逞しい女性陣が拍手を送ったり、エステルに向かってウインクしてきたり、大騒ぎだ。

「もう、領主様！　娘の結婚はいつか認めねばならん！　ってずっと言い続けてきたでしょう？」

「手放す準備、ずーっとしてきたのに！　最後の最後でそれですか！」

「厳格な父親として振る舞うなら、最後までやりきりましょうよ」

――なんと、兄たちと違って、父の方はエステルの将来を考えてくれていたようだ。

ただ、アドルフの背中がずっと震えている。腕を目元に押し当てながら、じっと動かない。

「ビヒィィインッ！」

と思えば、聞いたことのない声が聞こえてきて、それがアドルフの出した泣き声であることを察した。一度堰が切れると、もう止めることもできないらしい。

「ぐ、ぐおおおお！　エステル！　エステル……っ!!　た、大切に育ててきたのに！　さ、里の外に行ってしまうなんて!!」

「なーんて、領主様ってば、ずっと昔から陛下は悪くないって仰ってたのに」

「ぐるざあああい!!」

まさか。まさかまさか！　十年前からちらっとでも、ラファーガのことをいいなって思ってくれていたなんて！　思いがけない事実に、エステルは目を丸くする。

（え？　まさか、だからの不干渉だったり、した……？）

何かを予見して、ラファーガを認めながらも、予防線を張っていたとか。

（いやいや、まさかね……）

これ以上は追及しない方がいいのかもしれない。

父親の尊厳は、守らねばならないのだ。多分。

そういうわけで、エステルとラファーガの婚約は、無事にファリエナ領でも認められることとなった。

「だがらどびっで！　びばずぐ皇都べぼどる必要ばないだろうっ!!」

………アドルフである。

盛大に泣きわめきすぎてすっかり声が掠れてしまっているが、間違いなくエステルの父親でこのファリエナ領の領主である。

一件落着したも束の間、ラファーガと話し合い、エステルは彼と一緒にすぐに皇都へ戻ることにしたのだ。だから里の入口の広場で、父をはじめとした里の皆を前に挨拶をしているわけだが。

父の盛大な駄々っ子ぶりに、兄たちの方がすっかり引いてしまい、大人しくなっている。というか、逆にアドルフを宥めるまでである。

「あのね、父さま。わたし、まだまだ勉強したいこともあるし――そもそもだよ？　皇都をめちゃくちゃにした兄さまたちの後始末もしなきゃいけないの」

ギロリとヘクターたちを睨みつけると、彼らも思い当たる節がありすぎるのか、すっと視線を横に向けている。

いくらエステルを取り戻すためだと言っても、皇城をあそこまで破壊したことはもっと反省してもらっていいはずだ。

ラファーガは、修繕は任せろと寛大な言葉をくれたが、一方的に甘えるのは嫌なのだ。

「心配しないでよ。ちゃんと結婚式の前には一度帰ってくるつもりだし。それに――」

エステルはちらりと、斜め後ろを見た。

ラファーガの少し後ろのあたりで、銀竜がごろんと寝そべっている。

エステルの視線に気がついたのか、彼はむくりと頭を上げ、黒曜石の瞳をこちらに向けた。

「あの子がついて来てくれるみたいだから。ラファーガさまにお願いすれば、また顔を見せに来られるわ」

銀竜はラファーガを相棒に定めた。

竜騎士の誓いを結んだ竜と人が分かれて暮らすはずがない。当然、銀竜も相棒と離れるつもりはないようで、そのまま皇都までついて来てくれることになったわけだ。

エステルとしても、これからも銀竜が側にいてくれるのは大変心強い。

「エステルが望むなら、いつでも」

優しいラファーガは笑って頷いてくれている。もちろん、ラファーガの多忙さは理解しているため、エステルも、そうわがままを言うつもりはないのだが。

「一週間に一回」

「え？」

「一週間に一回は顔を見せて――」

「それは無理」

父がしれっと無茶な要求を通そうとしてきたので、一蹴する。

十日に一回、半月に一回、一ヶ月に一回――と、定期帰宅を要求してきたところは笑って濁しておいた。

「でも、帰ってくる。これは本当よ。だって――」

エステルは笑った。

「わたし、この里が大好きだもの。みんなにも会いたいし、竜たちにも」

そう言って皆の顔を見回す。女たちはにこにこ笑いながらやりきった顔をしているし、竜騎士たちもなんだかんだラファーガのことを認めてくれているようだ。

三人の兄たちは父を宥めるのに気を取られていて、アドルフはというと、ぱんっぱんに泣き腫らした顔で唇をぎゅっと噛んでいる。とても痛そうだ。

「じ、じあばぜになれよぉーっ!!」

――ああ、父親にこんな一面があるとは思わなかった。

家族のことだけれど、まだまだ知らないこともあるのだと実感しながら、カラリと笑う。

大きく頷いてから、ラファーガと手を取った。

ふたり銀竜の背に跨がると、彼は心得たとばかりにふわりと浮上する。

「こっちに戻ってこなけりゃ、俺たちから押しかけるからな！」

「いい機会だからさ、今度皇都案内してよ」

「滞在するための竜舎も用意しておいてよねーっ」

なんて、兄たちはもう開き直ることにしたようだ。

そんな兄たちに大きく手を振ってから、エステルは前を向く。

さあ、帰ろう。

ラファーガと一緒に、皇都へ――！


銀竜に乗って、今度は真っ直ぐ東へ。

行きと合わせるとかなり長い間、竜の背に乗ることになったけれど、へっちゃらだった。

沈む夕日を見届けて、満天の星の下、ひたすら飛行する。そうしてとっぷりと夜が更けたころに、見慣れた皇都へ帰ってきた。

ラファーガがエステルを連れ、さらに銀竜に乗って帰還したことに、皇城は大騒ぎになったようだった。けれども、事情を聞きたがる彼らの声を一蹴して、この日だけはとラファーガは自室へ閉じ込もる。エステルを抱きあげたまま、迷いなく部屋の奥へと歩いていった。

大切な宝物を扱うかのように、ゆっくりとエステルの身体をベッドへ下ろしてくれる。

「エステル――」

唇が降ってくる。ここまでずっと我慢していたのか、少し性急だ。

でも、エステルだって同じだ。早く彼と、こうしてくっつきたかった。

ランプすら灯す余裕はない。窓から差し込む月明かりを頼りに、ただただふたり貪るようなキスをした。

「は、ぁ――エステル」

彼がエステルのドレスを剥いでいく。

そういえば、このドレスで色んな場所を走り回った。全身、埃だらけで、あまり綺麗だとは言えない。

「ラファーガさま、ドレス、汚れて」

「すぐに脱がせるから問題ない」

「汗もいっぱいかいて」

「気にするな。それよりも――」

「早く君を感じたい」

宣言通り、彼はあっという間にドレスを剥ぎ取り、胸元に口づける。

ちゅ、ちゅ――といくつも印を刻みながら、たちまちエステルを高めていく。

「っ、待って。ラファーガさまも――」

と、エステルも彼のコートを脱がそうとしたところで、その手がはたと止まった。

コートには無数のほつれがあって、大きな裂け目からは無残にも中が見えてしまっている。彼の身体は丁寧に拭き、エステルお手製の薬を塗って包帯までしたけれど、とても痛々しそうだ。

「………身体は、痛まないですか？」

「痛むものか。君の薬はよく効くな」

「本当に？」

「本当だ。――だったら、試すか？　私が痛がるかどうか」

そう言ってラファーガは、ニマリと笑いかけてくる。その挑戦的な笑みに、彼は本当に表情豊かになったなと実感した。

「望むところです」

だからエステルも笑って、上半身を起こす。それから、彼の服を脱がせていき、彼をベッドの上に引っ張り込んだ。

「隅々まで、確かめて差しあげます」

そう言って、ベッドの上に座ったラファーガの上にのしかかる。

「私の妃は積極的だな」

「自分から煽っておいてそれですか？」

お返しとばかりに、彼の胸元にちゅうと吸いつくと、綺麗に赤い印を刻むことができた。

（うまくできた！　ふふ、案外簡単じゃない！）

満足げに口の端を上げると、ラファーガが噴き出した。

「君は本当に、見ていて飽きないな」

「あっ！　こ、これは！　——ええと、すみません」

「いや？　——ほら。せっかくだ。君のものだという証をもっとつけるといい」

なんてラファーガは両腕をがばりと広げる。

抵抗しないから好きなだけ襲ってこいということなのだろう。

（はしたないって思われることは——）

と考え、すぐに結論が出る。

（って、今さらよね。これまでも散々、自分から動いていたもの）

過去の自分の行動を思い出し、素直になることにした。では遠慮なく、と、ラファーガの肌にたくさんのキスを落としていく。

「ふふ。ちょっと、優越感ですね」

「ん？」

「ラファーガさまにこうしてくっついて、キスして、印をつけて。こんなことができるの、わたしだけなんだなって」

「ああ——」

ラファーガは眩しそうに目を細める。

「君だけだ」

そうしてはっきりと頷いた。

「私にこうして、体温を分け与えてくれるのは――君だけ」

胸の奥が温かくなる。

この温もりをもっと分け合いたくて、たくさん、たくさん引っ付いた。

互いに触れ合い、愛撫する。エステルの小さな手で精一杯彼の身体をなぞり、やがて怒張しているモノに触れた。

「っく――！」

ビクン、と彼の身体がしなった。突然の刺激に、少なからず驚いたらしい。

「君は本当に積極的だな」

「だって、ラファーガさまに、もっとよくなってほしくて」

紛れもない本心だ。

エステルの新しい夢は、彼と寄り添うこと。彼の役に立ちたいし、彼に幸せを感じてほしい。こうして愛し合うときも、もっともっと、気持ちよくなってほしい。

これはエステルが欲張った結果、自然に手が動いただけだ。

「君に愛されて、私は本当に幸せ者だな」

「もっと幸せになってもらわなくては困ります」

「困るのか？」

「ええ」

何を当たり前のことを言っているのだと頬を膨らませると、彼は破顔した。それから、我慢できないとばかりに深いキスをくれる。

彼の大きな手がエステルの胸を揉み拉く。くにくにと確かめるように何度も揉まれると、自然と甘い吐息が漏れた。

「は——ぁ、ぁ」

直接触れられたわけではないのに、下腹部が疼く。じっとりと熱いような、切ないような感覚があり、ぎゅっと眉根を寄せる。

ラファーガにも気持ちよくなってほしくて、小さな手で一生懸命上下に扱いた。ただ、その手のひらに感じるボコボコとした形や熱でさえ、エステルの身体を切なくさせる。

早くほしい。この熱くて太いものを、エステルのナカに。

そして、そんな望みを抱いていたのはエステルだけではなかったらしい。

「——エステル」

ラファーガが耳元で囁きかけてくる。その甘さにゾクゾクしながら彼を見つめると、彼も熱のこもった瞳を向けてくれていた。

「これ以上は。――できれば、君のナカに」

「っ、は、はい……」

エステルの眦もさっと赤くなり、小さく頷く。

「君は――」

「だ、だいじょうぶ、です」

彼もエステルの下腹部を解してくれようとしたけれど、その必要はない。

期待と緊張で、すっかりエステルの大事な部分が潤んでいる感覚がある。触れられてもいないのにこんな状況、羞恥でいっぱいになるけれど、彼は愛おしげに微笑んでくれた。

「ならば、いただくか」

「はい、わたしも――」

ラファーガがエステルの腰に手を添える。その手に導かれるようにして、エステルはゆっくり腰を落としていった。

「早く、ラファーガさまがほしいです」

そうして、いよいよほしかった熱を、その身に受け入れる。

――まだ、ちょっと苦しい。わずか二回目。だから、ぴっとりと閉じたままのエステルの膣(ちつ)には、ラファーガのモノはかなりギチギチだ。

でも、その痛みすら嬉しい。だからエステルは、深く繋がっていくことに歓喜を覚えた。

途方もないほどに幸せで、目を細める。エステルの睫毛がふるふると震え、萌葱色の瞳が潤んだ。

「ん――ああ、いい、な」

「はい、っ、――ラファーガさま」

ゆっくり、ゆっくりと奥に届くまで深く腰を沈めた。やがて、根元まですっかりと咥え込んで、エステルは甘い息を吐く。

ああ、これで彼とひとつになれた。そんな喜びで、全身がぶるぶると震えた。

「動かすぞ」

「はい……っ」

しっかりと頷き、彼にしな垂れかかる。しがみつくように腕を回すと、彼も同じように抱きしめ返してくれた。そうして、ゆっくり、ゆっくりと円を描くように腰を揺らしはじめる。

「ん、ぁ……は……！」

彼の鋒が、ずっと奥に当たっている。そのまま揺すられ、深い部分への刺激が与え続けられた。

少しもどかしいような、切なくてもっとと願ってしまうような、焦らすような動き。求めすぎてしまって、気がつけばエステルの方から腰を揺らしている。

最初は苦しいくらいだったのに、エステルの身体はあっという間に快楽を拾うようになっており、そうなるとどんどんと欲が膨らむ。

「ラファーガさまぁ……」

「ああ」

「キス……」

「フ。ほら、唇をくれ」

「んぅ」

たくさん甘えたい気持ちになって、気がつけばおねだりをしていた。

彼は喉の奥で笑いながら、たっぷりとキスをくれる。

自分から舌を差し出すと、彼も満足そうに目を細め、いっぱい絡めてくれる。やがてくちゅくちゅと音を立てながら、彼はエステルの口内をかき混ぜるように愛撫した。

「ぁ、はぁ、ぁ、ぁ……」

口の端から涎がこぼれていく。ただ、彼と触れ合うのが気持ちよくて、ひたすら熱を求めた。

いつしか彼の抽送も激しくなっている。エステルがほしかった快感をたっぷりとくれ、甘い痺れに溺れてしまいそうだ。

「ぁ、ラファーガさま、も、もっと。もっと……」

「ああ、エステル。いくらでも、君に」

それでもまだ欲が溢れてくるから困る。

たくさんの快楽を与えられたはずなのに、全然足りない。もっとほしい。彼を感じたくて、彼と溶け合いたい。体温を分かち合いたいし、彼にも気持ちよくなってほしい。彼の心の中に自分を刻み込みたいし、これから先の人生、何度も、何度でも彼と――。

「すき。だいすき。あいして、ます……」

泣きたくなるくらい幸せだった。

怖いほどの幸福を覚えながら、欲張りなエステルはもっとたくさんのものを望むのだ。

「エステル。っ、愛している、君を――」

激しく腰を打ちつけながら、彼も囁く。

欲深いエステルを満たすように、たくさんの快楽が与えられる。

幸せで目を細めた。ラファーガも同じように微笑み、互いに抱きしめ合う。

やがて、快楽の波に攫われながら、エステルは未来を想った。

エピローグ

ああ、今日も風が心地いいと空を仰ぎ見る。

季節は初夏に差しかかり、ジリジリと陽射しが暑くなってきた頃合いだ。エステルは額の汗を拭ってから、自慢の薬草園に視線を送る。

そこには数多の種類の薬草が生い茂っており、太陽の光を浴びて艶々と葉を輝かせている。

「相変わらずだなあ、お前の薬草園は」

と、気安く声がかけられ、エステルは肩をすくめた。

「また来たの、兄さま」

そこには自分と同じ髪色の青年が立っていた。三人の兄の一番下、ウォルトである。

三人の兄の中で最も行動力がある彼は、ことあるごとにこの皇都まで飛んでくる。ラファーガが竜舎を建ててくれたものだから、本当に遠慮がない。

「仕方ないだろ？　親父が様子を見てこいって煩いんだから」

「自分で来ればいいのにね！」

「そこは父親の意地ってとこか？　——ま、オレもいい訓練ができるし、悪くはない」

「あのねえ！　兄さまと違って、ラファーガさまはお忙しいの」

腰に手を当てて、エステルはぷりぷりと怒った。

一度、身内認定してしまえば、ファリエナ領の者たちはその相手にとことん心を許す。ラファーガがファリエナ家に認められた結果、兄たちの距離感が近付きすぎてしまっていた。

里の竜騎士たちよりもラファーガの方が腕が立つ。最近のラファーガは、竜騎士さながら銀竜の背に乗って戦闘訓練することも増えたため、本当に一騎当千だ。そんな彼と戦うことを、ウォルトは楽しみにしているらしい。

——あれから、本当に色んなことがあった。

エステルは公式にラファーガの婚約者として認められ、引き続き皇城に滞在して妃教育を受けている。こうしてたまに空いた時間で薬草の手入れをするくらいで、勉強三昧だ。同時に結婚式の準備も進めていて、なかなかに忙しい日々を過ごしていた。

大変ではあったが、この皇都に戻ってきてから、貴族たちとのやりとりはかなりうまくいくようになったと思う。皆、エステルのことを認め、尊重してくれるようになったのだ。

それはエステルのファリエナ領ごと認められたことの他に、ダグラスをはじめとしたマッサエヌ家の影響力が削(そ)がれたことが大きな要因とも言える。

ダグラスとオーフェリアは、エステルへ冤罪(えんざい)をかけた容疑で捕らえられ、貴族の位を剥奪(はくだつ)された。その後地方へ追いやられたと聞いているが、詳しいことはわからない。ただ、エステルのことを悪し様に言う者はめっきりと減った。

チャドは自ら罪を告白し、その役目を辞した。貴族の位を返上し、どこかへ旅立ったのだという。なかなかに個性的で抜けているところもある男だったが、あれでいてラファーガはそれなりに気に入っていたらしい。

ゴマを擂るためと言っても、好き好んでラファーガに近付いてくる人間は珍しかったようだし、魔力を持ち合わせていたおかげで、ラファーガの側に仕えることができた稀少な人材だ。

ラファーガの意にそぐわない形で夜伽係を集め続けたことに関しては、当時のラファーガも必要なことだとは思っていたらしいから、強引なくらいで丁度いいとも理解していたのだとか。結局、ラファーガの魔力に耐えられる女性が見つけられなかったのと、やはりエステルのことを忘れられなかったせいで、チャドの努力が実を結ぶことはなかったわけだけれど。

散々振り回されたようだが、誰かに振り回されること自体、ラファーガにとっては珍しいことだったらしい。だからチャドが皇都を去ることに関しては、ほんの少しだけ寂しそうだった。

他の貴族たちのほとんどがエステルを認めるようになった。特に保守派と対立していた革新派の勢力は、ファリエナ領と皇家の繋がりが濃くなることを喜んだ。

そこは、いいように利用されすぎないように、エステルの手腕の見せ所である。

（ま、兄さまたちがこうして竜に乗って皇都にやって来てくれているのが、いい感じの牽制になっているみたいだけど――）

兄たちは本当に、入れ代わり立ち代わり皇都へやって来るのだ。そして、そのたびにラファーガに勝負を挑む。ラファーガも、他の騎士では相手にならないから丁度いいと、嬉々として付き合っているから、迷惑ではないのだろうが――。

（ラファーガさまにもいい影響があるみたいだしね）

そうなのだ。このところ、どうもラファーガの調子がいい。

エステルとともに過ごすようになってから感情が豊かになったのだが、それによる魔力放出が確実に減っているのである。つまり、魔力耐性のない者が近付いても、気分が悪くなったり倒れたりしない。大進歩である。

それがラファーガ本人にも実感できるようになったからこそ、以前よりもさらに、感情を隠すことなく過ごせるようになっている。

以前、なぜファリエナ領の者たちは、他者の魔力に影響を受けないのか考えたことがある。

そして、ラファーガの状況を鑑みると、銀竜が側にいてくれるようになったこと、あるいは兄たち竜騎士と定期的に戦闘訓練をするようになったことのどちらかが影響しているのではと思われた。

おそらくラファーガは、自身の魔力をとどめる器が足りなかったのだろう。

これはあくまで持って生まれたものであり、訓練をして身につくようなものではないと思っていたが、そうではなさそうだ。

（ずっとファリエナ領で過ごしていたから、みんな自覚がなかっただけなのかもね）

ファリエナ領では、自分が魔力を放出する機会も、誰かの魔力を浴びる機会も多い。

一方のラファーガは、放出する機会はあれど、浴びる機会はほとんどなかったはずだ。それが、最近魔力を浴びる機会が増え、彼の身体に影響を及ぼしはじめたのかもしれない。

(――なんてね。理由は、なんだっていいの)

彼が笑ったり、泣いたり、怒ったり。自分の感情を素直に出せるようになるといい。

それがエステルの幸せで、新しい夢でもある。今はまだ小さな一歩かもしれないが、きっと未来は明るい。そんな気がしてならない。

遠くの空を見つめながら微笑んでいると、ふと、竜の鳴き声が聞こえた。すっかりラファーガの相棒となった銀竜だ。太陽の光を浴びて、銀の鱗がきらきらと光っている。

そしてその背には愛しい人。エステルの姿を見つけて、ぱっと表情を明るくする。

「エステル！　――それから、義兄上！」

年齢的にはラファーガの方が上だが、そこはきちんとウォルトを敬ってくれているらしい。地面にほど近いところで銀竜の背から飛び降り、彼は大股でこちらへ歩いてきた。

「ふふ、ラファーガさまと銀竜にかかれば、城内の移動もあっという間ですね」

「こいつのおかげだな。ありがとう、銀竜」

ラファーガが手を伸ばすと、銀竜は撫でてくれとばかりにぐりぐりと頭を押しつけている。そうしてラファーガは上機嫌になり、ガシガシとさらに撫で回すのだ。

(ラファーガさまに触れられるのはわたしだけ、って思ってたけど、そこはもう違うんだよね)

ほんのちょっとだけ嫉妬する気持ちもある。けれども、ラファーガが屈託のない笑みを浮かべているから、そんな感情すぐに吹き飛んでしまう。

銀竜と交流することも、きっとラファーガにいい影響をたくさん与えている。もちろん、兄と手合わせすることも。

「義兄上の緑竜が見えたから、手合わせに。――もちろん、仕合をしてもらえるよな?」

「当然!」

なんて、当たり前のように拳を掲げ合っている。

こんな友人とするようなやりとりも、ラファーガにとっては新鮮なのだろう。

「わたしも、一戦だけ見学していきたいな。――駄目かしら?」

と、ずっと状況を見守ってくれていたニナに訊ねてみる。

このあとも妃教育の予定はギッシリ詰まっている。それは重々承知しているが、ラファーガの雄姿を見逃したくない気持ちが強すぎる。

「――仕方がないですね、承知致しました」

「やった!」

エステルはぴょんと飛び跳ね、ラファーガを見上げる。

「――格好(かっこ)いいとこ、見せてくださいね?」

「エステルの望みとあらば」

ニィ、と笑うラファーガの表情は、自信に満ちている。

黄金色の瞳はまるで太陽のように輝き、大きな手がエステルの肩を抱き寄せた。

「君の兄から一本取ったら、当然、褒美を期待していいな」

「っ、もう、ラファーガさまったら！」

耳元で囁かれ、頬が上気する。

顔を離す際にさり気なく耳朶にキスをされ、その感触がずーっと残っている。

直接は見ていなかったにせよ、ウォルトは何が起こったのかを悟ったらしい。生温（なまぬる）い視線が送られてくるが、ここはスルーしよう。恥ずかしすぎる。

「さ、行くぞ！」

訓練場までひとっ飛び。ラファーガは竜に跨がると、自然とエステルに手を伸ばしてくれる。

すっかりエステルの特等席となった彼の前に腰かけ、振り返る。そうして彼の唇にキスをした。

「――この続きは、夜ですからね」

「期待している」

これは、ラファーガがまた本気を出してしまうだろうなと思った。

ウォルトのためにも、あとで薬を用意しよう。

そう思いながら、エステルは大きく頷いた。

紙書籍限定
ショートストーリー

ふたりきりでダンスを

Reikokukoutei no Mutsugoto wa Yotogireijo ni Hibikanai

華々しい音楽が鳴り響いている。

いよいよこの夜が来てしまったと、エステルは緊張でごくりと唾を呑んだ。

（今日は隣にラファーガさまがいてくださる。だからきっと大丈夫）

絢爛豪華なフロアには、大勢の貴族たちがひしめき合っている。皆、エステルたちに注目しているようだ。半分は好奇の目。もう半分は緊張しているのか、強張った笑顔を貼り付けたまま、こちらの様子を窺っている。

ファリエナ領から戻ってきて一ヶ月。エステルは正式にラファーガの婚約者となった。

そして今宵は、そのお披露目もかねて夜会が開かれていた。

以前の夜会は、オーフェリアによって騒ぎになってしまったし、その後も裁判からのファリエナ領の竜騎士たちの襲来など、いくつもの事件が続いた。

晴れてラファーガの婚約者になったものの、エステルの心象は最悪だろう。だからこそ夜会を開催し、貴族たちに改めて顔を見せておくべきだと、ラファーガの右腕であるクリスが進言してくれたのだ。

エステル付きの侍女であるニナも、夜会にいい思い出がないのはもったいないと主張し、急ピッチでこの日の夜会が開催されるに至った。

（ニナの場合は、夜会用の衣装を誂えたかっただけのような気もするけど）

表情変化こそ少ないが、彼女はとにかく可愛いものや煌びやかなものが好きだった。だから、エステルを飾り立てるチャンスだとばかりに、非常に張り切ってくれたのである。

（おかげでこの仕上がりなのは助かるけど）

この日のエステルは、上品な淡いピンクのドレスに身を包んでいた。ドレープに透け感のある白い布を幾重にも重ね、ふんわりとした柔らかい印象だ。

かなり乙女（おとめ）な仕上がりになりすぎている気もするが、ニナはラファーガと並んだときのギャップが重要なのだと力説していた。「妖精さんのような仕上がりです。完璧です」と拳を握りしめて言い切っていたから、彼女の見立てに間違いはないと思える。

（それに、ラファーガさまの好みも反映されているみたいなのよね）

こちらのドレスは、ラファーガからの贈り物として渡された。用意をする際、エステルのことを知り尽くしているニナに相談していたようなのだ。

（ラファーガさま、こういう可愛いドレス、好きなのね？）

ちらっと隣に並ぶラファーガのことを見上げてみる。そしてすぐに、彼を見たことを後悔した。

（っ！　あー、もう、本当に！　目が合うだけで心臓に悪いのっ）

それもこれも全部、今日のラファーガが格好よすぎるのが悪い。責任転嫁もいいところだが、エステルの心臓には負担が大きすぎるのだ。

この日のラファーガは、今までとはまるで雰囲気の異なる装いだった。

黒をベースにしたコートといえばそうだが、今宵はフロックコートに臙脂（えんじ）のアスコットタイを合わせており、なんとも貴公子然としている。

普段はもっと軍服じみており、硬質なイメージであるからこそ、今日のラファーガには大人の色気のようなものを感じた。

なによりも髪型だ。普段は下ろしている前髪を、今日は後ろに流している。キリリと引き締まった表情がよく見え、さらに彼自身が表情豊かになったものだから、ちょっとした表情変化があるたびにエステルの心臓が暴れるのだ。

しかしそれは、ラファーガも同じらしい。

彼はエステルの姿を見るなり、耳まで真っ赤にした。互いにぱっと視線を逸らし、深呼吸する。

どうやら彼も、今のエステルの装いを気に入ってくれているようで、こういう反応は素直に嬉しい。――嬉しいのだが、このあとエステルの心臓が持つのかどうか、すでに不安でいっぱいだった。

（って、わたしよりラファーガさまよ。ラファーガさまの感情が揺れすぎないように気をつけなくっちゃ）

どういう理屈かわからないが、里から戻ってきてから、ラファーガの感情による魔力放出が多少和らぐという現象が起こっている。とはいえ、あくまで多少だ。

先ほど、こちらのドレスを纏ったエステルを見た瞬間も、あわや大暴走だった。ニナやクリスが膝を折る程度には魔力がだだ漏れだったし、引き続き油断できそうにない。

むしろ、何事もなく夜会を終えられたら今日は合格点というわけだ。

「ラファーガさま、行きましょう」

「ああ——」

エステルが声をかけると、ラファーガは口の端を上げる。そうしてふたり、貴族たちがひしめき合う夜会の会場へ足を踏み入れた。


殊の外、夜会は和やかに進行した。

もっと警戒されるかと思っていたけれど、大勢の貴族たちが挨拶をしてくれた。

もちろん皇帝を無視するわけにもいかないし、エステルだって未来の皇妃だ。蔑ろにするはずもない。けれども貴族たちの雰囲気は、様子を窺いつつもどこか穏やかに感じた。

そしてエステルは、貴族たちと会話をするのが、案外楽しいことに気がついた。

皆、思い思いに着ている衣装を見るのも楽しいし、挨拶の流れでエステルが知らない自分の領地のことを教えてくれる。それらが興味深くて、あれやこれやと質問を返しているうちに、あっという間に時間が過ぎていった。

「君は人気者だな」

ふと、ラファーガが呟く。さらに眩しそうに表情を緩めるものだから、周囲が色めき立った。

（いえ、人気なのはラファーガさまの方です……）

すっかり険が取れた彼の表情に、周囲の令嬢が釘付けになっている。

（そうよね。素敵な方だものね）

今までは魔力のことで近付けなかった令嬢たちも、今宵こそはとこちらを気にしている。お近付きになりたい気持ちがだだ漏れだ。

（……もぞもぞする）

エステルの心の奥に、はじめての感情がぐるぐる渦巻いた。

いや、わかっている。澱んでいるような重たいこれは、おそらく嫉妬と呼ばれる感情なのだろう。

彼にときめく令嬢が現れるのは予想の範疇ではあったが、いざ目の当たりにすると、この気持ちをどう処理したらいいのかわからなくなる。

そんなエステルの気持ちを知ってか知らずか、ラファーガがこちらに呼びかけてきた。

「エステル。せっかくの夜会だ」

彼の方も、どことなくソワソワした様子だった。

いつまでも貴族たちへの対応をしているのに飽きてしまったのだろうか。ラファーガは会場に視線を走らせ、少し考え込む。

「どうされましたか？」

「いや、せっかくの夜会だし、君も――その、私と――」

ちらちらと彼が視線を送る先を見て、エステルは目を丸くした。会場の中心では多くの貴族たちが楽しそうに、くるくるとステップを踏んでいる。

もしかして、ダンスに誘われるのだろうか。エステルにとってははじめてのことで、緊張で身体（からだ）が強張る。

もちろん、今宵はダンスをする可能性があるはずだと覚悟していた。けれど、今日の目的はどちらかといえば、何事もなく夜会を終えること。ダンスのことまで頭が回らなかったのだ。

「陛下、ここは勇気ですよ。きっと大丈夫です」

などと、すぐ近くで見守ってくれていたクリスが囁（ささや）いている。その言葉を受け、ラファーガも決心したように大きく頷（うなず）いた。

「エステル」

ラファーガがエステルに向きなおる。それからそっと手を差し出した。

「どうか、君と最初に踊る栄誉を私にくれないか」

緊張で呼吸が浅くなるも、エステルの返事はひとつしかない。だって、緊張と同時に、こんなにも胸が高鳴っているのだから。

「はい、喜んで」

自然と表情が綻んだ。そうして、彼の手に自分の小さな手を重ねた瞬間、ラファーガが目を見開いた。

あ、マズイ、と思ったときには周囲の人々の顔色が一変している。彼の感情がだだ漏れで、影響を及ぼしはじめている。

「ラファーガさま！」

慌てて彼の手をキュッと握りしめた。それが合図になって、ラファーガもハッとする。彼はすぐに深呼吸し、気持ちを落ちつけようとした。

無事に感情が凪いだのか、すぐに周囲の人々の顔色も元に戻る。ほっとした様子だが、このままダンスをしても大丈夫なのかと、皆がエステルに目で訴えかけてきた。

そんな周囲の空気を読み取ったのだろう。ラファーガ自身、残念そうに肩をすくめる。

「――駄目だな。君と踊れるとなると、どうも浮かれてしまうようだ」

そのときの諦めたような瞳。あきらかに落胆した様子のラファーガの言葉が、エステルの心にずしんと響いた。

だめだ。こんなことで諦めていたら、何も変わらない。

エステルの役割は、彼を孤独から救い上げること。彼がもっと自分の感情を素直に出せるように寄り添うこと。できることならば、彼と貴族たちとの間の架け橋にもなりたい。

「ラファーガさま」

だからエステルは手を引いた。

「行きましょう」

「しかし――」

「大丈夫ですから。ほら、こちらに――」

ふたりきりで、バルコニーへ。

外に出ると、澄んだ夜の空気が肺に入り込んでくる。

夜会の会場から壁を隔ててすぐ外。扉は閉ざされているため、会場のざわめきは届かず、音楽も微かにしか聞こえてこない。でも、大きな窓が列なっているため、向こうからこちらの様子は見えているはずだ。

扉の近くで、クリスが他の貴族たちが外に出ないよう、注視してくれているのが見えた。もちろん、誰も無粋なことはせず、エステルたちをふたりきりにしてくれるつもりらしい。

(今こちらに来て、巻き添えになりたくないから——かもしれないけど)

そっとしておいてくれるのは嬉しい。

それに、今宵の素敵なラファーガを独占できたような気持ちにもなる。

ラファーガとふたりきり。エステルは彼と手を繋ぎ、頬を緩めた。

「ここなら、周りを気にせずゆっくり楽しめるでしょう?」

「エステル」

「音楽はちょっと聞こえにくいですけれど。それは許してください」

「許すも何も」

ラファーガが感極まったように目を細める。エステルと向き合いながら、握った手にキュッと力を込めた。

「――では、私と踊ってくれるか？」

「ええ、もちろん」

丁度曲の切れ目になり、華やかなワルツが流れてきた。きっとこれがエステルたちのはじめてのダンスになることを、楽団の皆もわかっているからだろう。最も定番とも言われる聞き慣れた曲だ。

（うん、大丈夫）

何度も練習した。エステルだって、きっとちゃんと踊れるはず。

ラファーガのリードに合わせて、エステルもステップを踏みはじめた。

エステルだけではない。ラファーガも最初はぎこちなかったが、しばらく一緒に踊っているうちに、互いに緊張が解けていく。そうするうちに彼の動きにキレが出て、しっかりエステルをリードしてくれる。

「…………実は」

喋（しゃべ）る余裕が生まれたのか、彼がぼそりと耳元で告げた。

「夜会で誰かと踊るのは、これがはじめてだ。――踊りにくくはないか？」

それは密（ひそ）やかな告白だった。けれど、同時に納得もする。

誰にもまともに触れられなかった彼。あえて夜会に遅れて出るようにしていたくらいだ。誰かとダンスをするという発想自体、持っていなかったのかもしれない。

「とても上手で。楽しいです」

「そうか」

エステルの返事に、ラファーガはわかりやすくほっとしている。

「でも、そうしたら、どうやって練習を？」

「――講師の踊りを見て覚えただけだが」

「え」

「やはり、何か間違っていたか？」

「そういうわけではなく！　本当にはじめてで、こんなに？」

「そうだが」

「……身体能力、すごすぎです」

エステルはヒイヒイ言いながら練習したというのに、すごい違いだ。

エステルの称賛を受けて、彼は安心したように口の端を上げる。同時に自信も湧いてきたのか、彼のリードに磨きがかかった。

エステルの手を引いて、くるっとターンさせる。白いドレープがふわっと広がり、それが月明かりを浴びてきらきら輝く。エステルの胸も弾み、軽やかにステップを踏んでいく。

夜空の下、ふたりきりのダンスだ。

エステルもようやく素の笑顔が溢れ、ふふふと声に出して笑った。

あっという間に一曲。それでも足りなくて二曲。さらに三曲目を踊ったところで、足が縺れそうになる。

「おっと！」

「っ、すみません。体力はある方なのですが、ヒールの高い靴で踊ることにまだ慣れていなくて」

三曲続けてとなると、少し負担が大きかったようだ。足がガクガクになっていて、力が入らない。

ラファーガがしっかり抱きしめてくれるから、エステルも遠慮なく彼にしな垂れかかる。すると、ラファーガがピシリと固まった。どうしたのかと顔を上げたものの、彼の目線はちょっとズレた位置に注がれている。

――谷間だ。エステルの顔を見下ろしているようで、しっかり谷間に釘付けになっているのではないだろうか。

今宵のドレスは、胸元が大胆に開いたデザインだ。今のように彼にぎゅっとしがみつくと、胸が押しつぶされて強調される。結果的に、いい感じの谷間ができあがり、上から覗き込めてしまったらしい。

「――っ、あのっ」

カッと身体が火照った。慌てて胸元を隠そうとするも、もう遅い。次の瞬間には視界が高くなっていて、彼に抱きあげられたことを悟った。

「ちょ、ラファーガさま！」

返事はない。代わりに彼は、バルコニーに続く扉の方へと声をかける。

「――クリス！」

「はい、ここに」

しっかり待機していたクリスは、ラファーガの呼びかけにすぐに応えた。さっと姿を現し、恭しく一礼する。

「私がこれ以上ここにいては、招待客に迷惑をかけるかもしれぬ。――あとは任せた。私は先に部屋に戻るとしよう」

「承知致しました」

さもありなんと、クリスはにこやかに頷いた。

エステルがぽかんとしている間に、彼らの中では何かが結論づいたようだ。間を空けずに、ラファーガが大股で歩きはじめる。

「え？　あの？　ラファーガさま？」

「このままでは、いつかのように魔力を暴発させかねないのでな。早急に君とふたりきりになる必要がある」

などと言い切っているが、それはどうだろうか。単純に夜会を中座してでも、ふたりになりたいだけなのではないだろうか。

「何、いつもは最後だけ顔を出していたのを逆にしただけ。今さらだ。君が気にすることはない」

彼は大股で闊歩し続け、あっという間に寝室へと戻ってきた。

ベッドに優しく下ろされて、エステルは胸の前で手を握りしめる。ラファーガはそんなエステルに覆いかぶさるようにして、優しく唇にキスを落とした。

そのキスの感触に、エステルは今まで以上に気持ちが昂揚していることを自覚した。

だって、今日のラファーガはとびきり素敵だ。前髪を後ろに流しているからか、いつもよりも大人の色気を感じる。そんな彼に、ずっとリードしてもらっていたのだ。ときめかないはずがない。

触れ合う熱に胸が高鳴る。エステルも求めるように、一度、二度と唇を触れ合わせ、どちらともなく深くなっていく。

ラファーガは己のタイを緩めてから、エステルの身体に手を這わせた。艶やかな絹のドレスの上から、その肢体を確かめるようになぞり、やがてスカートを捲り上げる。そうして太腿を撫でながら、首元、胸元へと唇を移動させていった。

「ん……っ」

少しだけくすぐったい。エステルが睫毛を震わせると、ラファーガは満足そうに甘い息を漏らす。

「綺麗だ」

「ラファーガ、さま」

「私のエステル。はぁ、なんて美しいんだ。――駄目だな。夜会の間ずっと、君を独占したくてたまらなかった」

ちゅ、ちゅと唇を何度も落とし、赤い華を散らしていく。

ドレスの胸元を喰んでわずかにずらすと、色白の双眸がまろびでた。ドレスがずらされたことでより強調されたそれらに、ラファーガは顔を埋める。

いつも気難しい顔をしている彼が、すっかりと緩みきっている。幸せそうに目を細めながら、彼は胸の攻略をはじめた。

頂をぱくっと喰んで、舌で転がす。たまにぢゅっと吸い上げられると、そのたびにエステルの身体がビクビクと反応した。

そうして彼は身体を起こし、透け感のあるドレープを持ち上げる。

「君は皆に人気だからな」

「そんな」

「このドレスも、本当に君によく似合って——感情を制御するのに苦労した」

すっかり淫らな格好になったエステルを見下ろして、愉悦の表情を浮かべる。そのままドレープにも口づけし、上機嫌で呟いた。

「さすがに私の目の前で君を口説くような不届き者はいなかったがな。——君を独占できるのはいい気分だ」

ラファーガがニマリと口の端を上げる。

最近の彼はとても表情が豊かになり、こうした笑みも浮かべることが増えた。そのたびに、エステルの心臓はドキンと大きく鼓動する。

以前はあんなに恐ろしいと思っていた彼のことが、今は愛しくてならない。胸のときめきがどんどん大きくなるのだ。同時に、身体が火照って仕方がなくなる。

エステルはすっかり彼の虜で、早く触れ合いたくてたまらない。

「わたしだって、ラファーガさまを独占したい」

考える前にエステルの手が伸び、ラファーガが大きく目を見開く。

気恥ずかしくてすぐに手を引っ込めたくなるけれども、ここは度胸だ。エステルは逸る気持ちのままに彼の緩んだタイを引き抜き、胸元のボタンをいくつか外した。

「──ね？　ラファーガさま」

そうしてキュッと彼のシャツを引っ張って、顔を寄せる。唇を重ね、エステルの方から舌を伸ばす。そうしてくちゅくちゅと彼の舌を絡め取りながら、コートを脱がせていった。

「君は、時に大胆になるな」

わずかに唇を離すと、ラファーガが顔を真っ赤にしているのがわかった。

「……はしたないですか？」

「いや。君なら大歓迎だ」

ラファーガはそう囁きかけながら、ベストも脱いで身軽になると、本格的にエステルの攻略にかかった。ガーターを外してソックスをずり下ろし、あらわになった太腿に手を這わせる。

「ああ、こうすると、本当に淫らだ」

片足を持ち上げ、彼は内腿に口づけを落とした。柔らかな肌にちうと吸いつくと、そこにもくっきりと赤い華が咲く。何度も口づけを落としながら、どんどん際どい部分に唇を寄せていく。

心臓の鼓動が早まり、期待だけでお腹の奥がきゅんと切なくなる。ただ、気恥ずかしくて身を捩るも、彼にエステルを逃がしてくれる気はないようだ。

「おかしいな。触れてもいないのに、君のここはもう濡れているようだが？」

「――あっ」

ふっ、と、ショーツの上から息を吹きかけられ、エステルは甘い吐息を漏らした。

「それは」

これだけ期待してしまっているのだ。濡らすなと言う方が無理な相談である。ただ、その期待が染みになって可視化されてしまったことに、サッと頬が染まった。

反射的にスカートを押さえて隠そうとするも、ラファーガがやんわりとそれを阻んだ。彼はくしゃくしゃに裾を捲り上げたまま、喉の奥で笑う。

「君の期待には応えねばならないからな」

そう言って、ショーツの上から容赦なくエステルの中心を喰んだ。突然の刺激にエステルの身体が跳ねる。

「ラファーガさま!?」

思いがけない行動に目を白黒させるも、彼はやめてくれない。ぢゅう、と強く吸いつき、布越しに愛撫してくる。布一枚を隔てて強く吸われ、痺れるような感覚がエステルを襲った。

「ひゃあ、あ、だめですっ！　そんなところ……っ」

「どうして？　君をよくするのが私の喜びだ」

「でも、きた――んんっ」

汚い。そう言い切ろうとするも、強すぎる刺激にまともに言葉を紡げなくなってしまう。

「ああ、いいんだな？」

その反応を見ながら、ラファーガはますます愛撫を激しくした。ズズズ、と布越しに吸い上げる音があまりに淫らで、エステルは身を捩る。それでも、彼は全然やめてくれなくて、さらに布越しにエステルの花芽を甘噛みした。

「ひあっ!?」

突然の刺激にエステルの身体が大きく跳ねる。

痒いようなもどかしいような感覚に、エステルの身体はぞくぞくと震えた。

「いいようだな？」

「っ、ん、それは」

気持ちいい。でも、もっとほしい。そんな感覚が首をもたげる。切なくてぎゅっと身体を強張らせると、ラファーガがくっと喉の奥で笑ったのがわかった。そうして彼は、変わらずショーツの上から愛撫を続ける。

ただ、あと一歩何かに届かなくて、エステルはふるると睫毛を震わせた。

「ラファーガさま、あの……」

直接触れてほしい。

そんな言葉が出かかって、慌てて呑み込む。

だって、こんなにも淫らなことをさせているのだ。これ以上を求めるなど、とんでもない。この国の皇帝に直接口で愛撫させるなど、ありえないことだ。

とてもではないが、これ以上は言えない。だからエステルは頬を真っ赤にしながら、必死で耐えた。むしろエステルの方から動いた方が、この状況を打破できるのではないかと、身体を起こそうとする。

しかしラファーガがエステルの片方の脚を持ち上げ、己の肩にかけてしまい、それもままならなくなる。

「っあ！　ラファーガさま!?」

「ん？　どうしてほしいんだ、エステル？」

彼の低い声が耳朶に響く。

その問いかけはまるで甘露のようだった。

ここで欲を口にしたら、彼は叶えてくれるのだろうか。でも――と、戸惑い、口を噤む。

「ほら、エステル。言ってくれないと、わからん」

ニイイと口の端を上げ、いたずらっ子の表情で見下ろしてくる。

（ラファーガさま、その顔！　心臓に悪い!!）

こんな一面があるとは思わなかった。髪を掻き上げるその仕草があまりに色っぽく、エステルは絶句する。

わなわな震え、何も答えられないでいると、彼は再びエステルをいじめることに注力しはじめたらしい。ショーツの上から花芽を嬲り、さらに強く吸う。

「ぁ、んんんっ、もっ……」

もっと、と喉から出かかり、ぎゅっと唇を引き結ぶ。でも、ラファーガは見逃してくれなかった。

「どうした？　君に教えてもらわないと」

「っ、もっと！　もっと、ください、ラファーガさまあ！」

「もっとか？　承知した」

ご満悦の様子で頷きながら、ラファーガはひたすらエステルを嬲る。

でも、違うのだと首をブンブンと横に振る。

「直接触れ――ひあああぁっ」

言い切るか言い切らないかのところで、彼は片手でショーツをずらし、直接蜜口に唇をつけた。

そうして指先で花芽を転がしながら、容赦なくエステルのナカを弄る。

彼はエステルの言葉を待っていたようだ。

こんこんと溢れる蜜をわざと音を立てながら吸い上げ、さらに舌で嬲られる。やがて花芽を爪で弾かれた瞬間、一気に快楽が押し寄せた。

「ひゃあああん……っ」

びくんっ、と身体の芯から震えが抜け、あっという間に果ててしまった。

「ああ、可愛い。エステル。こんなにとろとろになって」

ラファーガは満悦した様子で身体を起こす。しかし、彼も彼で余裕がなさそうだ。ギュッと眉根を寄せ、ギラギラした目を向けてくる。

「君を焦らす間、私もさんざん焦らされたからな。——もう、いいだろう？」

いよいよ我慢できなくなったようで、カチャカチャとベルトを外し、ズボンの前をくつろげる。

そうして取り出した彼のモノはすっかりと勃ち上がり、先走りがてらてらと輝いていた。

果てて力の入らないエステルは、くったりしたまま、彼が熱棒を近付けてくるのを見つめていた。

ラファーガはエステルの太腿を持ち上げる形で、ショーツをずらして強引にその鋒をねじ込んでいく。ぐ、ぐ、ぐ、と圧倒的な質量のあるモノがエステルのナカに入り込んできて、エステルは喘いだ。

「あ、ぁあ——ラファーガ、さまぁ」

「く……っ、エステル」

いくらしっかり解(ほぐ)したといっても、彼のモノは相当大きい。彼と想(おも)いが通じ合い、身体を重ねることが増えたとしても、エステルの身体ではすんなりと受け入れることは難しい。シーツの代わりにスカートの裾を握りしめたまま、その圧迫感に喘ぐ。

隘路(あいろ)を押しひらき、ナカがギッチリと彼のモノで埋まる。苦しくもあるけれど、エステルにとっては喜びだった。

満たされる。たくさん愛撫されたけれど、それだけでは足りない。彼の熱がほしかった。

奥にドスンと衝撃が走り、エステルはのけ反った。それとともにナカがキュッと強く締まり、ラファーガも甘い息を吐く。

「あ、あっ、そこ……っ」

「ああ、いいのだな？」

エステルの反応を見ながら、ラファーガがガツガツと奥を突き上げる。

気持ちがいい。ピリピリとした刺激が全身に伝わり、エステルは嬌声(きょうせい)をあげた。

ドレスが乱れ、絹の擦(こす)れる音が妙に淫らに聞こえた。肌がバツバツとぶつかり、絡まり合う。

彼の体温をもっと感じたくて手を伸ばすと、彼もしっかりと抱きしめ返してくれる。力強い両腕に、エステルは安心して身を委ねるも、欲ばかり膨らんでいく。

服が、邪魔だ。直接触れたい。彼の体温を感じたいのに、どうしてもエステルたちを隔ててしまう。

「エステル……？」

本能の赴くまま、中途半端になっていた彼のシャツのボタンを全て外した。そうしてシャツの内側に両手を滑り込ませ、ぎゅうぎゅうに抱きしめた。

汗ばんだ彼の肌に唇を触れさせ、強く吸う。

「っ、まったく、君は——」

ラファーガは甘い息を漏らし、エステルの頭を撫でてくれた。甘いストロベリーブロンドの髪に指を絡ませ、キスを落とす。それから、額に、頬に、唇に。彼のくれるものが全て甘くて、とろとろに溶けてしまいそうだ。

次の瞬間には視界が反転していた。がささ、と衣擦れの音が響く。

彼はエステルの身体を起こし、胡座をかいた自分の上に座らせていた。

今のエステルは、髪は解け、ドレスは乱れ、ひどい格好になっているだろう。それなのにラファーガは楽しげにエステルに触れ、下から突き上げる。

エステルは乱れたまま嬌声を上げ、とろんとした瞳を揺らした。

「ん、きもち、い……」

「ああ」

「すき。ラファーガさま、すき……っ」

考える前に想いが言葉となってこぼれ落ちていく。

ラファーガはハッとして、やがて多幸そうに笑みを浮かべた。

「ああ、私もだ。エステル、愛している」

ああ、この笑みだ。

エステルは彼のこの微笑みが好きなのだ。

エステルを前にして、ささやかな幸せに溺れる彼の顔が。

（もっと見たい）

ラファーガにたくさん喜んでほしい。その想いがエステルを突き動かす。

「あいして、ます。ラファーガさまを、ずっと」

快楽に溺れて、まともに話せる余裕などない。でも、エステルの全部でこの想いを伝えたかった。

（一緒に夜会に出られて、嬉しかった。ダンスも、もっと）

正直、はじめての夜会では散々な思いをした。だから、今日だってとても緊張していたのだ。いくらずっとラファーガと一緒にいられるとなっても、夜会がはじまる前は憂鬱な気持ちも少なからずあった。

けれど、蓋を開けてみたらどうだろう。

たくさん緊張したけれど、素晴らしい夜になったと思う。貴族たちは概ね好意的にエステルたちを迎えてくれたし、ラファーガとふたりきりでダンスをするのも楽しかった。それに――。

（とびっきり素敵なラファーガさまと、こんな夜を――）

夜会のために、いつにも増して煌びやかな装いをしたラファーガの色気に当てられた。

誰をも魅了する絶対的な皇帝陛下。周囲の令嬢たちの送る秋波に嫉妬をしないはずがない。

でも、そんな彼の、こんなにも乱れた姿を見られるのはエステルだけ。それがとびっきり嬉しくて、幸せで、溺れそうだ。

「んっ、あ！　ラファーガさま、わたし、もう……っ」

ラファーガにドロドロに酔わされ、上りつめる。今にも意識が弾けてしまいそうだ。

でも、果てるときは彼と一緒がいい。だからエステルは自ら彼にキスを落とし、囁きかける。

「ください。ラファーガさま、お願い。もう、ほしい」

「っ、……ああ、エステル」

彼もいよいよ限界らしく、苦しげに眉根を寄せている。絞り出すようにエステルを呼んでから、強く腰を押しつけた。


そのあとの記憶は曖昧だ。

すっかり火がついた身体は、一度や二度では足りない。本能のまま、互いに衣装を脱ぎ捨てて、どろどろになるまで愛し合った。

翌日、エステルが目ざめたときには、すっかり日が昇った後だった。結局昼まで起き上がれなくて、周囲に迷惑をかける羽目になってしまった。

「陛下が幸せそうなので、たまにはよいのではないでしょうか」

なんてニナは笑って許してくれたけれど、羽目を外すのもほどほどにしなければ。エステルはそう心に決める。

（でも――昨日の夜は素敵だった）

いつもと違うラファーガの姿にときめいた。貴族たちとも挨拶を交わし、頑張れそうだと思えた夜でもあった。

（わたし、ラファーガさまと一緒にやっていけそう）

ずっと辺境で暮らしていた自分が貴族社会に馴染むのは難しいと考えていた。正直、夜会にだって慣れることなどないと思っていたのだ。

けれど、それはただの先入観だったのかもしれない。

エステルはまだまだ知らないことだらけ。貴族社会にも飛び込んでみなければわからない。

（そうしたら、もっと色んなラファーガさまの姿も見られるかもしれないし）

なんて私的な欲望がむくむく膨らむが、これくらいは許してほしい。

「ニナ、午後の授業からは頑張るわ。支度を手伝ってくれる？」

王妃教育はまだまだ続く。でも、弱音を言うつもりはない。

ラファーガの隣で頑張れる。そんな確かな手応えを感じながら、エステルは微笑んだ。

あとがき

みなさまこんにちは、作者の浅岸久です。

このたびは『冷酷皇帝の睦言は夜伽令嬢に響かない　死にたくないので媚び媚びで尽くしますが、愛されてるって本当ですか!?』をお手にとっていただき、ありがとうございます。


ルフナさまではじめて書き下ろしさせていただくとのことで、カチコチに緊張していたのは最初だけ。明るくて可愛くてえっちなお話が書きたいなと欲が膨らみ、結果的に欲望のままに、とても自由に書かせていただきました。

とはいえ、当初の予定では性技版「千夜一夜物語」みたいな感じで、死にたくないヒロインが、毎日いろんな性技で皇帝陛下を翻弄する、というお話を考えていたのですが（おおよそ、その流れにはなっているのかなとも思うのですが）書いているうちに、ラファーガがどんどん可愛くて可哀相な男になっていきまして。

えっちシーンを充実させるより、もっとキャラクターの背景を全面に出していきたいな～とか、そうなるとイベントももっと充実させたいな～とか、ファンタジーな世界観でもっと遊ばせていただきたいな～とか、当初入れる予定のなかったシーンとキャラクター（実は私が最初に書き上げたとき、銀竜というキャラクターが存在していませんでした）をモリモリ追加させていただくうちにページ数がとんでもないことになるという……紙がお高いこのご時世に、出版社さまにはとてもご負担になってしまったのではと震えております……！

たくさんページをいただいた分、きっと内容は充実させることができたはずですので、少しでもお楽しみいただけると嬉しいです！


そして今回、イラストは八美☆わん先生がご担当くださいました！

ずっと憧れのイラストレーターさまとのご縁をいただき、また、美麗すぎるイラストの数々にときめきっぱなしでした！　本作、キャラクターがとにかく多くて、登場人物紹介をばばんと見開きでとっていただいているのですが、個性豊かに仕上げていただけて感無量です。


最後になりましたが、魅力的なイラストを描いてくださった八美☆わん先生、あまりにやりたい放題やらせていただいていたにもかかわらず、何もかも尽力してくださったご担当さまをはじめ、制作に携わってくださった皆さま、そして、こちらの物語をお読みくださった読者の皆さま、本当にありがとうございました！　これからも楽しんでいただけるようなお話をお届けできるよう頑張って参りますので、何卒よろしくお願いいたします。

では、またお会いできますように！

Ruhuna

お買い上げいただきありがとうございます。
作品へのご意見・ご感想は右下のQRコードよりお送りくださいませ。
ファンレターにつきましては以下までお願いいたします。

〒162-0822
東京都新宿区下宮比町2-26 KDX飯田橋ビル 5階
株式会社MUGENUP ルフナ編集部 気付
「浅岸久先生」／「八美☆わん先生」

冷酷皇帝の睦言は夜伽令嬢に響かない

死にたくないので媚び媚びで尽くしますが、愛されてるって本当ですか!?

2024年6月28日　第1刷発行

著者：浅岸久

イラスト：八美☆わん

発行人　伊藤勝悟
発行所　株式会社MUGENUP
〒162-0822 東京都新宿区下宮比町2-26 KDX飯田橋ビル 5階
TEL：03-6265-0808（代表）　FAX：050-3488-9054
発売所　株式会社星雲社（共同出版社・流通責任出版社）
〒112-0005 東京都文京区水道1-3-30
TEL：03-3868-3275　FAX：03-3868-6588
印刷所　株式会社暁印刷

カバーデザイン：カナイ綾子（カナイデザイン室）
本文・フォーマットデザイン：株式会社RUHIA

Printed in Japan
ISBN 978-4-434-33986-8 C0093